CAHIERS
JEAN GIRAUDOUX

13

CAHIERS
JEAN GIRAUDOUX

13

Giraudoux et la diplomatie

*

Giraudoux retrouvé (III)

BERNARD GRASSET
PARIS

GIRAUDOUX ET LA DIPLOMATIE

1941

« J'ai passé dix ans à me défendre d'être ambassadeur et académicien. Je doute que ce soit par orgueil. Mais d'ailleurs c'était une ambition bien vaine. Il faut que je sois tout cela naturellement. »

Souvenir de deux existences.

La guerre de Troie n'aura pas lieu.
Dessin de Jürgen Czaschka, pour le programme des Festspiele de Schwäbisch Hall, RFA (1983 et 1984). Reproduit avec l'aimable autorisation de M. Achim Plato, directeur du festival.

I. DU CÔTÉ DE L'ADMINISTRATION

DE L'ÉCOLE NORMALE AU QUAI D'ORSAY *

La promotion qui était la mienne à l'École normale et celles qui l'ont suivie étaient des promotions heureuses. Nous étions les fils de la victoire ; nous savions que, là-bas, aux bords de lacs, les chefs d'État réglaient les difficultés du monde. Ce n'était pas pour rien que l'Exposition qui venait de s'ouvrir sur les rives de la Seine s'appelait l'Exposition des Arts décoratifs : tout nous était parure. Comment ne nous serions-nous pas sentis attirés par un de nos anciens, paré du prestige de la diplomatie et dont les œuvres nous traçaient le décor d'une vie ornée ? (Nous : pas Sartre, bien sûr, que Claude-Edmonde Magny a peint comme un anti-Giraudoux ; mais Nizan, quelque peu et, surtout, il m'en souvient, René Maheu.) Une bonne partie de Normale était giralducienne. C'est assez dire tout le bonheur que je ressentis lorsque, dans le cercle de Jules Supervielle, j'eus avec lui une première rencontre, qui fut suivie de beaucoup d'autres.

La première impression était celle de l'élégance — une élégance un peu froide de diplomate. La taille élevée, une relative sveltesse et ce visage clair et lisse, ces cheveux plaqués en arrière, ces lunettes importantes, non pas d'ampleur

* Communication faite pour l'ouverture de la journée Jean Giraudoux, au XXXIIIe Congrès de l'Association Internationale des Études Françaises, le 23 juillet 1981, et publiée dans *Culture et Patrimoine,* 1983/4, par l'Association des Amis de Jean Giraudoux, dans le cadre du Comité de Liaison des Associations Culturelles.

excessive, mais dominatrices, et le costume, clair lui aussi, et bien coupé, et ces chaussures dont Léon-Paul Fargue disait qu'elles étaient « belles comme des reliures » ; une grande réserve dans le geste, la voix toujours calme, assouplie d'humour. Il y avait en tout cela un peu d'Anglo-Saxon, à une époque, précisément, où la diplomatie française se réglait sur la distinction britannique... Vis-à-vis de l'interlocuteur, je ne dirai pas de la bonté, mais un souci de l'autre et la peur de blesser. Prendre un rendez-vous avec Jean Giraudoux était toute une affaire, tant il fallait qu'il s'assurât que la date vous convenait, et le lieu, et que ce n'était pas par gentillesse que...

Cette réserve est-elle nonchalance ? Je le sais bien, lorsque Giraudoux, pour une série de conférences, choisit La Fontaine, c'est parce que La Fontaine était paresseux. Mais j'y vois plutôt une sorte d'abri ménagé pour abriter la rêverie. Un souvenir surgit : lorsque Jean Giraudoux quitta la rue du Pré-aux-Clercs pour le 89 quai d'Orsay, un bel appartement moderne, orné de belles peintures (on sait son amitié pour Vuillard), je lui demandai quel charme il trouvait à ce changement ; et il me répondit qu'il se plaisait à voir les cadavres glisser dans la Seine au fil de l'eau. C'était une boutade, et peut-être un hommage au romantisme allemand dont il était à cette époque fort pénétré ; mais aussi une affirmation du pouvoir de la rêverie.

Ne nous y trompons pas cependant. Le retour sur la terre lui était facile. J'ai le souvenir d'une répétition d'*Électre,* à l'Athénée, en compagnie de Jouvet, où, toujours courtois, il se montra particulièrement efficace. Et je ferais la même remarque quant à sa carrière d'homme public. J'entends par là sa carrière de diplomate. Le diplomate ne saurait être négligé chez l'auteur de *Siegfried* et de *La guerre de Troie n'aura pas lieu.* Je crois qu'il faut renoncer une bonne fois à l'image d'un Jean Giraudoux diplomate négligent, trouvant dans ses activités aux Affaires étrangères un alibi à la tranquille poursuite de ses travaux littéraires.

Jean Giraudoux est entré dans le service diplomatique de la manière la plus régulière, en se présentant en 1910 au Concours des carrières diplomatiques et consulaires. Les Archives du Quai d'Orsay possèdent une attestation délivrée à cet effet par le directeur de l'École normale supérieure, certifiant que « Jean Giraudoux, élève de l'École de 1903 à 1907, y a rempli tous ses devoirs d'une manière particulièrement satisfaisante. » Ses compositions, pour ce concours, sont brillantes. Pour la dissertation en langue allemande, le sujet proposé était : « Quel but poursuit l'Allemagne en développant sa marine de guerre ? » « Très bonne copie, note le correcteur, où l'on ne peut relever que deux ou trois mots discutables. » D'où : 19/20. L'épreuve de caractère général portait sur les « Conséquences des progrès scientifiques du XIXe siècle sur la politique extérieure des États, répercussion sur le rôle et les devoirs des agents diplomatiques ». « Si cette copie était entièrement achevée, elle serait excellente », estime l'examinateur, et, perspicace : « Elle est écrite dans une jolie langue. » Ci 17/20. Voici donc Giraudoux, Hippolyte, Jean élève vice-consul en 1910. Il sera attaché à la direction politique et commerciale en 1912, vice-consul de 3e classe en 1913 : début de carrière sérieux et traditionnel. La guerre de 1914-1918 (qui lui vaudra une citation à l'ordre de l'armée et la croix de chevalier de la Légion d'honneur) a été souvent présentée par les belligérants comme un affrontement des cultures : la culture devient un instrument diplomatique et, dès 1920, la France, la première (le British Council date de 1938) se donne les moyens de l'utiliser. Elle crée le « Service des œuvres ». Sous l'autorité de son directeur, le professeur d'université Milhaud, Giraudoux devient chef de sa section universitaire, le sous-chef de la section artistique étant Paul Morand. Un an plus tard, l'ensemble du service lui est confié. En 1924, secrétaire d'Ambassade, il devient chef du Service de presse et d'information. En 1926, il est placé dans la position hors cadre, mis à la disposition de la Commission d'évaluation des dommages alliés en Turquie : il ne se situe certes pas au centre de la diplomatie française, dans un petit bureau « inhumain » de l'avenue Malakoff, dont le parquet craquait par intervalles ; « ce sont, disait-il, les esprits balkaniques ». Il devient cependant, en 1928, conseiller d'Ambassade. Chargé de mission au cabinet du Ministre en 1932, il est nommé Ministre plénipotentiaire hors cadre en 1933 et se voit confier, l'année suivante, l'Inspection générale des postes diplomatiques et consulaires. Son programme d'inspection le conduisit autour du monde : Varsovie et l'Europe orientale, puis Barcelone, puis l'Australie et, juste avant la guerre, le Mexique et les États-Unis. Une tradition du Quai d'Orsay veut que Giraudoux ait confié l'essentiel du travail et des rapports à l'un de ses adjoints, Job, qui l'accompagnait dans ses tournées, lui-même passant le plus clair de son temps à observer ou à écrire. La tentation est grande d'établir une corrélation entre les errances de Giraudoux inspecteur des postes diplomatiques et la présence de l'étranger dans son œuvre ; mais en fait une grande partie de cette œuvre était déjà écrite lorsque ses fonctions administratives lui offrirent cette chance de récolte d'impressions ; l'essai sur l'Amérique, republié en 1938, année de son inspection aux États-Unis, avait été écrit, il le dit dans sa préface, vingt ans plus tôt ; et la seule œuvre, peut-être, qu'il rédigea au cours d'une tournée d'inspection, un roman inachevé, *la Menteuse,* dont le manuscrit est daté de mars-avril 1936 « en Amérique centrale », est de caractère purement psychologique. Quant à la présence, à côté de l'inspecteur général des postes d'un inspecteur qui voit le détail des choses, elle est habituelle, de même qu'il est normal que l'inspecteur général signe l'ensemble des rapports, ainsi qu'aujourd'hui encore un ambassadeur signe les dépêches établies par les conseillers pour en prendre la responsabilité. Rien en tout cela n'est comparable au comportement de Henri Beyle qui, chaque fois qu'il s'absentait sans autorisation, signait en blanc son courrier, laissant le soin de le rédiger à son chancelier Lysimaque Tavernier. Sans doute la carrière de Jean Giraudoux comporte-t-elle toute une série d'épisodes tels que mise à la disposition, mise hors cadre, missions, mais tous se situent à l'intérieur du service diplomatique ; tel n'est point le cas, par exemple, de Paul Morand, mis en disponibilité dès 1927 et placé à la disposition du sous-secrétaire d'État au Tourisme en 1932. L'on pourrait même dire que Jean Giraudoux est, pour la diplomatie, de ces novateurs qui lui ont donné une dimension nouvelle, celle de la culture et de l'information ; celles-ci fournissent la matière de ses premières fonctions et son nom leur restera étroitement attaché. Lorsque Louis Barthou le nomme en 1934 au poste très traditionnel d'inspecteur général des ambassades et consulats, c'est parce que « l'importance qui s'attache de plus en plus au développement de la propagande et de l'information française à l'étranger impose à l'inspection des postes une activité particulière dans ce domaine * ».

Disons donc, pour conclure sur ce point, que Giraudoux, diplomate, ne s'est pas taillé des loisirs au détriment de ses devoirs d'État, mais que, par chance — ou par habileté —, il s'est vu attribuer des devoirs d'État assez légers pour qu'il les remplisse parfaitement en se ménageant des loisirs.

Ces loisirs ont permis la maturation de l'œuvre. La maturation : je voudrais — et ce sera ma dernière remarque — corriger une impression. Celle de spontanéité entière, que pourrait donner l'aisance dans l'agencement de l'œuvre comme dans l'expression. Cette spontanéité existait, certes, mais au moment ultime, celui de l'écriture ; c'est alors que, sur ces grandes feuilles qu'il aimait employer, sa plume courait, calme, infatigable, sans rature. Mais, auparavant, que de longs cheminements ! Il m'avait parlé d'*Ondine* deux ans à l'avance, de *la Folle* cinq ans à l'avance. J'ai eu l'occasion de le voir travailler de plus près lorsqu'il prépara les conférences réunies sous le titre de « Les cinq tentations de La Fontaine » (comme on le sait, si Jean de La Fontaine a eu cinq tentations, c'est que le programme de l'Université des Annales avait prévu cinq conférences). Entre chacune de ces « tentations » hebdomadaires, nous examinions ensemble des documents, des textes, ajustions quelques idées ; je le quittais ; tout cela restait flou, imprécis... Et, quelques jours plus tard, je retrouvais quelques-uns de ces éléments épars dans un texte étincelant, dans un discours aimable et fluide. Cette transmutation est bien le propre du génie.

Je voudrais terminer l'évocation de ces souvenirs sur Giraudoux, sur ce double Giraudoux écrivain et diplomate à la fois, en reprenant ces lignes, qu'il écrivit quelque part : « Nous sommes souvent fatigués, le soir, de n'avoir pas eu, du réveil au coucher, cette unité de mœurs, de métier ou de joies qui est le privilège des natures non humaines. Nous mourrons

* *Archives diplomatiques,* dossiers personnels, Giraudoux. Note du Directeur du personnel.

fatigués, au soir de notre vie, de cet écartèlement si souvent pénible, de cet effort d'adaptation finalement si vain. »

Je ne crois pas que Jean Giraudoux soit mort fatigué.

JEAN BAILLOU.

LA « CARRIÈRE » DE JEAN GIRAUDOUX *

Jean Giraudoux a choisi la diplomatie parce qu'il ne voulait pas s'engager dans une carrière de professeur. « Élève aujourd'hui, professeur demain ! — une nuit, une seule nuit pour tout ce qui n'était pas, dans la vie, l'enseignement ! Je reculai » *(Simon le Pathétique).* Il recule, mais lentement, en ménageant ses parents qu'il conduit peu à peu à accepter son changement d'orientation. Il n'a mis aucune ardeur à préparer son agrégation ; l'échec qu'il y subit ne le morfond pas, alors qu'il a l'habitude de réussir ses examens. Il a l'intention de se représenter, sans doute, ce qui lui permet de garder sa turne à l'École normale et de caresser l'espoir — sait-on jamais ? — de profiter encore d'une rallonge de sa bourse d'études. Mais Jean Giraudoux, après ses séjours en Allemagne et aux États-Unis, a respiré l'air d'une liberté enfin conquise. L'univers de l'Université lui paraît étriqué et il n'a pas envie de ressembler à ce Gontran dont il brossera un portrait pitoyable dans *Simon le Pathétique.*

Mais pourquoi la diplomatie ? Il y pensait déjà lorsqu'il rencontra le consul Lucien Bonzon à New York qui lui donnera un excellent conseil[1]. Revenu à Paris, il y pensera encore en empruntant les livres de son ami Paul Morand, élève des Sciences politiques et qui se destine à la Carrière[2]. Enfin, la diplomatie exerçait, à l'époque, un attrait certain sur

* Communication faite au colloque « Giraudoux et la diplomatie » dans le cadre du XXXe Festival de Bellac (1983).

les jeunes gens tentés par une existence fondée sur les voyages et un minimum de travail. « Me conformant au vœu de ma famille, écrit le comte de Saint-Aulaire, j'ai choisi la Carrière où, sur sa réputation usurpée, je me flattais de concilier le minimum de travail avec le maximum de facilités pour satisfaire ce goût (celui des voyages)[3]. »

A ces hypothèses s'en ajoute une autre avancée par Jacques Body. Jean Giraudoux aurait songé à devenir diplomate pour « combattre de front les empiétements de la diplomatie allemande[4] ». Il est certain que Jean Giraudoux a été frappé par la puissance industrielle de l'Allemagne révélée aux Français à l'Exposition internationale de Paris en 1900, qu'il a vu de près le dynamisme de ce peuple lors de son séjour en Allemagne en 1905-1906 et qu'il a assisté à cet envahissement culturel qu'il dénonce dans *la Culture allemande et les Universités américaines*[5]. Les poussées du pangermanisme inquiétaient, à l'époque, bien des esprits, dont Paul Valéry qui y voyait le résultat d'une conquête méthodique[6].

Mais rien ne sert de rêver, et Jean Giraudoux se faisait beaucoup d'illusions. Il verra, tout d'abord, qu'il n'est pas facile d'entrer au Quai d'Orsay. En mai 1909, il se présente au « grand concours », celui des ambassades ; cinq candidats sont retenus alors qu'il est classé sixième. Il avait été malade pendant l'oral, dit-on, et d'après Paul Morand, « sa préparation hâtive lui avait fait négliger la seconde langue (l'anglais) et le droit international[7] ». Atteint par la limite d'âge, Jean Giraudoux ne pourra plus se présenter au « grand concours », mais au « petit concours », celui des chancelleries où il fut classé premier en juin 1910[8].

Le 14 juin 1910, Jean Giraudoux fait donc son entrée au ministère des Affaires étrangères en qualité d'élève vice-consul. Mais il n'a plus d'illusions à se faire. La route à parcourir sera longue avant d'accéder à un emploi intéressant. Il débute au bas de l'échelle et sauf un hasard heureux, il n'arrivera pas aux postes les plus élevés. Au surplus, ces postes sont en nombre réduit. En 1909-1910, la France est représentée dans le monde par 10 ambassadeurs et 51 ministres plénipotentiaires[9]. Cette perspective étroite peut-elle contenter Giraudoux ? Rien de moins sûr. Toujours est-il qu'il possède un avenir certain et que son entrée dans la diplomatie démontre qu'il nourrissait des ambitions. Le fils du percepteur de Cusset fait désormais partie d'une élite de fonctionnaires et il pénètre dans un milieu réservé, surtout à cette époque, aux fils de famille. Le ministère des Affaires étrangères représentait, avant la guerre de 1914, un des hauts lieux du prestige français, mais ce prestige dépendait d'un nombre limité de personnes qui se connaissaient toutes plus ou moins bien[10].

Si l'avantage moral est acquis, si la réussite sociale est évidente, la situation matérielle de l'apprenti diplomate reste peu brillante. Naguère encore, l'emploi d'élève vice-consul n'était pas rétribué[11]. Il faut attendre 1896 pour qu'un décret modifié en 1902 et en 1906 améliore la situation. Désormais, l'élève vice-consul (nouveau grade qui remplace celui d'élève chancelier) touchera un traitement de 2 000 francs-or par an[12]. C'est exactement le montant de la bourse d'études que Giraudoux avait reçue pour son séjour en Allemagne en 1905-1906. On peut donc conclure de cette comparaison que l'élève vice-consul est relativement mal payé.

Giraudoux doit donc résoudre des problèmes matériels urgents. A son retour d'Harvard en 1908, il avait écrit à sa mère qu'il ne louait son appartement de la rue de Condé que pour quelques mois[13]. Il est bien contraint de le garder avec son ameublement sommaire[14]. Il doit continuer à fréquenter le restaurant Laveur et y laissera, semble-t-il, des « ardoises » qu'il remboursera encore en 1917[15].

Requis par des heures fixes de travail, Giraudoux abandonne la rubrique des contes au *Matin*. *L'École des indifférents* va paraître en 1911, mais avec un copyright de 1910, ce qui pourrait signifier que le livre était prêt avant le concours. En 1912, Giraudoux publie un conte, rien en 1913 ; en 1914 paraissent cinq chapitres de *Simon*.

Jean Giraudoux est donc absorbé par ses tâches nouvelles, d'autant plus qu'il est attaché, dès son entrée, à la Direction politique et commerciale, le service clef du ministère, « son épine dorsale »[16]. Si Jean Giraudoux a compté établir sa carrière sur un minimum de travail, il a dû déchanter. Non seulement les heures de travail sont nombreuses (la semaine de 40 heures n'existait pas), mais, à tour de rôle, il est retenu par des « permanences » tard dans la soirée.

Saint-Aulaire nous décrit la mission des débutants dans la

Carrière qui consiste surtout en des besognes de gratte-papier[17]. Il s'agit de recopier sans faute, sans tache, d'une écriture claire, lisible, « calligraphiée », les brouillons des rédacteurs, compliqués de ratures et de corrections. Jean Giraudoux a vécu la fin de cette période. Jules Laroche, rentrant au ministère en 1913, est étonné de rencontrer dans les bureaux la présence toute récente des « dames dactylographes » et des « secrétaires féminins » qui assistent les principaux chefs de service[18].

Les débuts dans la Carrière permettaient toutefois de jouir de deux privilèges importants.

Le premier consistait à organiser le thé de cinq heures accompagné de succulents gâteaux. Le thé réunissait tous les membres d'un département et, durant une heure, toute hiérarchie était bannie. C'était le moment des brillantes causeries au cours desquelles les personnalités s'affirmaient. Tous ces jeunes étaient naturellement ambitieux. Étaient-ils du côté du « syndicat de l'encensoir » qui pratiquait la louange, ou du côté de l' « aquarium des caïmans » qui réunissait des collègues de même grade qui se disputaient le grade supérieur[19] ? Si cette distinction subtile existait encore du temps de Giraudoux, nous le classerions volontiers du côté des caïmans, ce qui nous fournirait la clef d'un de ses dessins[20].

Le second de ces privilèges consistait à accompagner la valise diplomatique. C'était une récompense que le ministère offrait à ses futurs diplomates parmi les plus zélés. C'était — faut-il le dire ? — l'occasion de voir du pays dans des conditions excellentes et d'avoir des vacances aux frais de la princesse. La valise consistait en d'énormes malles que l'attaché ne voyait même pas. Il portait la sacoche avec le courrier sur laquelle il devait veiller personnellement jour et nuit, et il devait la rapporter au Quai avec les réponses. Cette mission était d'autant plus recherchée qu'elle augmentait le traitement de son bénéficiaire d'une substantielle indemnité de déplacement qui variait selon le prix du voyage en première classe (+ 20 %).

Six mois après son entrée au ministère, Jean Giraudoux est désigné pour accompagner la valise diplomatique à Istanbul. Plus tard, il racontera que ce fut à la suite d'une méprise et qu'on l'avait confondu avec un vieux consul du nom de Giraudou [21]. Ce consul a bien existé, mais il se nommait Raoul Girodroux [22]. Jean Giraudoux accompagnera encore deux fois la valise, à Moscou (février 1912), à Vienne et à Istanbul (mai 1913). En mars 1912, revenant de Moscou, il passe quelques heures chez son ami Marcel Ray, à Berlin, pour se plaindre de ne pas être payé (ce qui est faux), d'être soutenu par les subsides d'une vieille tante (laquelle ?). Tout son espoir consiste à obtenir un poste de consul en Chine, comme Claudel [23].

Ces trois séjours à l'étranger montrent que Giraudoux jouissait de la confiance de ses chefs. Il obtient donc rapidement un poste de confiance au sein du ministère. Dans l'*Annuaire diplomatique* de 1913, nous apprenons qu'il est attaché au Service des communications. Il s'agit d'un très petit service dans lequel il travaille avec Jessé-Curély, qui deviendra un de ses amis, et Bruère. Ces trois diplomates sont chargés de rédiger les communications à la presse et au public, de résumer la presse, les revues françaises et étrangères et enfin de s'occuper des cartes de géographie du ministère, en particulier de leur mise à jour. Il est important de noter que Jean Giraudoux se trouve donc confronté, dès les débuts de sa carrière (vers 1911-1912), aux problèmes de l'information.

Dans la grisaille des jours, une surprise attend notre diplomate : en mars 1911, Philippe Berthelot le fait appeler à son cabinet. Paul Claudel, grâce à une phrase amusante du *Petit Duc* a attiré l'attention du directeur du cabinet du ministre sur Giraudoux [24] qui plaira à celui qui deviendra dans dix ans le personnage le plus important du ministère. Cette rencontre est importante, mais non décisive pour le moment. La carrière du diplomate suit son cours normal. Giraudoux est attaché le 15 septembre 1912, vice-consul de 3ᵉ classe le 6 septembre 1913 [25]. A cette date, il devait gagner dans les 2 500 francs-or par an. Il a toujours sa « résidence », comme il est écrit dans l'*Annuaire diplomatique,* à la Direction politique et commerciale.

La guerre de 1914-1918 n'améliore en rien la situation de Jean Giraudoux. Mais un fait nouveau s'est présenté. A cause de la guerre, le ministère a subi des changements et Berthelot va en profiter. Après avoir été directeur du cabinet de Pichon (ministre des Affaires étrangères), Berthelot, à la fin de 1912, était redevenu l'adjoint de Margerie à la direction des Affaires politiques. Mais Margerie étant fort occupé par ses fonctions de chef de cabinet du ministre Doumergue, Berthelot dirige en fait les Affaires politiques. En octobre 1915, c'est Briand qui devient ministre des Affaires étrangères et il prend Berthelot comme directeur de son cabinet politique jusqu'à sa chute en mars 1917. Pendant cette période, Berthelot passe au-dessus de tout le monde ; il devient le chef incontesté de toute la diplomatie. Il n'a jamais perdu de vue Giraudoux et va le mettre en valeur en le faisant participer à des missions au Portugal en 1916 et aux États-Unis en 1917. Quant à Giraudoux, il a pleine confiance en Berthelot et il ne cesse de lui envoyer des renseignements ou des informations[26].

Revenu en France après sa mission aux États-Unis (août 1917), Giraudoux, dans l'intervalle de ses séjours dans les hôpitaux, bénéficie encore de quelques missions — *Nuit à Châteauroux* ne doit pas être un récit entièrement inventé — dont nous ne connaissons rien. Il est souvent à la Maison de la Presse ; le 24 novembre 1918, il est à Strasbourg pour y voir l'armée française qui réoccupe la ville. De Strasbourg, il envoie à son neveu une carte postale encore affranchie d'un timbre allemand. On sait aussi qu'il sera détaché à l'État-Major général de l'armée (bureau franco-américain). Il aurait pu, d'après ce qu'il écrit à Paul Morand, devenir l'aide de camp du général tchèque Stéfanik, mais son état de santé ne le lui permit pas[27].

En fait, l'année 1918 et le début de l'année 1919 restent, dans la biographie de Giraudoux, mal connus. Il est un peu dans l'ombre, comme son protecteur Philippe Berthelot qui, après la chute de Briand, redevient l'adjoint de Margerie et qui n'est pas heureux, ni avec son plan pour le Congrès de la paix qui sera à peine examiné, ni dans son désir d'avoir le secrétariat de la conférence de la paix qu'il n'obtiendra pas. Toutefois, au moment où l'on signe le Traité de Versailles (28 juin 1919), Berthelot est nommé directeur des Affaires politiques et commerciales en remplacement de Margerie désigné pour la légation de Bruxelles que, pour lui, on va hausser au rang d'ambassade.

Berthelot devient donc le chef direct de Jean Giraudoux

qui, lui, a profité d'une chance nouvelle. En effet, le *Journal officiel* du 12 février 1919 publie le texte d'un décret pour un concours de classement au ministère des Affaires étrangères. Ce concours « sera ouvert le 1er mai 1919 pour l'admission au grade de secrétaire d'ambassade de 3e classe ou de consul suppléant de 1re classe ». Il est réservé aux « candidats du grade de chancelier, de drogman ou d'interprète, ou comptant, au moment de l'inscription, au moins six ans de grade comme attaché de chancellerie, élève drogman ou élève interprète. Il sera mis au concours trois places de secrétaire d'ambassade de 3e classe et huit places de consul suppléant de 1re classe[28] ». Ce concours, qui résulte de dispositions « exceptionnelles[29] » d'après l'*Annuaire diplomatique* (il est, en effet, réservé uniquement aux membres du ministère), convient à Giraudoux. Aussi a-t-il posé sa candidature dès le 31 mars (il est démobilisé depuis deux jours) en spécifiant ses titres : « M. Giraudoux, Chancelier, Rédacteur à l'Administration centrale à M. le Ministre des Affaires étrangères[30] ». Il sort brillamment des épreuves. Classé deuxième, il bénéficie donc d'un des postes de secrétaire d'ambassade de 3e classe. Sa nomination date du 15 mai 1919. Elle suit immédiatement les résultats du concours. Mais Giraudoux est maintenu « à la disposition », ce qui signifie qu'il est en congé provisoire et qu'il n'a aucune affectation dans les cadres. Est-ce à cause de son état de santé ? C'est possible[31]. Quant à nous, nous constatons que ce congé, il l'emploie surtout pour voyager et pour revoir sa famille. Tantôt il est à Aix-en-Provence (chez Vaudoyer ?), tantôt à Saint-Amand-Montrond, mais il séjourne le plus souvent à Cusset où il assiste à la longue agonie de son père qui meurt le 20 février 1920 à soixante-dix ans.

Il est possible qu'à ce moment encore, Berthelot soit intervenu dans la carrière de son protégé. Faute de documents, il faut ici énoncer quelques hypothèses. Nommé le 15 mai 1919, Jean Giraudoux ne reçoit notification de ses nouvelles fonctions que le 23 septembre 1920, soit avec plus d'un an de retard. En fait, cette période semble avoir servi à lui trouver une affectation à Paris, non à l'étranger. Il faut se souvenir qu'en 1912, avait été créé au ministère des Affaires étrangères un bureau des œuvres à l'étranger dont deux consuls constituaient tout le personnel. Ce service ne pourra fonctionner à cause de la guerre. De son côté, Berthelot avait fondé, pendant la guerre, cette Maison de la Presse si critiquée. La paix venue, il fallait la liquider, sauver ce qui pourrait être utile et créer, au ministère, un Service des œuvres réellement efficace. Il semblerait, tout d'abord, qu'il ait été question d'un Commissariat à l'Information et à la Propagande, ainsi que nous le voyons par l'en-tête d'un papier à lettres que Jean Giraudoux utilise en octobre 1919 [32]. Mais il faut trouver des fonds pour assurer l'assiette financière du service, ce qui n'est pas facile. Et puis, il faut considérer que le mot de propagande déplaisait autant à Berthelot qu'à Giraudoux [33].

Au début de 1920, le projet a évolué et prend une forme quasi définitive. Le 16 janvier 1920, une note rédigée, croyons-nous, par Berthelot et dont on a conservé le manuscrit [34], est envoyée à J. Giraudoux, Jaloux et L. Maury. Il s'agit d'un brouillon destiné à une dactylo : « J'ai l'h(onneur) de vous f(aire) s(avoir) que par un arrêté en date du 15 de ce mois, vous avez été nommé chef de section 1. *Universitaire* — 2. *Artistique* — 3. de *Propagande* au Service des œuvres françaises à l'étranger. Vous êtes mis à la disposition de M. Kahn, chef de ce service. » En note, et « pour M. Giraudoux seulement » : « Le service des écoles françaises à l'étranger rentre dans les attributions de la section dont vous allez avoir la direction. »

Donc, avant sa réintégration le 2 avril, Giraudoux connaît le poste qui lui est réservé, mais dont il reçoit notification le 18 ou le 23 septembre seulement (en réalité, il y a eu changement de ministre entre les deux dates). Dans cette situation, Jean Giraudoux jouit d'un traitement de 16 000 francs par an, mais il ne s'agit plus de francs-or. Le 10 octobre 1921, il devient, selon la promesse qui lui avait été faite, chef du Service des œuvres à l'étranger.

Le Service des œuvres était rattaché à cette Direction des affaires politiques et commerciales à laquelle Jean Giraudoux n'avait cessé d'appartenir depuis son entrée au ministère. Ce n'est pas un service très important. Dans l'organigramme du ministère paru en 1931 [35], il est le dixième des douze services rattachés à la Direction. D'après l'*Annuaire diplomatique* de

1931, le Service des œuvres a dans ses attributions la « Gestion et répartition des crédits affectés aux œuvres françaises d'enseignement et d'assistance, à l'envoi de livres et aux manifestations artistiques à l'étranger » ainsi que « les questions concernant l'expansion intellectuelle de la France au-dehors ». J. Body a, nous semble-t-il, bien apprécié le rôle de Jean Giraudoux dans ses nouvelles fonctions [36]. Il y fait preuve d'initiative et il a réussi à concrétiser quelques-uns de ses projets de manière durable. En particulier, il a créé la Direction des relations culturelles, devenue très importante aujourd'hui. Il y fut attaqué, on le sait, par Béraud qui réunira les pièces de son dossier contre le Service des œuvres dans *la Croisade des longues figures* (Paris, 1924). Attaquer un fonctionnaire — qui est tenu par la règle du silence — reste une action basse et malhonnête. Mais lorsque Jean Giraudoux put répondre, il le fera en déclarant qu'il n'y avait plus de service de propagande en France (*les Nouvelles littéraires,* 2 juin 1923). Cette réponse paraît, avec le recul du temps, peu convaincante. Une négation trop bien mise en valeur dissimule mal une demi-vérité ou un demi-mensonge. L'ayant faite, Jean Giraudoux, soulagé, aborde avec plus d'aisance des problèmes purement littéraires. A sa décharge, c'était peut-être la seule réponse qu'il avait eu l'autorisation de faire aux attaques de Béraud. Il semblerait, en définitive, que des ambiguïtés nombreuses aient subsisté à l'égard du Service des œuvres. En 1941, alors qu'il était de bon ton d'attaquer les institutions de la IIIe République, on accusera encore le Service des œuvres d'avoir mal servi la France à l'étranger à cause de la médiocrité de ses choix [37]. En réalité la gestion de Jean Giraudoux au Service des œuvres mérite une étude approfondie, établie à partir de toutes les archives administratives.

Jean Giraudoux reste à ce poste où il donne sa pleine mesure jusqu'en 1924. Cette année marque un tournant dans sa carrière. Pour mettre en lumière notre point de vue, il suffit d'examiner l'*Annuaire diplomatique* pour les années 1924-1925. A ce moment, la France a envoyé à l'étranger 12 ambassadeurs et 46 plénipotentiaires. Comparée à l'année 1910, la situation a peu évolué, surtout si on tient compte que la carte du monde a été refaite. Disons donc que la représentation française dans l'univers d'après-guerre reste étroite et limitée, soit par habitude, soit par volonté délibérée ou, peut-être, par manque de cadre. Remarquons toutefois que Jean Giraudoux est un diplomate et que sa place se situe dans un poste à l'étranger. Nous en aurons la preuve en examinant son classement. Parmi les secrétaires d'ambassade de 2e classe, nous voyons que Giraudoux occupe le 7e rang. Son classement est donc excellent et Giraudoux n'a pas à consulter la nouvelle édition de l'*Annuaire* avec cette légère appréhension qui anime certains de ses collègues. Par ses bonifications militaires de paix et de guerre, il dépasse même Paul Morand, plus ancien que lui dans le « grand cadre ».

C'est plus qu'il n'en faut pour attirer sur soi l'attention d'un ministre comme Raymond Poincaré, assez mal disposé à l'égard du Quai d'Orsay et qui veut remettre de l'ordre dans la maison[38]. D'après son biographe, Pierre Miquel, Poincaré a surtout en vue la fraction « briandiste » du ministère qu'il soupçonne encline aux concessions, voire aux compromissions avec l'Allemagne. Parmi les diplomates visés, il faut citer surtout les « littéraires » : Paul Claudel, Paul Morand, Alexis Léger et Jean Giraudoux[39]. Cette vision reste peut-être un peu courte. Poincaré voulait que la sécurité de la France soit garantie par l'exécution intégrale des traités. De son côté, Briand cherchait à établir une paix durable. Mais pouvait-il atteindre son objectif sans s'appuyer sur un pays dont la sécurité n'était pas pleinement acquise ? Ce qui est plus important à remarquer c'est que, pendant la période où Poincaré fut ministre des Affaires étrangères (15 janvier 1922 au 9 juin 1924), Berthelot, protecteur de ces diplomates « littéraires », avait été mis en congé.

Nous avons quitté Berthelot au moment où, en 1919, il était devenu le directeur des Affaires politiques et commerciales du ministère. Ce poste lui servit de tremplin pour réaliser son ambition qui consistait à travailler directement avec le ministre et coiffer ainsi tout le ministère. Il visait, en effet, le secrétariat général, poste créé pour Cambon en 1915, occupé ensuite par Paléologue qui le quittera pour aller à Moscou. Berthelot reprend les fonctions de Paléologue en 1920. Mais il se compromet bientôt dans ce qu'on a appelé « l'affaire de la Banque industrielle de Chine » dont son frère était le directeur. Il préfère donner sa démission et Briand ne le remplacera pas et le maintient « à la disposition » (en congé)[40]. Devenu ministre, Poincaré, en juriste, continue l'affaire et, dans une certaine mesure, il épargne à Berthelot les conséquences définitives de sa démission. En mars 1922, il le défère devant un conseil de discipline qu'il préside. En fin de compte, Berthelot sera placé en non-activité pendant dix ans ; il conserve son titre d'ambassadeur, et ses droits à la retraite sont sauvegardés. La sanction parut sévère et généralement elle fut blâmée ainsi que l'écrit Jules Laroche[41]. Mais après tout, ce conseil de discipline n'était-il pas aussi composé de diplomates ?

Giraudoux perd en Berthelot un protecteur attentif et efficace, même s'il garde l'ami. Quant à Poincaré, il cherche à mettre les agents du ministère à leur place réelle selon leurs mérites et leurs qualités. Il s'aperçoit que Jean Giraudoux est secrétaire d'ambassade et qu'au surplus, il a réussi les épreuves en langue allemande. Dès lors, le 7 mai 1924, il le désigne comme secrétaire d'ambassade à Berlin. Cette promotion aurait réjoui tout autre que Giraudoux qui voulait bien être diplomate, mais à Paris[42]. Remplir les fonctions de son grade dans une capitale où vos connaissances de germaniste vous appellent, et avoir, au surplus, la certitude que la distance qui vous sépare d'un poste d'ambassadeur se raccourcit, voilà de quoi satisfaire plus d'un ambitieux. Ce n'est pas le cas de Giraudoux qui n'ose refuser et qui part pour Berlin le 24 juillet 1924[43]. A cette date, Poincaré n'est déjà plus ministre des Affaires étrangères, et Giraudoux trouve une parade en se faisant octroyer, le 29 juillet, un congé de deux mois pour raison de santé. Peut-on refuser cette faveur à un blessé de la guerre ? sûrement non. Edouard Herriot, le nouveau ministre, peut-il désobliger un ancien de Normale supérieure, écrivain comme lui ? il n'en est pas question. Giraudoux retrouve donc Paris, passe ses vacances à Vichy-Cusset et ne retournera pas à Berlin. Le 31 octobre, il a réussi, on ne sait comment, à se faire nommer chef du Service d'information et de presse du ministère. Quant à Poincaré, il pourra toujours prétendre qu'il voulait lui rendre service (et il n'avait pas tort) en l'envoyant remplir les fonctions de son grade à Berlin parce que « c'était son tour[44] ».

L'*Annuaire diplomatique* de 1926 nous renseigne sur le Service d'information et de presse dont l'embryon existait déjà, nous l'avons dit, avant 1914. Il est chargé des « communication à la presse et au public ; rédaction des télégrammes et radiotélégrammes d'information ; analyse de la presse française ; traduction de la presse étrangère et publication du *Bulletin de presse étrangère* et du *Recueil de documents étrangers ;* étude de la presse étrangère ». La tâche est donc importante. Il ne s'agit plus du petit Service des œuvres, bien au contraire. Aussi ce service est-il premier cité dans l'*Annuaire* et il est directement rattaché au cabinet du ministre (ce qui s'explique aisément) et, bientôt, au secrétariat général que Berthelot, lavé de tout soupçon, va réoccuper à partir du 20 avril 1925.

Autre différence avec le Service des œuvres : le cadre dont Giraudoux dispose est bien fourni. Il a avec lui, sous ses ordres, deux chefs de section (dont Cain), sept sous-chefs de section (dont Bressy et Crémieux), dix rédacteurs-traducteurs dont Peiréra et Moszkowski, un vieil ami d'avant-guerre [45].

Mais on dirait que, pour Giraudoux, le cœur n'y est plus. Son rôle lui paraît disproportionné, alors qu'il est très bien aidé. Il élude volontiers ses responsabilités en les reportant sur les épaules de son adjoint Bressy [46]. Zélé, Giraudoux ne l'est plus, s'il l'a jamais été. Au surplus, les responsabilités de ce service — qui sera toujours critiqué [47] — sont lourdes et lui pèsent. Visiblement il a considéré ses fonctions avec un recul certain, tout en se réservant d'intervenir quand la situation l'exigeait, mais nous gardons l'impression qu'il a beaucoup usé de cette possibilité.

On peut aussi poser la question : Giraudoux était-il réellement fait pour commander ou pour diriger ? Indépendamment de sa pudeur, un trait de son caractère l'en empêchait : sa timidité. On insiste peu sur cette timidité qui le rendait inaccessible, le vouait à la solitude [48], et montrait son inaptitude à imposer sa volonté aux autres, bref, à les diriger. Jean Giraudoux brille, mais seul. « Les choses que j'ai faites, c'est toujours seul [49] », rappellera-t-il à la fin de sa vie. Un petit service, comme celui des œuvres réunissant quelques amis, lui convenait très bien, mais il échouera au Service d'information et de presse, comme plus tard — faut-il le rappeler ? — au Continental dont la direction lui échappera totalement.

Revenons à 1926. C'est à ce moment que se présente l'affaire de *Bella,* roman qui paraît à partir d'octobre 1925 dans *la Nouvelle Revue française* avant de sortir en librairie en janvier 1926. Tout le monde pouvait reconnaître et a reconnu en Rebendart, héros peu sympathique, le portrait de Poincaré, et en Dubardeau, dont l'auteur se disait le fils, Berthelot. Or, depuis le 20 avril 1925, Berthelot était amnistié (sa mise en congé n'avait pas duré quatre ans et Briand ne pouvait se passer de lui) et il avait réintégré solennellement son poste au ministère. De son côté, Poincaré n'était plus ministre des Affaires étrangères, mais il allait être rappelé pour sauver son pays d'une crise financière très grave. La publication du roman suscita des remous, y compris au sein du ministère des Affaires étrangères[50]. Pourquoi ? Depuis la sanction prise contre Berthelot, Poincaré ne jouissait guère de l'estime du personnel de la Carrière qu'il avait traité, au surplus, avec hauteur sinon avec désinvolture, lorsqu'il était ministre des Affaires étrangères[51]. Giraudoux, en dessinant Poincaré sous les traits de Rebendart, ne faisait que magnifier par son talent tout ce qui avait été largement répandu par la presse. Le sort des hommes politiques est de subir des attaques, et Poincaré le savait tout aussi bien qu'un autre. Mais il y avait autre chose. Jean Giraudoux mettait aussi à nu la petitesse, sinon la vilenie, de certains de ses collègues du ministère : Larubanon, Crapuce, Basquettot, Brody-Larondet cachent des personnages réels sous des noms d'emprunt. Il n'est jamais adroit d'étaler au grand jour la médiocrité de son entourage professionnel. Jean Giraudoux péchait donc doublement. En attaquant Poincaré, il oubliait que faisant partie d'un service d'État, il n'avait pas la liberté d'écriture qu'on concède généralement à un journaliste ; en montrant la médiocrité de certains de ses membres, il manquait de prudence et risquait la désapprobation.

Et pourtant, si Giraudoux fut désapprouvé, ce ne sera pas sur ces points. Poincaré se montra, pour une fois, plus habile que lui. Il vantera, dans une critique littéraire qui lui fait honneur, les mérites du roman, tout en déplorant qu'il ait suscité une haine aussi constante chez un poète. Mais il trouve aussi l'argument qui permet de blâmer le diplomate. Giraudoux n'a pas suivi l'usage et n'a pas soumis son manuscrit à ses supérieurs avant la publication. Il prend donc Giraudoux en défaut sur un point protocolaire [52]. Mais qui donc étaient les supérieurs de Giraudoux au ministère en 1925 et 1926, sinon Berthelot et, pour le moment, Briand? Berthelot aurait trouvé le manuscrit de Giraudoux très amusant, mais ne valait-il pas mieux lui en ménager la surprise ? Briand n'avait pas le temps de lire et se serait fié à un rapport oral de Berthelot, pour autant que celui-ci ait pris la peine de le lui faire. On se demande donc à qui Giraudoux aurait pu s'adresser pour cette formalité. Poincaré était habile, sans doute, mais son habileté sentait trop le politicien. Et c'est ainsi que Berthelot le jugera [53].

Et Briand, que va-t-il faire? Il n'est pas l'homme des sanctions et l'a prouvé dans l'affaire Berthelot. De plus, Giraudoux ne pouvait être frappé d'aucune sanction puisqu'il n'avait pas failli dans ses fonctions. On ne sanctionne jamais qu'une faute professionnelle. Tout au plus pouvait-on lui adresser des reproches, un rappel à plus de prudence. Rien n'assure que Briand tenait à favoriser Giraudoux. Il avait été, paraît-il, très offusqué par l'affaire créée autour du roman. On devenait « belliciste » comme l'écrit Edmond Jaloux. Pour sa part, Giraudoux, tout en partageant l'idéal de paix de Briand, n'était pas loin de considérer son ministre comme « une vieille cocotte sublime [54] ». Faute de documents, nous ne savons pas ce qui s'est passé entre Briand et Giraudoux, mais nous pouvons l'imaginer. Il est certain que Briand a demandé des explications à Giraudoux. Un entretien a donc eu lieu. Giraudoux, comme Briand, possédait un grand pouvoir de séduction, et il a vraisemblablement réussi non seulement à se disculper, mais encore à demander, comme une faveur, à être déchargé de fonctions qui lui pesaient. Pour faire plaisir à son collègue Poincaré avec lequel il s'entendait au surplus fort bien, Briand aurait éloigné quelque peu Giraudoux en lui offrant de participer aux travaux d'une commission diplomatique à laquelle la France, l'Angleterre et l'Italie étaient intéressées, les travaux de cette commission devant se dérouler à Paris.

C'est ainsi que Jean Giraudoux siègera à la « Commission

d'évaluation des dommages alliés en Turquie ». Après la guerre de 1914-1918, il y eut beaucoup de commissions qui avaient pour but de régler les contentieux nés de la guerre et de l'application des traités. Les différentes éditions de l'*Annuaire diplomatique* des années 1926 à 1930 en donnent la liste. Pour la Turquie, alliée de l'Allemagne et contre laquelle Jean Giraudoux avait combattu, le contentieux était lourd. Deux traités, celui de Sèvres en 1919 annulé par celui de Lausanne en 1923, n'avaient pas résolu des problèmes de réparation très obscurs. L'*Annuaire diplomatique* de 1927[55] nous donne la composition de cette commission qui, sous la présidence de Jessé-Curély, réunit Giraudoux et quatre autres diplomates, six membres en tout, dont de futurs ambassadeurs. Jean Giraudoux y est entré, semble-t-il, par un échange de personnes. D'après une précision fournie par Brett Dawson, c'est Barjeton qui devait y siéger à l'origine. Or, on s'aperçoit que Barjeton reprend, en définitive, le poste vacant au Service de presse de Giraudoux et que ce dernier prend la place de Barjeton au sein de la commission.

On a dit et écrit que l'entrée de Giraudoux dans cette commission constituait une sanction et une relégation en raison d'une mise hors cadre. C'est faux. La mise hors cadre n'a jamais été une sanction et n'a jamais donné lieu à une relégation. Le décret du 15 mars 1904 nous renseigne sur le dispositif hors cadre. A l'article 2 de ce décret, il est spécifié clairement que « seront seuls placés hors cadre les agents mis en service détaché à la disposition d'un autre département ministériel ». Or c'était le cas de Jessé-Curély et de Giraudoux qui, à la « Commission d'évaluation des dommages alliés en Turquie » étaient mis — on le comprendra aisément —, à la disposition du ministère des Finances. Nous en avons la preuve dans une lettre du 12 mars 1927 du ministre des Finances à son collègue des Affaires étrangères, lettre qui figure toujours dans le dossier personnel de Jean Giraudoux et dont voici les termes :

« Le Ministre des Finances à Monsieur le Ministre des Affaires étrangères. Par lettre du 25 février 1927, vous avez bien voulu me soumettre, conformément à l'article 33 de la loi du 30 décembre 1913, une proposition tendant à autoriser MM. Jessé-Curély, ministre plénipotentiaire de 1re classe, et

Giraudoux, secrétaire de 1re classe chef du Service d'information et de presse, à servir pendant une période de ... (les derniers mots concernant la période sont biffés, ce dont Giraudoux se servira) auprès de la Commission d'évaluation des dommages de guerre en Turquie. J'ai l'honneur de vous informer que, sur le rapport de M. le Directeur de la Dette inscrite, j'ai émis à la date du 8 mars 1927 l'avis conforme que vous m'avez demandé... »

Servant comme diplomate pour un autre ministère, Jean Giraudoux était donc placé naturellement « hors cadre » de son propre ministère.

Notre but n'est pas de retracer les travaux de cette commission, mais elle traite assez rapidement les dossiers. Ses membres la quittent les uns après les autres, mission accomplie. En 1930, elle ne comporte plus que deux membres : Jessé-Curély et Giraudoux[56]. En fait ses travaux doivent être terminés. Elle ne figure plus dans l'*Annuaire diplomatique* de 1932 ; seul Giraudoux y est toujours « domicilié ».

Avoir été le seul membre d'une commission fantôme restera peut-être une marque de triomphe de l'esprit giralducien. C'est du moins l'opinion de Charles Braibant qui écrit : « Pour prolonger, dix ans après l'armistice, cette moribonde commission d'évaluation de dommages depuis longtemps oubliés, il lui fallut, je crois bien, plus d'ingéniosité encore que pour écrire *Juliette au pays des hommes* ou *Siegfried et le Limousin.* Cette obscure campagne quasi diplomatique, ou plutôt antidiplomatique, qui restera ignorée de l'histoire littéraire, fut peut-être son chef-d'œuvre[57]. » N'oublions pas que, parfois, il y fut aidé. En 1935, Paul-Boncour, ancien ministre des Affaires étrangères, écrit à Louis Jouvet à propos de *La guerre de Troie n'aura pas lieu :* « Je l'ai (Giraudoux) nommé ministre plénipotentiaire et l'ai maintenu hors cadre pour qu'il continue à nous faire de belles choses[58]. »

Par cette lettre de Paul-Boncour, nous voyons que Jean Giraudoux n'a pas souffert de cette mise hors cadre dans sa carrière. Bien au contraire. Nous l'avons quitté secrétaire d'ambassade. Le voici conseiller le 24 juillet 1928. A partir de ce grade, il ne peut plus être qu'ambassadeur ou ministre plénipotentiaire. Il a perdu ses chances de devenir ambassadeur en quittant Berlin en 1924. Il sera donc ministre plénipotentiaire le 26 avril 1933. Il a 50 ans et il accède au sommet de la hiérarchie diplomatique plus rapidement que beaucoup d'autres.

Cette mise en veilleuse a admirablement servi l'écrivain. Membre d'une commission fantôme, Giraudoux peut se livrer à ses travaux personnels, tout en utilisant sans scrupules le papier à en-tête de la commission, papier dont personne ne se sert plus[59]. Pour l'écrivain, ces années sont des années brillantes. Faut-il rappeler, en particulier, ses succès au théâtre ? Ecrire n'est plus, pour lui, une activité hédoniste. L'écrivain devient journaliste (collaboration à *Marianne,* par exemple) et conférencier pour défendre ses idées.

Il considère que l'écrivain a un rôle à jouer dans la cité. Il l'affirmera plus tard, mais il en était persuadé depuis longtemps. C'est alors (1928) qu'il parle, pour la première fois, de fonder une « Ligue urbaine ».

Si nous examinons l'activité diplomatique de Giraudoux à cette époque, nous constatons qu'elle est remplie de déplacements à l'étranger. Quelques-uns s'expliquent, comme le séjour à Berlin à la fin de 1930. D'autres sont inexplicables. C. Weil qui tente d'y voir clair à l'époque de l'élaboration d'*Intermezzo* constate que « Giraudoux diplomate à cette époque voyage beaucoup » et qu'il peut être envoyé « subitement dans un pays lointain » par son ministère[60]. Que signifie toute cette agitation ? Et à quoi est-elle liée ? Aucun document ne nous permet de répondre actuellement à ces questions.

Dans le contexte diplomatique, la mission remplie par Giraudoux au ministère d'Édouard Herriot entre le 10 juin et le 19 décembre 1932 ne peut compter que comme un détachement provisoire, et comme un compagnonnage avec un ministre écrivain, un ancien de Normale supérieure, de surcroît. Herriot déclarera que Giraudoux était « le plus détaché des attachés[61] », mais il prisait infiniment l'écrivain et l'homme[62] qu'il rapprochera peut-être des radicaux qui pourront le servir. Mais le serviront-ils ? Jean Giraudoux n'avait nullement besoin d'eux, et la suite de sa carrière le démontrera aisément.

Arrêtons-nous à 1934, année très importante pour Giraudoux. Des changements se sont opérés dans la vieille maison du Quai d'Orsay, non sur le plan du recrutement, resté très limité (le « grand concours » élit 11 candidats en 1931, 6 en 1932, 5 en 1933, 5 en 1934, le « petit concours » n'en retient pas davantage[63]), ce qui est fort peu pour réanimer les ambassades en y envoyant un personnel plus nombreux et plus jeune, mieux adapté au monde moderne qui voit monter le fascisme et le nazisme. Ce n'est pas là que se situe le changement, mais dans le fait qu'une époque est révolue. Poincaré, Briand, et Berthelot qui fut le serviteur de leur politique, ont disparu. En politique intérieure, Gaston Doumergue, nouveau président du conseil, met fin au cartel des gauches, forme un gouvernement de droite et prend, comme ministre des Affaires étrangères, Louis Barthou. La venue de Barthou est saluée comme un événement heureux pour la diplomatie française par Duroselle[64]. Barthou était libéral et patriote. Grand amateur de sport, bibliophile distingué, auteur de biographies, il était, à soixante-douze ans, plein de verve et d'esprit. Il va donner une impulsion nouvelle au Quai d'Orsay. C'est dans cette perspective d'éléments convergents qu'il faut voir la réintégration de Giraudoux dans les cadres et sa nomination au grade d'inspecteur général des postes diplomatiques et consulaires.

Cette inspection qui transformait un agent du ministère en ambassadeur itinérant, en porte-parole, existait depuis longtemps ; elle existe encore. Elle avait toujours été confiée à un ministre plénipotentiaire. En 1933, le poste était vacant ; seuls les deux adjoints de l'inspecteur étaient en place. Barthou revoit le problème de l'inspection et approuve le projet suivant qu'il étudie en mars 1934 : « L'Inspection des postes diplomatiques et consulaires est chargée de contrôler le fonctionnement et la gestion budgétaire des postes diplomatiques et consulaires. Elle a aussi, dans ses attributions, le contrôle du service de la propagande et de l'information dans ces postes. Étant donné l'importance que prennent la propagande et l'information, l'impulsion toute récente donnée à l'activité des postes à cet égard, il importe que l'agent appelé à occuper les fonctions actuellement vacantes d'inspecteur soit familiarisé avec ces questions.

« Or, tant par ses services antérieurs que par sa formation intellectuelle, M. Giraudoux, Ministre de 1re classe hors cadre, paraît tout particulièrement désigné pour effectuer, au mieux des intérêts du service, le contrôle demandé à l'inspection dans ce domaine. Ancien élève de l'École normale supérieure, M. Giraudoux a été successivement Chef du Service des œuvres à l'étranger et Chef du Service d'information et de presse.

« Il aurait comme adjoints deux inspecteurs issus du cadre des chancelleries, dont la compétence et l'expérience dans les matières d'ordre administratif et budgétaire lui apporteraient un concours précieux[65]. »

Giraudoux est donc replacé dans les cadres au titre d'inspecteur général, le 1er juillet 1934. Remarquons que le projet rend compte de ses mérites et qu'il met en valeur sa qualité d'ancien élève de l'École normale supérieure. A cette époque, le corps diplomatique se recrutait surtout parmi les lauréats des Sciences politiques ou des facultés de droit. Le titre d'ancien de l'École normale était, lui, prestigieux. Il conférait à celui qui le possédait des qualités de sérieux, de connaissances, d'agilité d'esprit, d'ouverture aux affaires et de style très appréciées, même dans le milieu un peu fermé des Affaires étrangères[66].

L'Inspection fut rattachée au Service du personnel et de la comptabilité (direction : le comte de Robien), troisième service dans l'organigramme du ministère. Les adjoints de Giraudoux furent Christian Vacher-Corbière (né en 1878), docteur en droit, consul, et Henri-Jean Job (né en 1883), sorti des Sciences politiques, également consul[67]. Le premier devait disparaître bien vite. Il ne sera pas remplacé, et l'« ami Job » sera le seul compagnon de Giraudoux dans ses inspections.

Comment Giraudoux remplit-il son nouveau rôle ? Il est difficile de s'en rendre compte. Ses rapports qui mettent en cause beaucoup de personnes ont été peu divulgués jusqu'à présent. Remarquons que son rôle est double et dépasse les limites d'une inspection traditionnelle. Giraudoux doit contrôler, sans doute, mais aussi informer et s'occuper de propagande. Pour le contrôle et la gestion budgétaire, on voit mal Giraudoux examiner le livre de comptes de l'ambassadrice et faire le relevé, approuvé par son adjoint, des petites cuillères en vermeil qui ont disparu au cours des réceptions. Au surplus, il y avait, à Paris, au ministère, un bureau qui s'occupait du « budget et de l'ordonnancement ». A lui de faire les vérifications. Reste le problème de l'information et de la propagande. Barthou y tenait sans doute beaucoup. Ramener le plus d'alliés possible à la France, tel était son but. Mais son règne, son ère, comme l'écrit Duroselle, sera interrompu au bout de quelques mois par une fin tragique. L'information, la propagande étaient des armes dont il comptait se servir. Jacques Body nous cite le cas de l'ambassadeur à Tokyo, Fernand Pila, qui demande la venue de Giraudoux « en mission de propagande intellectuelle[68] ». Cet ambassadeur avait très bien compris l'un des buts des missions de l'inspecteur. S'étonnera-t-on beaucoup de la fin de non-recevoir qui lui fut adressée, si on sait que le successeur de Barthou se nommait Pierre Laval ? Cela n'empêchera pas Giraudoux, accompagné du fidèle Job, de parcourir le monde. A-t-il informé ? A-t-il pu se livrer à la propagande ? Ce n'est pas à l'aide des quelques rapports que nous avons pu connaître que l'on peut répondre à ces questions. Une étude particulière fondée sur tous les documents des archives s'imposerait pour formuler un jugement.

Mais il semblerait, d'après les quelques rapports qui ont été montrés, que Jean Giraudoux et Job appartenant désormais à la Direction du personnel, se contenteront surtout de regarder et, pourrait-on croire, de se pencher sur le sort de ces postes lointains (Europe de l'Est, Moyen-Orient, Amérique centrale, Océanie), sur ces consuls oubliés, peu écoutés, que l'administration centrale laissait à leur triste sort, sans directives et sans moyens. Il n'empêche que la carrière diplomatique de Giraudoux fut marquée par un problème qu'il ne put jamais résoudre complètement : celui de l'information.

Est-ce pour cela que — quittant provisoirement le ministère — Jean Giraudoux acceptera si facilement la direction du Commissariat à l'information qui, étant donné les circonstances, pouvait jouer un rôle immense pour lequel Jean Giraudoux était, en définitive, bien préparé ? On ne sait. Mais à ce Commissariat, qu'on pourrait comparer à un Secrétariat d'État d'aujourd'hui, Giraudoux, rempli d'idées et mal servi, échouera complètement.

Après cette courte expérience, Giraudoux retournera au ministère. Il quitte le Commissariat en mars 1940, non sans garder la mission de présider le Conseil supérieur de l'information.

Giraudoux pressent la défaite et s'en désespère[69]. En juin, il est sur les routes, comme tout le monde. Il passe à Moulins où il serre la main de quelques camarades[70], puis à Bordeaux où, déjà, il se raidit contre l'adversité, la politique qui s'inaugure *(Armistice à Bordeaux)* et se retrouve enfin à Vichy.

Un semblant de ministère s'organise à l'hôtel du Parc sous la houlette de Paul Baudouin. Il reçut Giraudoux en lui faisant remarquer qu'à l'Inspection des finances dont lui sortait, on n'écrivait pas[71]. Baudouin avait fait carrière à la Banque d'Indochine, rivale de la Banque de Chine pour laquelle Berthelot s'était, jadis, compromis. L'ombre de Berthelot passa-t-elle entre les deux hommes ? C'est possible. A défaut d'un bureau, Giraudoux eut une table pour travailler à l'hôtel du Parc. On ne l'y vit pas souvent ; il préférait faire d'interminables parties de bridge dans les salons. On lui fit des offres de service qu'il refusera. Encore n'avons-nous que peu d'éléments de preuve à ce propos. Souvenons-nous cependant que dans le climat anglophobe de Vichy, Giraudoux ne fut pas à son aise. Son fils était passé à la dissidence. Cela se savait ; Giraudoux le proclamait. Aussi, rien ne le retenant à Vichy, songea-t-il à s'éloigner. Il avait parlé, dans une de ses premières lettres à son fils, de l'abaissement de la limite d'âge pour la retraite des diplomates[72]. Il va en profiter et demande sa mise à la retraite le 21 janvier 1941, ce qui lui évitera, au moins, de prêter le serment d'allégeance au chef de l'État.

Giraudoux n'avait plus rien à faire à Vichy. Il avait obtenu un ausweis le 27 décembre 1940. Il regagne Paris fin janvier 1941 et ne reviendra à Vichy que pour de courtes périodes, bien qu'il ait loué une chambre à l'année à l'hôtel Trianon.

Giraudoux restait diplomate, même retraité. « Je suis en disponibilité, mais toujours diplomate » déclare-t-il à Jean Blanzat peu avant sa mort[73]. Aussi va-t-il se livrer à un grand travail qui ressortit encore à la diplomatie. Le but de ce travail consistait à fournir un inventaire de tout « ce que nous possédions avant l'armistice dans tous les domaines, les pertes en biens et en vies humaines, l'état des ruines et des appauvrissements causés par la guerre, l'occupation allemande et les bombardements anglais, pour déposer sur le tapis vert au moment de la paix[74] ». Il parlera beaucoup de ce travail, non seulement à Martin du Gard, mais encore à André Beucler[75]. Mieux encore : à la fin de sa vie, six personnes, nous dit-il, collaborent avec lui à cet ouvrage[76]. C'était beaucoup, sinon trop. Sortant de sa réserve habituelle et sentant peut-être un danger indéfinissable planer au-dessus de lui dans l'hiver 1943, il demande à Jean Chauvel, diplomate dissident qui s'apprête à partir pour Alger, de venir le voir car il a des choses à lui dire[77]. Chauvel ne pourra se rendre à cette invitation et apprendra, peu après, la mort de Giraudoux.

Aujourd'hui, nous ne connaissons à peu près rien de ce grand travail. Les pages de *Sans pouvoirs* qui ont été retrouvées n'en sont qu'une partie. Où sont donc les dossiers qui comportaient un réquisitoire contre l'Allemagne et le manuel de propagande pratique destiné aux diplomates ? On voit donc que, diplomate par choix, Jean Giraudoux l'était resté par devoir civique.

Il est difficile aujourd'hui et dans l'état de nos connaissances actuelles, de prononcer un jugement sur la carrière diplomatique de Jean Giraudoux. Toujours est-il qu'on peut mettre en valeur quelques-unes de ses caractéristiques. Les débuts en furent lents, peu prometteurs (de 1910 à 1919), mais les progrès furent ensuite rapides (de 1920 à 1933). Jean Giraudoux qui aimait à jouer les premiers dans la vie fut très souvent le premier titulaire de services qui, à son entrée, étaient remodelés, revus, réadaptés. Il y fut presque toujours entouré d'amis[78]. C'est vrai pour le Service des œuvres, vrai en partie pour le Service d'information et de presse, vrai pour la Commission turque, et également vrai pour l'Inspection où il fit un compagnon de son adjoint. Ce compagnonnage lui convenait dans la mesure où il n'avait aucune aptitude de chef. Il faisait confiance à ses adjoints. Fut-ce une erreur ? En tout cas, son attitude et son inaptitude à diriger lui permettaient de prendre du champ, d'éluder, de cultiver une tendance à la nonchalance, à la désinvolture qui lui était naturelle. Mais sous cet aspect un peu frivole, Jean Giraudoux restait un homme courageux et loyal. Sans être zélé, il n'a jamais manqué à ses devoirs. Ses qualités d'honnête homme étaient prisées, ainsi que sa droiture naturelle. Il a rendu des services appréciés, et la plupart des diplomates qui l'ont connu et vu à l'œuvre témoignent en sa faveur. C'est que l'agilité d'esprit de Giraudoux, ses aptitudes acquises à l'École normale, sa vaste culture lui permettaient d'aborder avec aisance les tâches les plus diverses, les plus difficiles ou les plus délicates. Dès ses débuts dans la Carrière, il fut confronté à des problèmes d'information. Il était apte à les résoudre et n'y arrivera jamais d'une manière satisfaisante. Amoureux de son pays sans chauvinisme, mais avec cette lucidité et ce courage dont témoignent *Pleins Pouvoirs* et *Sans pouvoirs,* il en avait une connaissance profonde et sensible qui l'aurait haussé au niveau de porte-parole idéal. Mais on sait que le problème de l'information en France ne recevra un début de solution qu'en 1939 ; encore fut-elle timide, incomplète, incertaine, inefficace et maladroite.

Jean Giraudoux aurait-il, en définitive, considéré le Quai d'Orsay comme un club, ainsi que l'écrit Boisdeffre [79] ? Et pourquoi pas ? Ce le fut, en effet, même s'il a beaucoup changé depuis. Il ne faut jamais oublier que Jean Giraudoux a vécu une période très particulière de la diplomatie française. Tout le monde se connaissait dans ce microcosme dont la vie quotidienne était réglée par des usages et des traditions surannés aujourd'hui disparus. Seuls les ministres changeaient (et encore ! Briand fut presque inamovible), mais les changements dans le personnel étaient lents, calculés, peu nombreux. La première cassure se présentera à la disparition de Poincaré, de Briand, de Berthelot. Encore ne fut-elle pas sensible immédiatement et, quand elle le sera, Jean Giraudoux se trouvera plus souvent sur les paquebots et dans les trains qu'au ministère. On pouvait donc faire carrière dans la Carrière. Jean Giraudoux y réussit pleinement.

MAURICE BARTHÉLEMY.

NOTES

1. L. Bonzon, « Jean Giraudoux diplomate », dans *Comoedia-Charpentier,* 1944.

2. P. Morand, « Giraudoux : Souvenirs de notre jeunesse », dans *Monplaisir en littérature,* Paris, 1967, p. 161.

3. A. de Saint-Aulaire, « Les débuts d'une carrière », dans *les Œuvres libres,* n° 31, 1948, p. 41.

4. J. Body, *Giraudoux et l'Allemagne,* Paris, s.d., p. 114.

5. Article publié par L. Lesage dans *Harvard Library Bulletin,* t. XIII, 1959, pp. 114-124.

6. Rappelons que cet essai de Paul Valéry lui avait été commandé par la revue anglaise *New Review* en 1896 et qu'il fut republié en France par *le Mercure de France,* puis par la *NRF* en 1925.

7. P. Morand, *op. cit.,* p. 161.

8. Pour les détails de ces concours, voir J. Body, *op. cit.,* p. 118.

9. *Annuaire diplomatique 1909-1910.* Nous citons les ministres plénipotentiaires parce qu'ils y sont mis sur le même plan que les ambassadeurs et que Jean Giraudoux le deviendra un jour.

10. En 1935, le ministère comprenait 686 personnes (J. B. Duroselle, *la Décadence 1932-1939,* Paris, 1979, p. 269). Y en avait-il la moitié en 1910 ?

11. L. Dollot, « De l'Annuaire diplomatique », dans la *Revue d'histoire diplomatique,* n° 3-4, 1978, p. 354.

12. Ces décrets et ces chiffres sont repris de l'*Annuaire diplomatique 1909-1910.*

13. Lettre à sa mère du 18 avril 1908 (éd. J. Body, p. 166).

14. P. Morand, *op. cit.,* p. 159.

15. *Ibid.,* p. 195.

16. L. Dollot, *op. cit.,* p. 353.

17. Saint-Aulaire, *op. cit.,* pp. 61 et suiv.

18. J. Laroche, *Au Quai d'Orsay avec Briand et Poincaré 1913-1926,* Paris, 1957, p. 11. Le témoignage objectif fondé sur des souvenirs précis et sur une documentation sérieuse de cet ancien ambassadeur nous a beaucoup aidé au cours de cette étude.

19. Saint-Aulaire, *op. cit.,* p. 73.

20. Sur un exemplaire d'*Amica America* donné à Maurice Martin du Gard, Giraudoux a dessiné une Indienne chevauchant un caïman. Le symbole s'expliquerait alors clairement s'agissant de l'Amérique qui subjugue l'attaché que Jean Giraudoux était alors. Il est inutile de rappeler, d'autre part, que l'écrivain a voué une réelle prédilection pour l'Amérique du Nord.

21. J. Giraudoux, *Souvenir de deux existences,* Paris, 1975, pp. 91-92 (mal daté. Il s'agit de janvier, non d'avril 1911).

22. Il est cité dans l'*Annuaire diplomatique 1909-1910.* On annonce sa mort l'année suivante.

23. V. Larbaud — M. Ray, *Correspondance 1899-1937,* Paris, 1980, vol. II, p. 172. A la suite de Berthelot et de Claudel, le « mythe » chinois survivra longtemps aux Affaires étrangères.

24. J. Giraudoux, *op. cit.*, p. 81. Également *infra*, voir p. 100, note 2.

25. Ces dates proviennent de l'*Annuaire diplomatique*. Elles sont souvent citées d'après un document précis fourni par le service des archives diplomatiques. Cf. par exemple, Agnès G. Raymond, *Giraudoux devant la victoire et la défaite*, Paris, 1963, pp. 199-200.

26. Voir la correspondance publiée pp. 92-99 et les lettres envoyées à P. Morand pendant la mission au Portugal (P. Morand, *op. cit.*, p. 191 et *passim*).

27. P. Morand, *op. cit.*, p. 203.

28. Le texte complet du décret est donné par R. M. Albérès, *Esthétique et morale chez Jean Giraudoux*, Paris, s.d., pp. 495-496.

29. Ce qui permettra à Paul Claudel de le juger comme un « resquillage » (*Comoedia-Charpentier*, 1944, p. 3). Signalons qu'il ne s'agissait que d'un précédent. Il y aura un autre concours de reclassement en 1945.

30. Archives du ministère des Relations extérieures, dossier Giraudoux, lettre autographe. Cf. *Exposition des diplomates écrivains*. Catalogue, Paris, 1962, n° 214.

31. J. Body, *op. cit.*, p. 270.

32. *Jean Giraudoux. Du réel à l'imaginaire*. Bibliothèque nationale. Catalogue. Paris, 1982, p. 26, n° 77.

33. J. Body, *op. cit.*, p. 413. Il n'y aura d'ailleurs de véritable ministère de la propagande en France que sous le régime de Vichy.

34. Archives du ministère des Relations extérieures. Dossier personnel.

35. Archives du ministère des Relations extérieures. Dossier personnel. Paul Morand s'était d'ailleurs inquiété de ce retard. Cf. P. Morand, *Lettres à des amis et à quelques autres*, Paris, 1978, p. 116.

36. J. Body, *op. cit.*, pp. 270-271. Voir également l'étude de Jean Joire, pp. 42-52.

37. L. Dollot, *op. cit.*, pp. 358-359.

38. Il commence par obliger le personnel à respecter les heures de service. Morand et Giraudoux seront désormais à 9 h à leur bureau. Cf. M. Martin du Gard, *les Mémorables*, Paris, 1957, vol. I, p. 352.

39. P. Miquel, *Poincaré*, Paris, 1961, pp. 444-445.

40. J. N. Jeanneney, « Finances, presse et politique : l'affaire de la Banque industrielle de Chine 1921-1923 », dans *Revue historique*, n° 514, 1975. Article très documenté sur cette affaire.

41. J. Laroche, *op. cit.*, p. 189. Rappelons aussi que le diplomate Jules Laroche appréciait beaucoup Berthelot et Jean Giraudoux qui étaient de ses amis.

42. J. Body, *op. cit.*, p. 272, nous rappelle qu'il aurait même refusé une ambassade à Versailles. Paul Claudel qui, de loin, a eu vent de la chose écrit à Giraudoux que son départ des œuvres est un coup du « sinistre Lorrain » (voir p. 120).

43. Giraudoux n'était pas obligé d'accepter ce poste à Berlin. Le ministre propose et l'agent dispose. Ce poste n'était pas intéressant pour Giraudoux sur le plan financier et sa carrière littéraire le retenait à Paris. Il est possible qu'en l'acceptant il ait voulu ruser avec Poincaré, ce qu'il a, en définitive, réussi... à cause de la chute de Poincaré.

44. Poincaré dans *les Nouvelles littéraires*, 19 juin 1926.

45. Antoine-Marcel Moszkowski, le fils du compositeur, est cité dans un poème de Paul Morand adressé à Giraudoux : *Note pour le bureau de la presse étrangère* (1913) dont nous avons retrouvé le manuscrit dans les archives de la maison natale à Bellac. Nous avons envoyé une photocopie de ce premier poème connu de Paul Morand à Mme Guitard-Auviste qui l'a publié dans son livre sur *Paul Morand 1888-1976. Légendes et vérités,* Paris, 1981, p. 399.

46. Cf. les lettres à Paul Bressy publiées par J. Body. Pour les deux années passées à ce service, voir J. Body, *op. cit.*, pp. 272 et suiv.

47. P. Allard, *le Quai d'Orsay,* Paris, 1938, pp. 57 et suiv. L'auteur n'a cessé de multiplier les attaques contre le ministère, mais à côté des outrances, il y a des faits réels.

48. Remarquons le nombre de héros qui, dans ses romans, restent seuls : Simon (qui est jeune et qui conserve l'espoir), Philippe (*Bella*), Jérôme Bardini, Pierre *(Choix des élues),* Réginald *(la Menteuse).*

49. Entretien avec Jean Blanzat, dans *le Figaro,* 23 septembre 1944.

50. J. Body, *op. cit.*, p. 274.

51. Voir des témoignages dans J. Laroche, *op. cit.*, pp. 126-127.

52. Cf. l'entretien de Fr. Lefèvre avec Poincaré dans *les Nouvelles littéraires* du 19 juin 1926.

53. M. Martin du Gard, *les Mémorables,* Paris, 1960, vol. II, p. 211.

54. M. Martin du Gard, *op. cit.*, vol. III, pp. 30-31. Le portrait de Briand, vieillard usé, puéril et poursuivant ses chimères dans *Combat avec l'ange* ne nous a jamais paru, quant à nous, très sympathique. En fait, Giraudoux n'a réussi ni auprès de Poincaré ni auprès de Briand. C'est Barthou qui trouvera le moyen d'utiliser au mieux Giraudoux.

55. Cet *Annuaire* nous renseigne aussi sur le sort de Paul Morand qui est mis « en disponibilité avec traitement ». Son congé durera jusqu'en 1938.

56. *Annuaire diplomatique 1929-1930.*

57. Ch. Braibant, *la Guerre à Paris,* Paris, 1945, p. 416.

58. *Jean Giraudoux. Du réel à l'imaginaire.* Bibliothèque nationale. Catalogue de l'exposition, Paris, 1982, p. 122, n° 368.

59. Cf. par exemple, le cas des feuillets manuscrits d'*Intermezzo.* C. Weil, *Jean Giraudoux, Intermezzo. Étude critique,* Paris, s.d., donne une reproduction de ce papier à en-tête.

60. C. Weil, *op. cit.*, pp. 12-13, d'après une lettre de Giraudoux à Mlle S. N. Behrmann.

61. Le mot est rapporté par A. Maurois, *Mémoires,* Paris, 1970, p. 224.

62. Cf. en particulier son *Hommage à Jean Giraudoux,* discours prononcé le 1er juillet 1951 pour l'inauguration du monument de Bellac, discours repris dans *Hommes et Mondes,* août 1951, pp. 349-354.

63. Ces chiffres sont cités dans J.-B. Duroselle, *op. cit.*, p. 270.

64. J.-B. Duroselle, *op. cit.*, pp. 88 et suiv.

65. Ministère des Relations extérieures, archives.

66. Souvenons-nous que cette suprématie est reconnue dès le début de *la République des professeurs,* de Thibaudet (1927), et que c'est un diplomate qui y déclare (p. 12) : « Eh bien ! Monsieur, voilà l'École de Droit et l'École des Sciences politiques qui cèdent la place à l'École normale. »

67. *Annuaire diplomatique 1936.*

68. J. Body, *op. cit.*, p. 360.

69. Cf. « Il fut un temps où il était permis de penser aux paysages de la France », dans *Verve*, t. II, n° 8, 1940, p. 59.

70. M. Martin du Gard, *Chroniques de Vichy*, Paris, 1948, p. 16.

71. *Ibid.*, p. 102.

72. Lettre à son fils, de Lisbonne, 11 septembre 1940.

73. J. Blanzat, « Giraudoux et la Résistance », dans *le Figaro*, 23 septembre 1944.

74. M. Martin du Gard, *Chroniques de Vichy*, Paris, 1948, p. 253 (en 1942).

75. A. Beucler, *les Instants de Giraudoux*, Paris, 1948, pp. 173 et suiv. Voir aussi, du même auteur, « Dernières idées de Jean Giraudoux », dans *la Gazette de Lausanne*, 22 septembre 1945, qui donne des précisions sur les projets de Giraudoux.

76. J. Blanzat, *op. cit.*

77. J. Chauvel, *Commentaire, t. I : De Vienne à Alger 1938-1944*, Paris, 1971, p. 381.

78. J. Body, « Survol », dans *Cahiers Jean Giraudoux*, n° 7, 1978, pp. 17-18.

79. P. de Boisdeffre, « Giraudoux ou l'art et la manière de ne pas être diplomate », dans *Cahiers Jean Giraudoux*, n° 11, 1982, p. 12.

JEAN GIRAUDOUX ET LE SERVICE DES ŒUVRES FRANÇAISES À L'ÉTRANGER

Nous sommes en 1920 : Jean Giraudoux vient finalement d'être reçu au « Grand Concours » des Affaires étrangères[1], celui qui donne accès aux postes supérieurs. Ce n'est que le 2 avril qu'il est affecté en qualité de secrétaire d'ambassade, vraisemblablement en raison de son état de santé qui demeurera déficient après son passage, de courte durée pourtant, aux Dardanelles. Il est nommé au Service des œuvres françaises à l'étranger.

La présente étude[2] a pour objet de faire connaître dans une première partie ce qu'était ce service, et dans la seconde partie, d'essayer de cerner, à partir de quelques exemples concrets, quelle a pu être l'activité de Giraudoux au sein de ce service.

1. LE SERVICE DES ŒUVRES FRANÇAISES À L'ÉTRANGER

Son objet

Après la guerre, la propagande française doit bien évidemment changer d'objectifs, de méthodes et de moyens. C'est un décret du 15 janvier 1920, signé de Raymond Poincaré, et une circulaire ministérielle n° 52, du 13 février suivant, qui créent ce service, par transformation du « Bureau des écoles et des œuvres françaises à l'étranger », institué par un décret du 4 août 1910. Le service, qui dépend de la Direction des Affaires politiques, est confié à M. Albert Milhaud.

Bien que Giraudoux n'ait été affecté à ce poste qu'en avril

1920, je n'ai pu m'empêcher de rêver qu'il ait pu collaborer à un document important, le rapport présenté à la Chambre des députés sur le budget du ministère des Affaires étrangères pour l'exercice 1920, qui précisément justifie la demande des crédits nécessaires à la création et au fonctionnement du service. Que Giraudoux ait ou non collaboré à ce rapport, le style et le contenu apportent un éclairage intéressant sur le service à créer : « S'il est un principe qui doive s'affirmer, quasi d'évidence, c'est qu'au ministère des Affaires étrangères incombent la charge et la responsabilité des relations extérieures de la France. » Ou encore : « La Maison de la Presse[3], assez injustement croyons-nous, n'avait pas très bonne presse. »

Un paragraphe annonce l'organisation du service : « Au personnel de carrière particulièrement qualifié a été adjoint un groupe de collaborateurs choisis, que recommandent tout particulièrement leur sens et leur connaissance des choses et des hommes de l'étranger. » Ce service se veut en définitive une « plaque tournante », diffusant la culture par le canal des chefs de postes, recevant et centralisant les informations et leurs demandes pour recevoir le matériel de propagande française et accueillir professeurs, conférenciers ou artistes susceptibles de faire mieux connaître le « génie français » dans l'ensemble des pays.

Son organisation

Le service doit comporter quatre sections :

— *la section universitaire des écoles*

C'est à la tête de cette section que sera nommé Giraudoux. Son objet est de développer les établissements existants, et d'en créer dans les nations nouvelles.

Dans le rapport à la Chambre se trouve ce paragraphe, dont le style s'apparente moins à celui de Giraudoux qu'à celui de l'Inspecteur d'*Intermezzo* :

« Qu'elle est multiple et grandiose cette œuvre qui exige dès maintenant le maintien des écoles françaises existantes, l'aide donnée à l'enseignement du français dans les écoles nationales des différents pays, l'envoi de professeurs français dans les Universités étrangères, la conclusion de conventions scolaires, de contrats d'échanges universitaires entre la France et les différentes nations, la création d'un certain nombre de petits Instituts français ! Et cette œuvre n'est-elle pas à poursuivre dans l'univers entier ? »

Suit alors, par grandes régions géopolitiques, ce qui peut et doit être fait[4] : « vaste sujet », comme aurait dit le général de Gaulle, proposé à la section universitaire des écoles.

— *la section artistique et littéraire*

L'objet de cette section peut se résumer dans les trois axes d'action suivants :

— alimenter les bibliothèques françaises à l'étranger : « Le livre est peut-être le plus actif commis voyageur de pensée d'un peuple. »

— organiser des représentations théâtrales, des expositions, etc.

— provoquer et maintenir le contact avec les critiques et les représentants de la pensée étrangère pour les informer et les accueillir.

— *la section du tourisme et des sports*

La justification et les buts de cette section, exposés dans les documents d'archives, ne manquent pas non plus d'un certain piquant : il s'agirait d'ôter aux étrangers l'idée « qu'en France épuisée ne sont à voir que les champs de bataille ».

« Il est aussi absolument indispensable que la France ne perde pas aux jeux du monde athlétique… ce prestige que lui a donné le sport suprême : la guerre. »

— *la section des œuvres diverses*

Cette section va plus particulièrement se voir chargée, non pas de la tutelle, mais de l'aide sous forme de crédits et de moyens aux organismes déjà existants. Parmi ceux-ci figurent : l'Alliance française, la Mission laïque, le Comité catholique de propagande et, d'une manière plus générale, toutes associations ou œuvres dues à des initiatives privées, confessionnelles ou non.

Ses moyens

Sous l'autorité du professeur Milhaud sont désignés quatre chefs de section ; Giraudoux en 1920 est l'un d'entre eux (son traitement est de 14 à 18 000 francs). Chacune des sections a son personnel propre, composé en principe de membres du corps diplomatique (choisis parmi les secrétaires et les conseillers) ou consulaire[5]. La section Giraudoux comporte un sous-chef, M. de Perera, et trois rédacteurs, MM. Saulnier, Julry et Mme Blum. Elle dispose d'un budget qui est, de loin, le plus important du service, puisqu'il s'élève à 12 500 000 francs sur un total de 16 750 000 francs (dont 1 174 000 francs pour les dépenses du personnel). Cette importance relative de la section universitaire des écoles, par rapport à l'ensemble du service, ne faiblit pas, lorsque Giraudoux est nommé secrétaire général[6] en 1921 : pour l'année, le budget de la section est de 17 135 000 francs sur un total de 22 435 000 francs. En 1924, la section se voit attribuer 25 762 000 francs sur un total de 30 584 000 francs (dépenses de personnel et de matériel non comprises).

Tout au long de la période pendant laquelle Giraudoux appartient au service (1920-1924), on note une lutte incessante avec le Gouvernement et avec le Parlement pour tenter d'empêcher l'amputation des crédits demandés[7]. En 1924, alors que Giraudoux est encore à la tête du service, le Sénat manifeste l'intention d'opérer de sérieuses réductions sur son budget. La même année, une note ni datée ni signée (elle est presque certainement de la main de Giraudoux, dont c'est d'ailleurs le rôle) demande au ministre, qui est en même temps président du Conseil, de rapporter un précédent ordre tendant à surseoir au déblocage des crédits prévus, « gelés » à la suite de la baisse subite du franc survenue le 14 janvier[8].

Figurent également aux archives des fiches anonymes, où l'on reconnaît l'écriture de Giraudoux : fiches couvertes de chiffres, pour la préparation des budgets de 1923 et 1924. Il serait fastidieux d'énumérer tous les documents de cette nature, inhérents à toute fonction administrative. Ils ont dû beaucoup faire souffrir celui qui pendant la même période écrira *Adorable Clio, Suzanne et le Pacifique, Siegfried et le Limousin, Juliette au pays des hommes,* commencera *Bella...* et se mariera avec Suzanne Bolland, enfin divorcée.

Mais indépendamment des sujétions administratives et budgétaires, à quelles activités se consacrait le Service des œuvres ?

2. L'ACTION DU SERVICE

La pratique des « notes verbales », l'abondance de documents non signés ou signés par Giraudoux (sans que l'on puisse déterminer généralement si celui-ci en est l'auteur[9] ou seulement le signataire), le classement par pays rendent difficile un exposé du travail accompli par le service. Nous avons tenté de classer les documents par grandes rubriques : il s'agit essentiellement d'exemples choisis parmi les nombreux cartons d'archives.

Développement du rayonnement français

— Le 16 mars 1921, une note signée Giraudoux annonce à notre ambassadeur à Athènes l'envoi d'un certain nombre d'ouvrages destinés à diverses œuvres à répartir par ses soins. Giraudoux recommande de veiller à ce que jamais cette manifestation ne prenne un caractère de propagande, tout en témoignant de tout l'intérêt que le Gouvernement français porte aux centres culturels et intellectuels qui bénéficient de ce don[10].

— Une note du 6 août 1922 est adressée à la Délégation de Grèce en France pour lui annoncer l'envoi, suite à la demande qu'elle avait formulée, d'un ensemble de documents sur l'organisation de l'enseignement en France.

— En 1922, de nombreux échanges de correspondances concernent l'envoi à des bibliothèques qui les avaient demandés (Genève, Zurich, Bâle) d'ouvrages sur le « génie français » — qui pourtant sont fréquemment définis dans cette correspondance comme des « brochures de propagande ».

— Le 30 octobre 1923, une note signée Giraudoux demande au gouverneur de la Banque de France de lui faire parvenir tous les documents nécessaires pour renseigner le gouvernement albanais sur les règles de constitution, par ce pays, d'une banque centrale, et de les accompagner de tous les conseils utiles.

L'organisation des conférences

Le Service des œuvres est beaucoup intervenu à propos des tournées de conférences faites à l'étranger par des intellectuels ou artistes français. Sans doute, au premier chef, était-il dans son rôle de susciter de telles tournées. Mais le plus souvent, il est sollicité d'intervenir soit pour apaiser certaines susceptibilités, soit surtout pour rémunérer les conférenciers ou les indemniser de leurs frais.

En faisant grâce au lecteur de l'accumulation des correspondances auxquelles ces événements, pourtant mineurs, ont donné lieu, nous citerons quelques exemples, parmi les plus typiques.

— On trouve, en 1922, un abondant échange de correspondance avec un professeur d'histoire, Picavet, qui effectue une tournée de conférences en Suisse. Une somme de 2000 francs lui aurait été promise, mais il semble éprouver les plus grandes difficultés à en obtenir le règlement [11].

— A la fin de 1922 (octobre-décembre) un dossier entier concerne une surprenante mais dérisoire histoire de conférence que Paul Valéry devait faire à Zurich, sur le thème de la « crise de l'esprit [12] ». Cela commence en octobre 1922, par une lettre où Giraudoux propose cette conférence, qui devait avoir lieu en janvier 1923. Mais le 9 janvier, Valéry s'excuse : il a la grippe. Il précise dans une petite lettre à Giraudoux : « Cette crise de l'Esprit que je venais d'achever se transforme en crise de mon corps. » Il va donc falloir le remplacer. Paul Souday refuse, parce que précisément il devait faire une conférence à Zurich, à la date qui lui a été retirée au profit de Valéry. Giraudoux suggère alors comme conférenciers Aulard, Andler, Henri Bidou, Abel Hermant, Henri de Régnier, Maurice Donnay ou Lucien Descaves. André Gide, pressenti, s'était récusé. Finalement, la conférence de Valéry a lieu. Le consul général de France à Zurich en rend compte et avoue que « en raison de la voix assez faible de l'orateur et de la forme un peu subtile de sa pensée, certains passages ont échappé ». Toutefois, dans une lettre personnelle à Giraudoux, il reconnaît que Valéry a remporté un « immense succès ».

— De nombreuses conférences font l'objet de subventions de la part du service dont l'éclectisme est remarquable : un certain Gabriel Fauré (qui n'est pas le musicien, mais un géographe), Fernand Meunier (conservateur du musée de Dijon) ; et beaucoup d'autres conférences, dès lors qu'elles sont à base de propagande. Une conférence de Jacques

Rivière, directeur de la *NRF*, semble par contre n'avoir pas été financée.

Au sujet de la *NRF*, Henri Béraud avait attaqué Giraudoux, l'accusant de faiblesses coupables à l'égard de cette institution [13]. On a même prétendu que ces accusations auraient été à l'origine du départ de Giraudoux. Nous n'avons relevé aux archives, à part cette conférence de Rivière, qu'une note de novembre 1922 du directeur de l'École française d'Athènes, se renseignant sur les abonnements à la *Nouvelle Revue française*.

Interventions diverses

On serait en droit d'être surpris par la diversité des interventions du Service des œuvres et par leur caractère souvent dérisoire. Nous ne donnerons, ci-après, que quelques exemples parmi une infinité.

— En décembre 1921 et janvier 1922, on note un volumineux échange de correspondance avec le Consul de France à Patras (M. Dubedout) concernant... la nomination d'un professeur de piano français à la Société philarmonique de Patras.

— Le 5 août 1922, Paul Morand, alors chargé de la section artistique et littéraire, tient le Consul de France à Salonique informé de la réduction de prix susceptible d'être consentie par les éditeurs français et ce, à la suite d'une demande de la communauté israélite.

— Le 1er novembre 1922, J. Giraudoux signe un document de sept pages... sur la répartition, entre les organismes grecs, des revues adressées dans ce pays par le ministère des Affaires étrangères.

— Le 22 septembre de la même année, Giraudoux signe une lettre au Consul à Andrinople au sujet d'une somme de 66 francs 75 pour réexpédition de livres.

— Le 23 septembre 1923, Giraudoux signe une lettre à M. Justin Godard, alors député, pour lui indiquer le nom d'une personne susceptible de s'occuper de l'adoption d'orphelins albanais.

— En 1923, à des dates diverses, correspondances concernant des sommes dérisoires — moins de 500 francs — en remboursement de l'envoi, dans divers pays, d'armes de toutes natures, soit à titre de trophées (Argentine), soit même, dans un cas, pour permettre aux frères capucins de Limoillon (Canada) d'équiper un « bataillon scolaire ».

— Le 13 février 1924, Giraudoux écrit au directeur des *Annales* pour lui demander de publier des extraits de copies rédigées à l'occasion d'un concours entre toutes les écoles d'Australie, sur le sujet : « Du rôle de la France et de l'Australie pendant la guerre. »

Enfin, encore que cette « intéressante » énumération soit loin d'être exhaustive, figurent aux archives des interventions diverses : l'une auprès des Douanes pour obtenir un régime de faveur au bénéfice des artistes belges exposant en France ; plusieurs autres concernant la participation d'officiers des pays alliés à un cross-country international qui doit avoir lieu le 22 juillet 1923 à Maisons-Laffitte, etc.

Au milieu de ce flot d'archives d'une insignifiance qu'il est nécessaire d'avoir constatée pour y croire, se trouve un projet de note, qui n'est ni signé ni daté, mais que divers recoupements permettent de situer vers la fin de 1920, et qui pourrait bien avoir Giraudoux pour auteur. Cette note, dont on ignore si, finalement, elle a reçu une version définitive et quel destinataire était prévu pour elle, paraît cependant intéressante. En effet, elle développe un certain nombre d'arguments en faveur de la constitution d'une Europe Unie. Bien plus, elle suggère qu'à cette Europe soit associée l'Allemagne (en 1920 !) « dès lors qu'elle se sera débarrassée de l'esprit prussien[14] ».

3. GIRAUDOUX QUITTE LE SERVICE

Plusieurs explications ont été suggérées quant aux motifs pour lesquels Giraudoux fut muté à la fin de 1924, du Service des œuvres à celui de la presse. Comme presque toujours, en pareil cas, c'est probablement un faisceau de motifs qui a entraîné cette mutation.

Tout d'abord l'inimitié, pour employer un euphémisme, entre Poincaré et Berthelot, n'a cessé de s'aggraver. Les raisons de cette animosité sont multiples : la rigueur lorraine, l'esprit juridique, la volonté mise au service de l'un ne pouvaient faire bon ménage avec l'esthétisme, le parisianisme et le népotisme de l'autre, quelles que fussent leurs deux intelligences et, certainement, leur parfaite bonne foi et leur profonde conviction. Pour employer une expression moderne, il n'y avait entre les deux hommes vraiment aucun « atome crochu ». Ils étaient, en outre, en complète divergence quant à la politique à adopter vis-à-vis de l'Allemagne. Or Poincaré, qui avait été le président de la République de la guerre, puis était, à plusieurs reprises, revenu « aux Affaires » notamment en 1924, pesait plus lourd que Berthelot. Le motif, bien connu, des liens de Berthelot avec la Banque industrielle de Chine n'a probablement été qu'un prétexte [15]. De toute façon, il ne pouvait être surprenant que Giraudoux, qui était connu pour être le protégé de Berthelot et approuvait sans réserve sa politique à l'égard de l'Allemagne, fût appelé à monter dans la même « charrette ».

Enfin, il est vraisemblable que Giraudoux n'était pas un fonctionnaire faisant preuve d'un acharnement et d'une assiduité à toute épreuve. Bien qu'il ait pris la défense du Service des œuvres, notamment dans un entretien avec Frédéric Lefèvre (*Une heure avec,* Gallimard, 1924), on peut imaginer que les activités de son service telles qu'elles ont été évoquées ci-avant n'étaient pas de nature à le passionner [16]. Mais il serait excessif d'affirmer que c'est en raison de son manque d'assiduité que Poincaré l'a muté. Je vois mal un ancien président de la République, président du Conseil, ministre des Affaires étrangères, absorbé par les énormes problèmes de l'époque, se préoccuper personnellement des conditions de la présence à son bureau d'un chef de service de l'une des Directions du ministère.

En tout cas, si Giraudoux a préféré se consacrer pendant cette même période à *Adorable Clio, Suzanne, Siegfried, Juliette,* etc., plutôt qu'à la réception du barreau canadien (1924), à une brochure sur les poids et mesures afghans ou à l'apposition d'une plaque sur la maison qu'avait occupée Louis Hémon à Brest, l'administration n'y a pas tellement perdu, et la France y a tellement gagné !

JEAN JOIRE.

NOTES

1. Il s'agissait d'une épreuve particulière réservée aux personnes qui n'avaient pu concourir du fait de la guerre (il est normal et convenable, après la guerre, d'organiser des concours spéciaux ; il en a été ainsi encore en 1945). On peut cependant noter qu'en réalité, ce n'est pas la guerre qui aurait empêché Giraudoux de présenter et de réussir ce « Grand Concours », puisqu'il l'avait présenté en 1909. Il avait été classé 6ᵉ, alors que cinq postes seulement étaient à pourvoir. Il aurait souhaité le présenter à nouveau en 1910 ; mais il avait alors 28 ans, et la limite d'âge était de 27. Par quel prodige Giraudoux a-t-il été admis à concourir en 1919 ? Son appartenance au corps consulaire depuis 1910, ses états de services militaires... et son amitié déjà ancienne avec Philippe Berthelot ont dû y contribuer.

2. Elle a pour source unique les archives du service, conservées au ministère des Relations extérieures. Je ne saurais trop remercier l'ensemble du personnel des archives et de la salle de lecture du ministère, qui m'ont aidé avec la plus extrême amabilité et une infinie patience. Il faut avouer que la méthode de classement (par pays concernés) et surtout l'habitude ancestrale du ministère (quelle que soit sa dénomination) d'employer des notes dites « verbales », c'est-à-dire ne comportant aucune référence ni signature, ne facilitent pas l'exploration vraiment satisfaisante des volumineux cartons qui m'ont été communiqués.

3. Organisme créé antérieurement par Philippe Berthelot.

4. a) *Europe :* en Pologne, Tchécoslovaquie, Roumanie, de même que dans les nouveaux pays baltes, « il serait utile d'envisager dès maintenant un plan d'action dans ces pays et il convient même de préparer la résurrection de nos anciennes amitiés russes pour le jour où la Russie revivra ». Pour les pays déjà pourvus, tels que l'Angleterre, l'Espagne, la Belgique, etc. « qui sont pour la plupart de change élevé, on se contentera de s'efforcer de maintenir ce qui existe déjà, ce qui sera déjà fort bien ». Quant à l'Allemagne qui vient d'être vaincue, que l'on vient de combattre (et de haïr) pendant cinq ans, la partie occupée ne pose pas de problème d'action directe, et pour l'autre partie, « on commencera une action prudente ».

b) *Orient :* « Il s'agit, en Orient, d'un précieux héritage à garder et, au besoin, à défendre vis-à-vis de voisins et amis fort gourmands. » On reconnaît que les institutions religieuses, implantées depuis des décennies, voire des siècles, font preuve d'une efficacité tout à fait satisfaisante. Figure sur cet Orient qui comprend essentiellement la Turquie, la Syrie, le Liban et enfin l'Égypte, un assez joli paragraphe d'anthologie : « Grâce à la victoire de nos armes, qui fait étinceler d'un éclat tout neuf la flamme de l'amitié confiante et indestructible brûlant au cœur de ces Syriens, que d'étranges combinaisons peuvent tenter de détourner de la voie des ancêtres mais qui, ne connaissant plus l'absolue liberté depuis Alexandre de Macédoine, n'en veulent pourtant rien aliéner, sinon en des mains dignes de leur antique noblesse, puisque, selon le mot étonnant de l'un d'entre eux : " l'Europe ne devrait pas oublier qu'ils descendent de Sennacherib et n'ont rien de commun avec les Bédouins pilleurs de caravanes ". » En fait, on fera ce qu'on pourra pour contrebalancer, du moins limiter, la prépondérance anglaise dans cette région.

c) *Amérique :* « Rien à faire tant que le change sera aussi défavorable » (déjà !). Toutefois, en ce qui concerne l'Amérique du Sud, on essaiera, au moins, de maintenir ce qui existait antérieurement.

d) *Extrême-Orient :* on donne la priorité à la Chine, au Japon et au Siam.

5. Ont notamment appartenu au service : Paul Morand, sous-chef de la section artistique, nommé en même temps que Giraudoux ; puis par la suite, Jean Mistler, Roger Peyrefitte, etc.

6. Ses appointements qui devaient être de 25 000 francs ont été réduits à 20 000 pour cause de rigueur budgétaire.

7. De telles luttes ont, de tous temps, été la règle générale.

8. Le mot « subite » a été reporté au texte initial, de la main de Giraudoux ; le brouillon portait : « la violente baisse du franc ». Déjà en janvier 1922, une note non signée protestait véhémentement contre la réduction, de 390 000 à 250 000 francs, des frais de personnel.

9. Dans les administrations comme dans la plupart des entreprises, il est d'usage de mentionner les initiales du rédacteur de la note.

10. Il a dû falloir à notre ambassadeur beaucoup d'habileté pour parvenir à concilier ces deux recommandations. De même en 1923, une note signée Giraudoux est adressée à l'administrateur français des Mines de la Sarre pour lui envoyer un film sur Pasteur, en lui précisant de ne pas en faire une exploitation commerciale.

11. Les lettres de M. Picavet sont manuscrites, et adressées personnellement à Giraudoux, qu'il appelle « mon cher camarade » (Normale, évidemment). Giraudoux, plus réservé, ne lui donne que du « cher Monsieur » — encore que deux promotions seulement les séparent.

12. On peut imaginer qu'elle s'inspirait du fameux article de Valéry paru, sous le même titre, dès 1919.

13. L'article d'Henri Béraud était paru dans *l'Éclair,* 27 avril 1923 ; voir J. Body, *Giraudoux et l'Allemagne,* p. 271.

14. Une telle conception est giralducienne à un double titre. Tout d'abord, elle est bien dans la « ligne » de Berthelot qui estimait qu'une politique dure à l'égard de l'Allemagne risquait de la braquer et de la lancer dans les bras d'aventuriers. Cette « ligne » s'opposait à celle de Poincaré qui voulait, non seulement punir l'Allemagne, mais s'assurer, par des garanties, (mines de la Sarre, rive gauche du Rhin) de sa docilité et du respect de ses engagements. Il est de fait que les mouvements ultra-nationalistes puis hitlériens se sont développés très tôt, au début des années 20, favorisés par la débâcle, d'ailleurs peu innocente, du mark. Cela étant, il n'est nullement certain que la persistance de la politique Briand-Berthelot, à la place de son alternance avec celle de Poincaré, aurait pu éviter la montée du national-socialisme. En second lieu, cette note est encore giralducienne par l'espoir de voir l'Allemagne cesser d'être prussienne pour redevenir libérale, romantique, aimant la musique et la poésie, tolérante, celle dont Goethe est l'illustration. Tous les germanistes contemporains ou presque de Giraudoux, qui avaient la passion de l'Allemagne rhénane, ont été déchirés par cette dualité du tempérament allemand. Giraudoux qui pourtant avait connu cette rupture dès avant 1914, a peut-être été plus long que d'autres à en admettre la réalité.

15. Voir J. Body, *Giraudoux et l'Allemagne,* p. 276.

16. Briand aurait qualifié le service de « service des bonnes œuvres ».

DOCUMENTS

DEUX DISSERTATIONS POUR LES CONCOURS DU MINISTÈRE DES AFFAIRES ÉTRANGÈRES *

1

Jean Giraudoux s'est présenté à trois concours du ministère des Affaires étrangères. Classé sixième en 1909, il ne sera pas retenu parmi les cinq candidats engagés, mais il sera le premier en 1910 et le deuxième en 1919. Les concours du ministère des Affaires étrangères ne différaient pas essentiellement des épreuves exigées dans d'autres ministères pour l'accès aux fonctions supérieures de l'État. Réservés aux lauréats des universités ou des grandes écoles, ils comportaient toujours une série d'épreuves écrites sous forme de dissertations (en français et dans les langues étrangères choisies par le candidat) et des examens oraux.

*Les dissertations de Jean Giraudoux ne sont pas toutes conservées **, en particulier pour les épreuves de 1919. Nous avons choisi de publier intégralement l'une des deux dissertations françaises du concours de 1909, le « Grand Concours » dit aussi des « Ambassades », d'abord parce que Jean Giraudoux y traite d'un problème qui sera toujours d'actualité, ensuite parce qu'elle est rédigée avec une particulière aisance.*

* Les photocopies de ces deux dissertations ont été aimablement communiquées par le Service des Archives du ministère des Relations extérieures.

** Dans *Giraudoux et l'Allemagne*, pp. 115-118, Jacques Body cite les copies de 1909 et étudie plus en détail la dissertation allemande : « Quel but poursuit l'Allemagne en développant sa marine de guerre ? »

L'arbitrage international était à l'ordre du jour avant la guerre de 1914. Cet arbitrage, Jean Giraudoux l'explique très bien, devait remplacer la pratique des transactions qui, dans certains cas, avait donné d'heureux résultats. Tantôt, c'est la France qui, en 1875, contraint les Anglais à accepter l'occupation de la baie de Delagoa au Mozambique par les Portugais qui s'y trouvaient depuis longtemps ; tantôt, c'est le pape Léon XIII, désireux de faire jouer un rôle au Vatican, qui intervient pour que les Allemands achètent en 1899 pour 17 millions de marks les îles Carolines aux Espagnols qui, d'ailleurs, ne s'en soucient guère. Et Giraudoux de saluer au passage le baron de Lambermont (1819-1905), secrétaire général du ministère belge des Affaires étrangères, qui s'était fait une grande réputation par ses arbitrages. Mais, dans tous les cas cités par Giraudoux, il ne s'agissait que de conflits locaux, limités, peu susceptibles de déboucher sur un conflit généralisé.

En 1899, la conférence de La Haye va développer la notion d'arbitrage entre les nations. Souhaitée par la Russie, cette réunion n'aboutira pas à un accord sur la limitation des armements, ni à l'obligation de l'arbitrage dans les conflits entre les États. Toutefois, les délégués à cette conférence se mirent d'accord sur des mesures propres à humaniser la guerre (conventions de La Haye) *et pour établir une* Cour permanente d'arbitrage *dont Giraudoux nous présente les mécanismes. La seconde conférence de La Haye en 1907 se réunira pour aménager les conventions déjà existantes. Ces conventions avaient montré leur efficacité dans quelques cas précis que Jean Giraudoux cite, en particulier lors de l'incident de Hull (octobre 1904) provoqué par des navires russes qui, par mégarde, tirèrent quelques salves sur des navires marchands anglais (on est en plein dans la guerre russo-japonaise). Les Anglais, très chatouilleux lorsqu'il s'agit de leur marine, le prirent de très haut, mais à l'initiative de la France une commission internationale arbitrera le conflit en faisant verser par la Russie une indemnité de dédommagements à l'Angleterre. Giraudoux regrette que tous les pays n'adhèrent pas aux conventions de La Haye. Il cite la Belgique, oubliant que son statut de neutralité garanti par les puissances la met à l'abri des conflits. Il cite aussi l'Allemagne qui pouvait voir dans les mécanismes de l'arbitrage un frein à ses ambitions, ce qui lui permet d'évoquer la personnalité de*

Ludwig Quidde, futur prix Nobel de la paix, alors brouillé avec Guillaume II, plus tard antihitlérien notoire.

Jean Giraudoux fonde sa dissertation sur les trois parties traditionnelles du discours. De son exposé découle, dans les conclusions, une vision très optimiste que partageaient peut-être des diplomates et, sans doute, les examinateurs de ce travail. Il n'empêche qu'on s'armait, qu'on pensait à la revanche et à des lendemains riches de gloire guerrière. Déjà, à cette époque, Giraudoux promène son regard au-delà de la situation présente. Il n'y aura pas de troisième conférence de La Haye. Pourtant, l'idée de l'arbitrage international faisait son chemin et, dans ce sens, l'optimisme de Giraudoux se justifie. Wilson réussit à l'imposer, mais la Société des Nations qui devait la mettre en pratique ne fut jamais reconnue par l'Amérique. On sait combien les espoirs qu'on avait mis dans la SDN furent déçus, du moins sur ce but fondamental de l'institution.

Nous n'avons pas à chercher l'écrivain Giraudoux dans cette dissertation. Remarquons toutefois son sens de l'adaptation. Ce « littéraire », ce jeune romancier s'est mué en très peu de temps en historien, en juriste, en diplomate. Il nous apparaît ici très différent de ce que nous savons de lui pendant cette période de sa vie. Et ce sens de l'adaptation s'opère avec une aisance et un naturel parfaits mis en valeur par un style juste, coulant, très clair. Peu de surcharges, peu de ratures, quelques fautes d'orthographe évitées de justesse ne déparent pas cet exposé qui reçut l'approbation de ses juges et qui mérite d'être relu.

MAURICE BARTHÉLEMY.

MINISTÈRE
DES
AFFAIRES ÉTRANGÈRES

CONCOURS

POUR L'ADMISSION DANS LES CARRIÈRES

DIPLOMATIQUE ET CONSULAIRE

(1) Le candidat écrira ici ses nom et prénoms

(1) Giraudoux Jean

Numéro d'ordre 16

De l'influence exercé par les Conférences de la Paix sur l'organisation et le développement de l'Arbitrage international.

Lorsque deux puissances demandent à leurs armes de résoudre un litige qui les sépare, il y a guerre. Quand elles sollicitent ou acceptent l'intervention d'une nation neutre, dont les conseils, ou les avis, ou les menaces provoquent l'apaisement du conflit, il y a médiation. Enfin, si elles choisissent d'un commun accord un tiers et lui soumettent leur conflit,

Répétition du numéro d'ordre 16

DE L'INFLUENCE EXERCÉE PAR LES CONFÉRENCES DE LA PAIX SUR L'ORGANISATION ET LE DÉVELOPPEMENT DE L'ARBITRAGE INTERNATIONAL

Lorsque deux puissances demandent à leurs armes de résoudre un litige qui les sépare, il y a guerre. Quand elles sollicitent ou acceptent l'intervention d'une nation neutre, dont les conseils, les avis ou les menaces provoquent l'apaisement du conflit, il y a médiation. Enfin, si elles choisissent d'un commun accord un tiers et lui soumettent leur conflit, résolues à accepter d'avance sa décision, il y a arbitrage. Le but de l'arbitrage n'est donc plus l'élimination du plus faible, comme dans le premier cas, ou, comme dans le second, une transaction entre des droits et des devoirs souvent incompatibles : à la politique de compromis, et quelquefois de compromission, succède une réelle action judiciaire. L'État dont les griefs sont fondés obtient un entier gain de cause, sans avoir aux yeux de son adversaire, comme on l'a dit spirituellement, même le tort d'avoir raison. Défendeur, demandeur, sont des plaideurs ordinaires ; et ce seul énoncé du principe de l'arbitrage international nous montre quelle sera la marche de son développement. Il sera d'abord influencé par l'évolution de plus en plus pacifique des rapports internationaux, mais combien ce facteur sera de médiocre importance auprès de ce que Bentham appelait dédaigneusement le facteur psychologique. Le triomphe complet de l'arbitrage ne peut être obtenu que par une modification profonde, accomplie d'ailleurs en grande partie, du sentiment national. Nos nations ont pris, au cours des siècles, l'habitude de la justice de Dieu, et de la médiation justice des amis, même si elles tournent à leur défaite. Il y a dans la guerre et dans l'intervention d'un neutre puissant, une sorte de nécessité matérielle ou de fatalité qui imprime son excuse aux situations qu'elles provoquent. De là à y avoir recours, il n'y a qu'un pas, et un peuple confondra donc souvent, à dessein, sa mauvaise humeur et sa haine. Seul, un courant d'opinion le déterminera à distinguer, pour ainsi dire, entre son patriotisme militaire et son patriotisme civil, à comprendre tout ce que les moyens de coercition comportent parfois de manque d'initiative, à adapter son sentiment national aux conditions juridiques nouvelles. Or qui pourra provoquer cet état d'esprit moderne, si ce n'est l'action d'un congrès international, qui donne aux questions par lui traitées le retentissement et la diffusion. Les deux conférences pacifiques de La Haye, qui ont marqué une évolution sensible du sentiment national, devaient donc provoquer dans la même mesure une modification de l'arbitrage international. Elles n'y ont pas manqué.

En 1899, la première conférence trouva, en abordant cette question, une unanimité d'attention, mais une division très nette de théories. Le problème n'était plus simplement l'application d'un principe à un fait, comme l'application de la convention de Genève à la guerre maritime. Il y avait à déblayer, et à créer. Sans faire un historique détaillé de l'arbitrage international jusqu'à la réunion de La Haye, il est peut-être intéressant de noter les principaux épisodes et les traits caractéristiques de son développement. Il y avait d'abord dans l'esprit du public, une fâcheuse confusion entre la médiation et l'arbitrage. Des revues parlaient de l'arbitrage exercé par Léon XIII dans l'affaire des îles Carolines, alors que son intervention n'avait eu pour but que de ménager entre l'Allemagne et l'Espagne une transaction satisfaisante. Un homme politique faisait l'éloge du baron de Lambermont, qui avait présidé plusieurs cours d'arbitrage, en le félicitant d'avoir tranché des conflits de telle importance à la satisfaction des deux intéressés. Il ignorait qu'un juge ne demande point au plaideur qui perd son procès d'en témoigner sa joie, et que la raison de l'arbitrage est justement de montrer à un État qu'il a des torts envers un autre. Dans les milieux diplomatiques l'on n'était pas non plus sans avoir pour l'arbitrage une secrète méfiance. Au Moyen Âge, qui y avait eu recours, à part certains vassaux qui tenaient plus à ménager leur suzerain en lui demandant de juger leur querelle qu'à admettre l'idée de torts internationaux ? Nos rois, de Louis IX à Louis XIV, les empereurs d'Allemagne leurs contemporains, les papes, avaient accepté le rôle d'arbitre plutôt comme un hommage à leur puissance qu'à la justice. Au XIXe siècle, l'arbitrage semblait surtout un moyen commode de résoudre certaines questions d'ordre secondaire et n'intéressant qu'indirectement les intérêts de la nation. On réservait généralement aux arbitres les problèmes de frontières coloniales ou maritimes : qu'il s'agît de la baie Delagoa ou du territoire contesté de l'Oyapoc, la décision du maréchal de Mac-Mahon ou du président de la Confédération suisse ne tenait aucun intérêt vital en suspens. Les essais malheureux des républiques du Centre-Amérique pour établir un tribunal d'arbitres avaient échoué, et avec une telle rapidité qu'on pouvait y voir la cause de la guerre qui éclata bientôt. Mais la conclusion de deux disputes célèbres avait cependant prouvé avec éclat le réel intérêt de l'arbitrage : les désaccords surgis entre l'Angleterre et les États-Unis au sujet des pertes causées aux États du Nord par les navires du Sud armés dans les ports anglais — Alabama claims — et le conflit des pêcheurs de la mer de Behring. Le Traité de Washington avait montré que la nation dont le sentiment national se transformait si aisément en une irritation patriotique, l'Angleterre, acceptait de ranger au nombre des affaires contentieuses et de rayer de ses susceptibilités une question maritime. Elle se soumettait pleinement à la décision de cinq arbitres, choisis par son roi, le président des États-Unis et deux autres souverains ; un paragraphe du protocole prévoyait même le cas où elle n'aurait pas gain de cause. Ce qu'on prévoyait moins ce fut la tranquillité avec laquelle elle accepta la perte de son procès et modéra l'humeur de son plénipotentiaire : on ignorait que le fond du caractère anglais était moins l'intransigeance que la netteté d'allure et de décision.

Les délégués à la première conférence de la Paix eurent donc à considérer le problème sous ses deux faces : le problème de l'arbitrage, a dit l'un d'eux, ressemble fort à celui de l'instruction : il faut le rendre accessible à tous, puis il faut le rendre obligatoire. A vrai dire, nos éducateurs nationaux avaient souvent mis la charrue avant les bœufs. La commission qui se forma dans le vieux et discret château de la Haye traita plus rationnellement la question.

Elle considéra d'abord que les nations auraient beaucoup plus recours à l'arbitrage si elles n'avaient pas chaque fois à créer, par un acte d'initiative, une procédure nouvelle. Il fallait (de même qu'on institua pour les transports ou les télégraphes des institutions permanentes où siègent des compétences internationales) créer une commission permanente du « contentieux international ». La lecture du compte rendu des travaux de la conférence nous indique sur quelles bases se fit un accord presque unanime :

Il est créé à la Haye un Bureau international d'arbitrage. Ce bureau est permanent. Il a des ressources particulières — provenant de fondations — et générales — provenant de subventions des États. Il procède à la confection d'une liste d'arbitres, choisis parmi les personnalités juridiques et les diplomates ; il la rend publique et doit la communiquer à la demande des puissances. Chaque fois que surgit entre deux nations un conflit, et qu'elles acceptent de le soumettre à un arbitrage international, elles sont tenues de prévenir le bureau permanent, et la désignation des arbitres a lieu de la façon suivante :

Chaque État choisit sur la liste officielle un arbitre ; les deux arbitres élus procèdent à l'élection d'un troisième. Si l'on n'a pu arriver sur ce choix à une entente, ils demandent à une nation tierce de le désigner. (Ce fonctionnement ressemble fort à celui qui était de coutume dans les arbitrages de la fin du XIXe siècle.)

Les arbitres ont plein pouvoir pour résoudre le conflit qu'on leur soumet. Chaque État s'engage par avance à respecter leur décision. Il n'y a, dans tous les titres qui concernent la matière, aucune disposition pour limiter ou déterminer la nature des conflits que la Cour d'arbitrage devra résoudre.

On voit l'importance de cette décision ; elle créait non plus une coutume, mais un office international. Il y avait maintenant pour les nations une justice suprême permanente. Elle n'était pas obligatoire, mais quels sont les plaideurs qui ne saisiront pas l'occasion d'exposer à un tiers leurs griefs et doléances. La plupart des États n'auraient-ils pas intérêt, pour écarter du domaine public, du cœur irritable de la nation certains prétextes à conflits — à transmettre leur responsabilité à une autorité neutre. La limitation des armements n'avait point rallié tous les suffrages, mais l'arbitrage ainsi conçu amenait la limitation des chocs entre nations et c'était peut-être d'une autre importance. La première conférence de la

Paix, pour cette fonction qui n'avait pu jusque-là s'exercer que par intermittence, avait créé définitivement un organe.

Ce fut d'ailleurs au cours même de l'année 1899, alors que tous les délégués étaient encore réunis à la Haye, que deux d'entre eux — M. Renault, délégué de la France, était du nombre — déposèrent un vœu en faveur de l'arbitrage obligatoire. Les États, au lieu d'attendre le conflit pour le prévenir, s'engageraient par traités à soumettre à la Cour suprême d'arbitrage leurs désaccords. On voit la portée de cette proposition ; elle substituait, à une entente facultative, une sorte d'assurance générale. Certains pays devaient lui réserver un bon accueil, car il y a toujours au fond de l'arbitrage simple une transaction entre les revendications d'un peuple et celles de son adversaire : on peut dire seulement que le forfait a lieu avant, au moment où ils acceptent l'arbitrage, tandis que dans la médiation, par exemple, il a lieu après. L'arbitrage obligatoire supprimait ce prétexte à hésitation. Mais, par cela même, ne portait-il pas atteinte à la souveraineté nationale ; même lorsque l'honneur du pays ou l'intégrité du territoire n'étaient pas en jeu. C'est ce que soutinrent trois nations, parmi lesquelles se trouvait l'Allemagne. Elles refusèrent de joindre leurs signatures aux quarante qu'avait réunies le vœu de M. Renault.

A vrai dire, l'élan donné était presque irrésistible, et, dans la période qui court de la fin de la première conférence à la conclusion de la seconde, nous voyons triompher le principe de l'arbitrage obligatoire. Les raisons de ce succès sont multiples. Les propositions relatives à la limitation des armements terrestres ou maritimes avaient, par leur insuccès, rejeté les gouvernements pacifistes vers l'arbitrage obligatoire, qu'un publiciste appelait leur dernière planche de salut. A l'intérieur de chaque nation, se manifestait un nouvel état d'esprit, causé par le souci d'un lendemain que mille complications diplomatiques se plaisaient à menacer. La prédominance des questions ouvrières, la formation des syndicats, la conclusion de traités internationaux de travail, la vulgarisation même du mot arbitrage appliqué aux relations des patrons et des ouvriers... l'organisation en somme des conflits nationaux influa par analogie sur celle des désaccords entre peuples. Le règlement pacifique d'incidents qui auraient pu provoquer une guerre générale, comme l'affaire de Hull, vint à propos pour donner une valeur de fait à ce que plusieurs nations contestaient même à valeur d'essai. La conférence de la Haye, quand elle se réunit à nouveau, n'eut plus qu'à constater un succès qu'elle-même n'avait qu'à demi prévu. La meilleure conclusion à ses travaux fut cette petite feuille imprimée en avril 1908 par le ministère des Affaires étrangères, carte du monde où se rejoignaient les capitales des États qui avaient conclu des traités d'arbitrage obligatoire. On en comptait plus de soixante-dix. L'Angleterre venait en tête avec douze conventions. La France occupait un rang honorable, avec huit traités où l'on ne trouvait point encore la Belgique ; l'Allemagne n'avait signé qu'un engagement, avec les États-Unis.

Il nous resterait, pour montrer quelle influence directe il faut attribuer aux Conférences de la Haye sur le développement de l'arbitrage, à comparer justement cette statistique des conventions avec l'intérêt que les différents peuples ont porté aux deux congrès. Il y a eu, en Angleterre, un mouvement très net, et qu'on ne peut accuser d'insincérité, pour manifester à la réunion internationale une confiance qui n'était pas seulement de la sympathie. De plus l'Angleterre ne craint pas les congrès et les conférences ; le lord a, comme l'ouvrier, son esprit de meeting, et tous deux aiment à se créer une atmosphère de principes, de menues obligations qu'ils savent d'ailleurs modifier à leur guise. En Allemagne au contraire, les décisions de la Haye ne seront accueillies que très tard : l'Allemand n'a pas, comme l'Anglo-Saxon, l'habitude du changement, surtout en matière de droit. Une règle juridique qu'un code n'impose pas, n'y jouit que d'une médiocre estime ; un professeur allemand, M. Quidde, concluait en ces termes un exposé pacifiste : « Les diètes de notre empire romain-germanique, les diètes de nos provinces, les diètes de nos villes nous ont valu tant de guerres et de faux espoirs que nous attendons la seconde conférence pour juger la première... »

Souhaitons que la troisième se réunisse bientôt pour que l'Allemagne se décide à attacher à l'arbitrage obligatoire l'importance qu'ailleurs on ne lui conteste plus.

JEAN GIRAUDOUX.

2

Au « petit concours » des élèves vice-consuls de juin 1910, la copie de géographie économique du candidat Jean Giraudoux mérita 19 sur 20. Nous n'en présenterons ici que les extraits les plus significatifs.

« Exposer dans ses grandes lignes la situation économique du bassin de la Méditerranée », *voilà qui engageait à développer des considérations techniques plutôt qu'à exposer des vues de haute politique. Giraudoux se plie à l'exercice de très bonne grâce, étudiant tour à tour le commerce méditerranéen « proprement dit » (entre riverains) et le commerce méditerranéen international, citant des pourcentages et des chiffres de tonnage, recensant les voies d'accès et dressant un répertoire complet des grandes compagnies de navigation. C'est sans doute là le premier enseignement de ce devoir : Giraudoux est manifestement à l'aise dans la présentation des données les plus techniques, au point que celles-ci envahissent de façon un peu fébrile les dernières pages. Rien de tout cela ne sera perdu, et il ne serait pas surprenant qu'au moment de réclamer dans* Pleins Pouvoirs *le percement du « Canal des deux Mers », il se soit souvenu d'avoir évoqué ici les avantages de l'isthme de Suez et les bienfaits que procurerait le creusement d'un canal reliant « la mer de Crimée à la mer Noire ».*

A considérer pourtant l'amorce du texte, si caractéristique par ses effets de symétrie et ses anaphores, et la manière dont s'imposent certaines métaphores — le « lac » pour désigner les échanges de rive à rive, l' « écluse » pour désigner l'axe de navigation internationale — on est tenté de reconnaître également à ce discours un statut littéraire virtuel. On peut s'abandonner en effet au jeu des identifications rétrospectives, reconnaître par exemple dans ces « financiers romains » qui se rencontrent au bain le Moïse au bain de Bella, *et dans l' « écluse » une métaphore de la communication promise à de riches développements ultérieurs.*

Or rien ne nous permet de considérer ces points de rencontre comme des excroissances du discours, comme des corps étrangers à la matière première du texte ou des suppléments de sens.

L'impression est ici au contraire que la littérarité se présente comme un état préalable et une disposition permanente ; que les variations sémantiques sur le thème des « flots migrateurs » sont pour ce nageur-voyageur l'occasion d'effectuer une plongée dans un espace imaginaire que nous savons peuplé de ruisseaux à écrevisses et de paquebots. Plongée de courte durée, mais qui imprime au texte un mouvement décisif : entre les courants d'échanges qui emportent hommes et marchandises, et l'élan vigoureux de ces phrases dans lesquelles vont se bousculer noms propres et données chiffrées, on devine une heureuse analogie.

Le bon élève deviendra l'écrivain Jean Giraudoux : en intégrant à son imaginaire la matière brute du réel, et en employant, comme il est dit dans Églantine, « *les mots dans leur vrai sens, dans la langue des ingénieurs et des ponts et chaussées* ».

ANDRÉ JOB.

[...]

I. LE COMMERCE MÉDITERRANÉEN PROPREMENT DIT

Le commerce méditerranéen n'est relativement qu'un commerce de cabotage. Il n'y a guère plus de huit jours de voyage, pour un paquebot, entre ses points les plus extrêmes, Batoum par exemple et Marseille, et les escales y peuvent être aussi nombreuses que possible. Mais les nations riveraines sont assez différentes entre elles pour que tous les genres d'échange y soient représentés. Il y a là un monde civilisé et un monde demi-barbare, du moins au point de vue commercial ; un monde qui fournit des matières premières et un autre qui livre des objets manufacturés. D'un côté la France, l'Italie, l'Autriche, de l'autre la Turquie d'Europe et d'Asie, la Russie, l'Égypte et l'Algérie-Tunisie. Nous allons en étudier les principaux ports et les principaux produits. Chacune des trois cuvettes, des trois écluses, si l'on veut, de la Méditerranée, comprend un pays civilisé, et en face de lui un pays de civilisation inférieure. En face l'Espagne et la France, l'Algérie et le Maroc ; en face l'Italie, la Tunisie et la Tripolitaine ; en face le bassin du Danube, qui représente la civilisation germanique (Autriche et Allemagne), l'Asie Mineure ; et, en faisant abstraction du commerce anglais, qui est partout chez lui et revendique partout la première place, après les périodes où la France détenait le commerce de l'Orient, c'est presque de cette façon typique que s'équilibre le commerce local méditerranéen ; de Barcelone et de Carthagène à Oran. De Marseille à Alger. De Naples et de Malte à Tunis. De Trieste et de Salonique à Smyrne et à Beyrouth. Barcelone, le plus grand port espagnol, on peut même dire son seul port international, a pris dans les vingt-cinq dernières années un merveilleux essor, moins dû il est vrai au commerce méditerranéen qu'aux relations étroites qui l'unissent avec les anciennes colonies espagnoles, Argentine et Chili. Ville considérable où les quartiers les plus misérables voisinent avec les palais de marbre, où les routes et les avenues sont si mauvaises qu'aucune compagnie de fiacres automobiles n'a tenté encore de s'y établir, Barcelone exporte quelques minerais, beaucoup de fruits et de vins, vers l'Afrique elle exporte surtout des hommes. La plupart des émigrants espagnols partent de Barcelone ou de Carthagène.

[...]

II. LE COMMERCE MÉDITERRANÉEN INTERNATIONAL

On pourrait croire, d'après cet exposé, que la Méditerranée se divise en un certain nombre de petits bassins soumis politiquement et économiquement à l'influence d'une seule nation, la France dans la mer algérienne, l'Italie dans l'Adriatique, l'Autriche et la Russie dans la mer Égée et la mer Noire. Il n'en est rien. Certes la France, par la situation de sa métropole et de ses colonies y a une autorité politique et un rôle économique de premier ordre, mais la Méditerranée n'est pas plus sous son contrôle que l'océan Atlantique. Ce n'est plus, comme nous le disions, un lac dont une partie appartient à chaque riverain, comme la Caspienne ou le Léman. Ce n'est qu'une écluse, pour ainsi dire, d'une des plus grandes routes commerciales du globe.

Sa porte d'entrée a été ouverte de tout temps. C'est le détroit de Gibraltar. Large d'une dizaine de milles, il la met à niveau avec l'océan Atlantique. C'est une porte majestueuse, dominée vers l'Afrique par un massif gigantesque, surveillée au flanc de l'Espagne par le rocher du Gibraltar anglais. Après un autre détroit plus large, Tunisie et Sicile, après celui de la Grèce, elle se divise en deux branches, l'une s'oriente vers la mer Noire, c'est-à-dire vers une impasse, l'autre vers l'Égypte, sa porte de sortie : l'isthme de Suez, inauguré en 1869, la met en communication, par un canal de 30 lieues à peine, avec la mer Rouge, c'est-à-dire avec les Indes, l'Extrême-Orient, l'Australie, la partie orientale de l'Afrique ; en un mot avec tous les pays producteurs, moins l'Amérique. Cette route peut être empruntée par tous les vaisseaux ; certains grands paquebots allemands ont bien éprouvé des avaries dans le passage du canal, mais les écluses ont été multipliées, la profondeur a été augmentée et dernièrement des cuirassés de plus de 22 mètres de large ont pu y passer sans encombre. Le tarif de passage perçu par la Cie a bien effrayé quelques compagnies de vapeurs (Cies australiennes/anglaises), mais en somme le trafic augmente chaque année, et il n'a rien à craindre de l'ouverture du canal de Panama, qui ne facilitera sensiblement que la navigation américaine.

[...]

JEAN GIRAUDOUX.

JEAN GIRAUDOUX ET PHILIPPE BERTHELOT

Le calendrier nous réserve parfois d'heureuses surprises. Comment, en effet, ne pas se réjouir de découvrir qu'en cette année 1984, qui marque le quarantième anniversaire du décès de Jean Giraudoux, année où l'on choisit d'évoquer, dans un *Cahier* spécial, sa carrière de diplomate, il surgisse, comme par hasard, une seconde ombre, celle de Philippe Berthelot, disparu il y a juste cinquante ans, le 22 novembre 1934 ? Giraudoux qui, plus que tout autre, était sensible à ces politesses du sort et qui ne dédaignait pas, à l'occasion, de les favoriser, eût vu sans nul doute dans ce double anniversaire un signe quelconque.

Aujourd'hui, le nom de Philippe Berthelot a rejoint définitivement cette « carrière des grandes ombres » dont parlait Giraudoux au moment de sa mort. L'homme, depuis des années, s'est effacé derrière sa légende, et sa politique se dégage mal de celle des ministres qu'il servit. C'est d'ailleurs lui-même qui voulut qu'il en fût ainsi. Non seulement Berthelot ne laissa ni journal ni mémoires, mais aussi il passa les derniers jours de sa vie — c'est Claudel qui nous le rapporte [1] — à brûler tous ses papiers, tous ses carnets, toutes ses lettres. D'une activité professionnelle débordante il a supprimé, volontairement, toute indication, sauf une vingtaine de liasses de documents relatifs à la création et à l'action de la Maison de la Presse [2]. Les deux lettres de Giraudoux échappées miraculeusement au bûcher appartiennent aussi, curieusement, à cette période. Entre ne rien dire, sachant qu'il s'exposait ainsi à toutes les calomnies, et se défendre, que ce soit par une vérité parfois cruelle ou par de lâches mensonges, Berthelot choisit, délibérément, le premier parti.

Philippe Berthelot naquit le 9 octobre 1866. Il était le troisième fils de Marcelin Berthelot, l'un des plus grands savants du XIXe siècle, pionnier de la synthèse des corps organiques, fondateur de la thermochimie moderne, plus tard sénateur inamovible et deux fois ministre[3]. Sa mère, née Sophie Niaudet, était d'origine protestante, mais le climat de la maison paternelle, où les familiers s'appelaient Ernest Renan et Michel Bréal, fut nettement républicain et libre-penseur. « Élevé [...] dans une époque où l'on croyait que la sagesse et la réflexion allaient diriger les hommes, Philippe Berthelot, écrit Edmond Jaloux, put se persuader que le plan du monde devait obéir à des esprits bien faits. Et il l'a cru toute sa vie, ou plutôt il a voulu le croire, même si les circonstances n'ont pas toujours donné raison à ses théories[4]. »

On a qualifié sa jeunesse d' « ardente », de « fantaisiste », d' « audacieuse ». C'est que, fils d'une des dernières grandes familles féodales de la Troisième République, ce jeune homme intrépide, orgueilleux, naturellement indiscipliné, a été, de l'avis de tous, porté d'une manière presque inévitable à s'estimer « au-dessus des usages, sinon des lois[5] ». Ceux dont le jugement n'a été faussé ni par une haine partisane, ni par un dévouement trop inconditionnel, s'accordent d'ailleurs tous pour poser la même question : comment en aurait-il été autrement, puisque, même dans la mort, Marcelin Berthelot avait su plier selon ses dernières volontés les us et coutumes du régime ? N'avait-on pas permis à l'illustre chimiste de reposer au Panthéon — ce sanctuaire réservé « aux grands hommes » — aux côtés d'une épouse à laquelle il n'avait pas voulu survivre, le ménage Berthelot ayant exprimé le vœu qu'on ne les séparât pas ? Poincaré, entre autres, trouva l'exemple néfaste. « En vertu de l'hérédité républicaine », écrit le comte de Saint-Aulaire, « le rejeton de ce ménage » pouvait se croire également « au-dessus de la loi » ; pour ce « prince du régime », ce qui pour d'autres était illicite devenait le « fait du prince[6] ». De même, dans *Bella,* la lutte engagée par Rebendart contre les Dubardeau sera une lutte contre la féodalité. Les Dubardeau, aux yeux de leur persécuteur, sont les « féodaux du régime » : « Laissant entendre qu'ils planent au-dessus des lois divines, qu'ils modifient les lois physiques et chimiques, ils en ont profité pour se soustraire aux lois tout court[7]. »

Berthelot, après des études de droit et de lettres, se présente à deux reprises (en 1889 et 1890) au concours des Affaires étrangères. Il subit, à chaque occasion, un échec retentissant, mais réussit, sans doute grâce à des relations de famille, à se faire nommer dès février 1889 élève chancelier à la légation de France à Lisbonne.

Deux ans plus tard, en 1891, il se porte démissionnaire. Est-ce, comme l'a suggéré un de ses biographes, en raison de l'impossibilité où il se trouva, dans ces humbles fonctions, de « donner sa mesure[8] » ? On devait effectivement lui reprocher de ne la donner, cette mesure, qu'à condition d'être seul et le premier[9]. Toute sa carrière, Berthelot dédaigna les fonctions subalternes, préféra les grandes affaires aux petites. Mais dans ce cas précis, l'explication paraît insuffisante, car ce départ, qui ressemble à un départ définitif, ne répond nullement à une vocation plus haute. Un silence ambigu recouvre, aujourd'hui, cette période de sa vie qui va d'avril 1891 à novembre 1895, et pendant laquelle Berthelot vit essentiellement de sa plume. Renouant avec les milieux littéraires déjà fréquentés à l'époque de ses études, il collabore à *la Cocarde* (dirigée par Barrès) et à *la Vie parisienne,* et écrit pour *la Grande Encyclopédie* dirigée par son père des centaines d'articles[10]. Lorsque, plus tard, à l'occasion de l'affaire de la Banque industrielle de Chine, on cherchera à accabler Berthelot, cette obscure lacune dans sa carrière fera l'objet de commentaires ironiques de la part de journalistes à l'affût de la moindre imprudence. Un de ses amis d'enfance, Léon Daudet, aura beau lui donner publiquement l'accolade[11], *l'Action française* insinuera, en 1921, sous la plume de Maurras, que Berthelot aurait été, à Lisbonne, l'objet de sanctions disciplinaires[12]. On écrira alors presque quotidiennement « Berthelot le voleur » ou « Berthelot le concussionnaire », comme on écrivait « Caillaux le traître ». Poincaré, qui a ses propres raisons de détester Berthelot, n'hésitera pas à dire tout haut ses soupçons : le jeune élève chancelier aurait pratiqué, à Lisbonne, alors qu'il était chargé de la comptabilité, une gestion financière « fantaisiste », confondant ses deniers personnels et ceux de l'État, et cela nettement au désavantage du dernier [13]. Sa démission n'aurait été, de l'avis du ministre, qu'une révocation déguisée.

Il serait évidemment malaisé et injuste de se prononcer, en l'absence de documents, sur le bien-fondé d'accusations où il entre (c'est indubitablement le cas de Poincaré) une bonne part de rancune personnelle. On se gardera toutefois de les écarter trop brusquement, car il faudrait alors expliquer par exemple pourquoi, en 1917, Berthelot s'est déclaré incapable de servir dans le cabinet de Ribot [14] : ce même Ribot qu'il avait connu chez son père, et qui était déjà, en 1891, au moment de la démission de Berthelot... ministre des Affaires étrangères.

C'est le passage de Marcelin Berthelot au ministère des Affaires étrangères, du 2 novembre 1895 au 29 mars 1896, qui fournit à Philippe sa seconde chance. Son père le nomme aussitôt à son cabinet, comme attaché payé, et, quelques semaines plus tard, l'intègre dans les cadres diplomatiques comme secrétaire d'ambassade de troisième classe. Ainsi, sans avoir passé le concours d'entrée, accède-t-il directement au grand cadre. Certains collègues jaloux de leur succès au concours, mais dont les qualités brillent moins en d'autres domaines, lui tiendront longtemps rigueur de ce « resquillage ». Poincaré, à qui décidément rien d'irrégulier n'échappe, accusera le vieux sénateur de n'avoir eu, pour toute ambition, que de s'asseoir au bureau de Vergennes pendant le temps nécessaire pour faire disparaître le dossier compromettant de son fils [15].

Si l'on excepte un court séjour à Bruxelles et, capitale dans sa formation, une mission en Extrême-Orient au cours de laquelle il fait la connaissance de Claudel, toute la carrière de Berthelot se déroulera, à partir de 1896, à l'administration centrale. Là, grâce à des qualités que même ses ennemis ne songent pas à lui disputer — notamment une puissance de travail exceptionnelle alliée à un esprit de synthèse remarquablement développé — il gravit très vite les échelons administratifs. On le retrouve chef adjoint des cabinets de Rouvier et de Léon Bourgeois en 1905-1906 ; de 1907 à 1913 il est chargé de la sous-direction d'Asie à la Direction politique et commerciale. Pichon le prend comme chef de cabinet en 1913. Lorsque, en janvier 1914, Pierre de Margerie est nommé directeur politique, on lui choisit comme adjoint Philippe Berthelot. C'est Berthelot, resté seul au ministère pendant le voyage du président de la République en Russie, qui devra faire face, en juillet 1914, à la crise provoquée par la remise de l'ultimatum autrichien. « On peut dire, écrira Claudel, que pendant toute cette période c'est lui qui parla et qui agit au nom de la France, on sait avec quelle habileté et quelle dignité[16]. »

Pendant le ministère Briand (octobre 1915-mars 1917), Berthelot remplira de nouveau les fonctions de chef de cabinet du ministre. Ribot installera à sa place Jules Cambon, avec le titre — nouveau et mal défini — de « secrétaire général ». Clemenceau qui, lors de la Conférence de la Paix, le maintiendra sèchement à l'écart en faveur de ses propres créatures, finira cependant par reconnaître ses qualités[17]. Lorsque Pierre de Margerie de plus en plus surmené tombe gravement malade à la fin du mois de juin 1918, c'est Berthelot qui assure d'abord l'intérim des fonctions de directeur politique, et qu'on nomme dès le mois de juillet directeur adjoint. Il succède à de Margerie comme directeur des Affaires politiques et commerciales le 28 juin 1919, date symbolique que marque la signature du traité de Versailles. Enfin, sous Georges Leygues, en septembre 1920, il vient occuper, avec le rang d'ambassadeur, le bureau d'angle du secrétaire général laissé libre par le départ de Maurice Paléologue.

Son séjour y sera bref, et cela pour des raisons qui, aujourd'hui, se devinent aisément. Sans doute un autre, parvenu à la situation qu'il occupait, eût-il pris soin, avant d'éprouver trop hardiment les limites de son pouvoir, de mesurer plus sûrement les dangers qui le guettaient. Certes, en 1920, Berthelot n'ignore en rien le pouvoir de la presse. Il a eu déjà, en 1916-1917, à essuyer des attaques hostiles au sujet de la Maison de la Presse. Mais, protégé par l'autorité de Briand, dont il a la confiance, il a pu alors les mépriser. Par contre, sa nouvelle situation, en l'exposant au regard public, le rend extrêmement vulnérable. Il est devenu celui que les journalistes appellent, avec plus qu'une nuance d'agressivité, le « maître du Quai d'Orsay », celui qui, à leurs yeux, personnifie le ministère et en tient, d'une manière occulte, « tous les dossiers » et « tous les fils ».

Dès son entrée en fonction, on s'enquiert donc de la personnalité du nouveau secrétaire général. Il est clair que son pouvoir et son influence (supposés) excitent, d'emblée, la méfiance et les jalousies. On lui reproche d'aimer un peu trop le secret, de vouloir se rendre « indispensable ». Sa désinvolture, son non-conformisme, son côté mondain et prétendu snob, le mépris qu'il affiche à l'égard de la presse et des parlementaires irritent. On l'imagine entouré d'une « coterie » de jeunes diplomates, rencontrés tous, à en croire certains journalistes, jadis en Extrême-Orient, coterie au demeurant « fort ignorante, fort prétentieuse et [...] assez tripoteuse [18] ». On ironise sur ses goûts littéraires « avancés », sur ses collections de « chinoiseries » ; on rapporte malicieusement ses propos — presque toujours désobligeants — sur les ministres qu'il a servis ; on cite ses bons mots les plus féroces. Et l'on n'oublie pas, bien entendu, la Maison de la Presse, ce scandaleux repaire d'embusqués où même Clemenceau ne serait pas arrivé à mettre de l'ordre. Telle est l'image de Berthelot que détient le grand public au moment où, en juillet 1921, éclate l'affaire de la Banque industrielle de Chine [19]. Moins de six mois après, c'est la démission et la disgrâce.

En apparence, les accusations auxquelles Berthelot dut répondre dans cette affaire portaient sur des faits précis. Il s'agissait d'une série de télégrammes expédiés sur l'initiative du seul Berthelot à une époque (janvier 1921) où la déconfiture de la Banque industrielle de Chine n'était pas encore consommée. Ces télégrammes, qui portaient la signature du ministre des Affaires étrangères, étaient destinés à démentir à l'étranger les bruits d'une faillite que l'on savait déjà imminente. Berthelot aurait donc usé, à l'insu de ses ministres Leygues et Briand, des moyens diplomatiques qu'il tenait de sa haute fonction en faveur d'un établissement financier dont son frère, André Berthelot (et c'était là l'essentiel) présidait le conseil d'administration.

En réalité — et ici le ton des articles de presse ne trompe

pas — les télégrammes incriminés servaient, surtout à droite, de prétexte à des récriminations plus vastes. Était mis en cause non pas la conduite d'un fonctionnaire isolé, mais le prétendu orgueil de toute une « caste » professionnelle dont Berthelot était, aux yeux du public, l'incarnation. En sa personne, on condamnait non seulement le « maître occulte » de la diplomatie française, celui qui, « dans l'ombre et par-dessus les gouvernements », était censé diriger « toute » la politique extérieure du pays ; on s'en prenait aussi au représentant le plus en vue de ces « messieurs du Quai d'Orsay » dont la « politique personnelle » était si néfaste, favorisait continuellement les « appétits monstrueux » des consortiums internationaux, et sacrifiait allégrement, dans les conférences interalliées, « les droits les plus incontestables et les plus sacrés de la France [20] ».

Malgré les efforts de Briand pour le défendre à la tribune de la Chambre, Berthelot n'eut d'autre choix, de nouvelles révélations venant s'ajouter aux accusations du mois de juillet, que d'offrir sa démission, ce qu'il fit le 25 décembre 1921. Moins de trois semaines plus tard (le 12 janvier 1922) Briand lui-même démissionnait de façon sensationnelle. Tout en reconnaissant de sa part quelques « imprudences », Berthelot (dans une lettre à Briand du 14 janvier 1922) s'estima surtout « victime d'événements et de contrecoups indépendants de [sa] volonté [21] ». Son devoir, pensait-il, était de sauvegarder par tous les moyens le prestige de la France en Extrême-Orient. S'il péchait dans les formes, il ne péchait pas dans le fond [22]. Dans sa lettre de démission, lue par Briand à la Chambre, il écrivit : « J'ai mis contre moi les apparences [23]. » De même, dans *Bella* de Giraudoux, l' « action généreuse » de René Dubardeau « s'évanouit » pour laisser, après l'événement, « un cadavre de mauvaise action [24] ».

En acceptant la démission de Berthelot, Briand avait placé, provisoirement, l'ancien secrétaire général « à la disposition » du ministre. Son successeur, Poincaré, n'était pas homme à se contenter d'une solution aussi peu nette ; il revint au pouvoir résolument décidé à appliquer, dans l'affaire de la BIC, des sanctions qui devaient être non seulement judiciaires, mais aussi « administratives ». Les premières visaient André Berthelot et les directeurs de la banque ; les secondes Philippe

Berthelot, dont Poincaré entendait faire un exemple. Jugeant du point de vue rigoureux du juriste, il n'admettait pas que le départ de Berthelot pût résulter d'un choix ; il fallait une peine. Il est difficile d'échapper à la conclusion que dans l'esprit du ministre, cette peine était destinée à sanctionner non seulement les fautes professionnelles commises dans l'affaire de la BIC, mais aussi des écarts antérieurs qu'il estimait avoir été insuffisamment punis.

Sur l'initiative de Poincaré, Berthelot fut donc traduit, le 13 mars 1922 au Quai d'Orsay, devant un conseil de discipline, dit « conseil des directeurs ». La composition de ce conseil, que présidait le ministre lui-même, était fixée par décret. Appelé à se prononcer sur le cas d'un ambassadeur, il devait comprendre, outre le ministre, le directeur des Affaires politiques (le comte de Peretti de la Rocca), le chef du cabinet et du personnel (Louis Hermite), et deux agents dont l'un en principe du même grade que l'accusé et l'autre du grade immédiatement supérieur : on nomma l'ancien chef de Berthelot, Pierre de Margerie, ambassadeur à Bruxelles, et Camille Barrère, ambassadeur de France à Rome.

Le rôle du conseil était purement consultatif ; il se bornait à la connaissance des fautes et à la rédaction d'un « avis motivé », qui pouvait conclure, suivant une échelle croissante, à l'acquittement, à la réprimande, à la mise en non-activité, ou à la révocation. La sanction était cependant appliquée sous la seule responsabilité du ministre, qui n'était aucunement lié par la proposition du conseil[25]. Le résultat était facile à prévoir : par décret en date du 16 mars 1922, Berthelot fut mis en non-activité pour une période de dix ans.

En raison des doutes qui continuent à peser à la fois sur la conduite de Berthelot dans l'affaire de la BIC et sur la bonne foi de Poincaré dans l'application des sanctions, il est évidemment à regretter que les conclusions du conseil de discipline ne soient plus, aujourd'hui, accessibles[26]. Non seulement les documents ont été détruits, mais aussi chacun des membres du conseil a observé scrupuleusement le secret qui lui était imposé[27]. Chacun, en tout cas, sauf un, dont le témoignage, par ce qu'il cache autant que par ce qu'il prétend révéler, éclaire considérablement le sens des délibérations. Il s'agit du comte de Peretti de la Rocca, que tout le ministère reconnut, en 1925, dans le personnage du baron Basquettot, et dont les souvenirs ont été publiés en 1936 dans *la Revue de Paris*, après la mort des deux principaux personnages[28]. D'après cette version des événements, Poincaré aurait prononcé, lors de la première séance du conseil, un réquisitoire féroce, ne faisant aucun secret de son désir d'arriver à la révocation. Cependant, le ministre se serait tenu à l'écart des délibérations sur le conseil de… Peretti qui, sur le chapitre des erreurs professionnelles « d'ailleurs certaines », se serait fait fort d'obtenir de la part de ses collègues un avis plus « indulgent », confiant que Poincaré « ne prendrait pas sur lui d'appliquer une sanction plus sévère que celle qu'aurait indiquée le Conseil ». Ainsi Peretti évitait à son ancien chef la honte de la révocation, et celui-ci « fut seulement écarté pour un temps du Département ».

C'était là exagérer curieusement l' « indulgence » d'une décision qui, sans aller jusqu'à la révocation, n'en était pas moins calculée pour briser définitivement la carrière de l'intéressé. La plupart des agents le comprirent bien, qui furent généralement d'accord pour blâmer la dureté de Poincaré[29]. Sans la loi d'amnistie du 3 janvier 1925, à la faveur de laquelle Herriot le réintégra dans les cadres, Berthelot, qui avait atteint l'âge de 55 ans à la fin de 1921, n'eût sans aucun doute jamais retrouvé son bureau au ministère. Peretti, pas plus qu'un autre, n'ignorait la gravité de la sanction.

Aussi estima-t-on dans certains milieux que Berthelot avait été victime, sinon d'une trahison, du moins d'un excès de complaisance de la part de ses collègues à l'égard de Poincaré, et c'est sans nul doute dans ce sens que le lecteur de *Bella* serait tenté d'interpréter l'affaire. *Le Progrès civique*, en déplorant le « scandaleux huis clos » du conseil de discipline, et en réclamant pour Berthelot la Haute Cour, alla jusqu'à parler de « subalternes en mal d'avancement[30] ». C'était, en ce qui concernait de Margerie et Barrère, manifestement faux, car ni l'un ni l'autre ne pouvait être considéré comme un « subalterne ». Il semblerait d'ailleurs que Berthelot n'ait pas eu à se plaindre de l'attitude des deux ambassadeurs[31], et que Giraudoux les ait épargnés en transposant très librement dans *Bella* cet épisode pénible de la carrière de son supérieur[32]. Il n'en fut pas de même d'Hermite et de Peretti de la Rocca, deux hommes qui brillaient, au dire de leurs contemporains, par une absence totale de caractère, et dont Giraudoux a laissé, sous les noms transparents de Crapuce et de Basquettot, des caricatures impitoyables et injustes, mais immédiatement reconnaissables. Nul doute qu'il s'agisse là d'une vengeance, et que derrière la « trahison » des deux personnages du roman de Giraudoux il y ait au moins une part de vérité. On l'aurait deviné aussi à la lecture de ces « souvenirs » où Peretti, le seul à avoir rompu le silence, tente maladroitement de se justifier, accablant lâchement Briand et Berthelot pour s'attendrir sur la « sensibilité » de « Monsieur Poincaré ».

Rappelé à son poste de secrétaire général par Briand le 20 avril 1925, Berthelot devait consacrer encore sept ans de sa vie à servir la politique étrangère de la France. Cette période, qui aurait dû correspondre à une revanche éclatante, et qui s'ouvrit en effet par une réception triomphale à l'hôtel particulier des Berthelot, boulevard des Invalides, paraît cependant sous la lumière la plus décevante. On vit bien Berthelot reprendre en main les affaires, s'attaquer avec son ardeur coutumière à la préparation de la conférence de Locarno ; les photos de l'époque le montrent, encore vigoureux, aux côtés de Briand, à peu près comme on avait pu le voir, sur les photos de l'*Illustrated London News,* à la conférence de Londres en 1921. Mais intérieurement, c'était déjà un homme brisé, et qui trouvait de moins en moins en lui-même la force de lutter. Sa disgrâce ayant coïncidé avec l'occupation de la Ruhr, sa réhabilitation avec l'arrivée au pouvoir du Cartel, on a pu le présenter (*Bella* aidant) comme l'homme des concessions et de la réconciliation avec l'Allemagne, foncièrement opposé à la politique d'exécution dont Poincaré est aujourd'hui le symbole. En fait, sa position était beaucoup plus nuancée. Pendant toute la période de son absence, il était resté fidèle à une politique d'extrême prudence vis-à-vis de l'Allemagne, et ses conceptions devaient se heurter, à partir de 1925, directement à celles de son ministre devenu, avec l'âge, de plus en plus entêté dans sa poursuite d'une paix européenne à tout prix.

Aussi Berthelot vit-il s'user peu à peu son influence et son crédit auprès de Briand. A partir de 1928, ce fut surtout le jeune directeur adjoint (bientôt directeur en titre) des Affaires politiques, Alexis Léger, qui eut la confiance et l'oreille du ministre. Berthelot en souffrit cruellement. Une longue lettre écrite à cette époque à Briand montre toute l'étendue de sa déception et de son découragement [33]. Écarté progressivement des affaires, surmené néanmoins par de longues années d'un travail forcené, gravement malade du cœur, il se résigna enfin, le 28 février 1933, après plusieurs mois de congé pendant lesquels il avait vainement tenté de rétablir sa santé, à demander sa mise à la disposition. Un an plus tard, sans avoir repris ses fonctions, il était admis officiellement à faire valoir ses droits à la retraite.

De son vivant, Philippe Berthelot inspira les inimitiés les plus violentes, et les attachements les plus fervents. Au premier rang de ses qualités on cite, presque infailliblement, le courage avec lequel il sut défendre ses convictions, ses goûts et surtout ses amis. Edmond Jaloux, qui fit partie de ceux-ci, a parlé, à propos de Berthelot, de l' « implacable union d'une volonté et d'un esprit », esprit et volonté mis « tout entiers » au service de la France, de ses amis, et des « amis de ses amis [34] ». « L'amitié », suggérait déjà en 1921 un commentateur moins indulgent, « est chez [Berthelot] une religion. Il n'admet pas plus qu'on la discute que les vrais croyants n'admettent qu'on discute leur divinité [35] ».

L'amitié de Berthelot, volontiers protectrice, se prétendait néanmoins parfaitement désintéressée. Elle s'étendait aux individus les plus variés, dont le choix pouvait paraître, aux yeux du public aussi bien qu'à ceux des « vrais » amis, paradoxal. C'est que ce culte que lui vouait une foule d'admirateurs, Berthelot le vouait à l'amitié elle-même. Claudel y a vu une preuve de faiblesse et de manque de jugement [36] ; on n'oubliera pas que c'est de Claudel qu'on murmurait qu'il devait son rang d'ambassadeur à un Berthelot mystificateur et désireux de choquer en propulsant à la tête d'une ambassade un poète inconnu.

Pendant près de vingt ans, de 1911 jusqu'à sa retraite en 1933 (à l'exception toutefois de la période 1922-1925) Berthelot protégea la carrière de Giraudoux. Ce n'est là d'ailleurs un secret pour personne, depuis que Paul Morand, le premier, en a parlé à la fin des années 40[37]. Encore faudrait-il s'entendre sur la nature de cette « protection » qui n'en fut pas une au sens classique du mot ; l'image d'un Berthelot tout-puissant veillant constamment à l'avancement d'un jeune protégé serait fausse dans le cas de Giraudoux.

On sait que tout commence avant guerre, grâce à Claudel[38] et aussi au tennis, sport où Giraudoux excelle. Il joue, à côté du Parc Montsouris, avec Alain-Fournier, Alexandre Guinle, Gaston Gallimard et Jacques Rivière[39] ; le ministère des Affaires étrangères possède aussi, à cette époque, un tennis, où Berthelot joue tous les matins avant de monter à son bureau. Il y convoque ses jeunes collègues, dont Giraudoux, qui fait ainsi la partie du sous-directeur[40]. Dès 1913, les liens d'estime et d'amitié sont assez étroits pour que le jeune vice-consul demande à Berthelot d'être son témoin dans un duel[41] ; en 1921, Giraudoux se marie à la mairie du XVIIe arrondissement avec, pour témoins, Théodore Tissier, sous-secrétaire d'État à la Présidence du Conseil, et Philippe Berthelot, ambassadeur de France.

Au Quai, Berthelot distingue et encourage les vocations littéraires. Pas *toutes* les vocations, bien entendu, car, au ministère, on écrit beaucoup, et Berthelot, depuis qu'il connaît Claudel, apprécie surtout les talents « neufs ». Aussi parle-t-on, avec une certaine condescendance, du « clan de Berthelot ». On cite, surtout à partir de 1920, les noms de Giraudoux, de Paul Morand, d'Alexis Léger, auxquels on en ajoute parfois d'autres, tels Henri Hoppenot ou Marcel Moszkowski (le fils du compositeur, qui publie sous le pseudonyme de Marcel Chaminade). Au milieu de ce groupe (qui réunit les fidèles d'une politique autant que des talents littéraires) Berthelot fait figure sinon de « mandarin », comme l'affirme Albert Thibaudet[42], du moins de protecteur et d'arbitre du bon goût : « notre maître, notre chef, notre ami », a bien dit Paul Morand[43]. Lanceur de défis, amateur de paradoxes, auteur (comme on aime à le rappeler) d'un sonnet à rimes en *omphe*[44], Berthelot, idéalisé par ses jeunes subordonnés, finit par ressembler trait pour trait à ce personnage de Giraudoux « sachant par cœur les premiers vers de *l'Odyssée,* les derniers vers de Rilke, et tous les vers intermédiaires[45] ». Il se pique, en outre, de faire connaître les talents oubliés, les écrivains méconnus du ministère, comme le poète Jean-Marie Levet[46] ou l'académicien Paul Hervieu, dont bien peu savaient qu'il avait quitté la Carrière en 1881 pour se consacrer à la littérature[47]. Les lecteurs attentifs de *Lectures pour une ombre* n'auront pas manqué de reconnaître Berthelot dans ce « directeur ami des lettres » qui, tous les matins, téléphone à un de ses jeunes collègues « pour lui parler de Paul Hervieu[48] ».

C'est pendant la guerre de 1914-1918 que l'appui de Berthelot se révèle le plus décisif. Pas une mutation, pas un changement intervenu dans la situation militaire de Giraudoux au cours de ces quatre années où ne se devine la main du chef de cabinet de Briand ou de l'adjoint du directeur politique. Chaque fois que les hasards d'une permission le ramènent à Paris, Giraudoux en profite pour passer au ministère. Berthelot ne manque jamais de l'inviter à déjeuner, s'informant de sa santé et de ses projets, proposant ses services, le renseignant sur la conduite de la guerre comme le père de Philippe Dubardeau dans *Bella*[49]. Lorsque l'absence de Giraudoux se prolonge, Berthelot lui écrit : il le tient au courant de ses amis et de ses collègues blessés ou disparus, des démarches entreprises en sa faveur. La correspondance de guerre de Giraudoux est parsemée de phrases du type : « Vu Berthelot », « déjeuné avec Berthelot, « Berthelot m'a fait appeler », « Berthelot veut me voir », « Gentille lettre de Berthelot ». La nouvelle de sa blessure, en septembre 1914, est suivie aussitôt d'un entrefilet au *Figaro*, qui informe amis et collègues que « le sergent Jean Giraudoux, *vice-consul de France*, [...] est en excellente voie de guérison à Fougères (Ille-et-Vilaine)[50] ».

Veut-il éviter, ensuite, une période de convalescence dans un château aux environs de Fougères ? Il suffit d'un mot pour que Berthelot l' « appelle » à Bordeaux, où le ministère l'utilisera comme secrétaire du directeur politique[51]. Doit-il voyager, convalescent, de Bordeaux à Paris en novembre 1914 ? Berthelot met aussitôt à sa disposition une place dans son automobile personnelle[52]. Le colonel commandant un régiment de zouaves veut-il le prendre à son service, aux Dardanelles ? Ce colonel s'avère être un ami de Berthelot[53]. Lui propose-t-on, en novembre 1916, de rejoindre un poste diplomatique à l'étranger[54], ou, en 1918, de devenir l'aide de camp du général Stéfanik[55] ? La proposition vient, encore une fois, de Berthelot. Promotions, affectation à l'Armée d'Orient, missions militaires au Portugal et aux États-Unis, détachements au ministère de la Guerre en novembre 1915 et au Service de la Propagande du ministère des Affaires étrangères en 1916, tout est le fait de Berthelot qui, malgré la tâche écrasante qu'il assume et les centaines de requêtes qui lui parviennent, ne reste jamais sourd aux appels.

Encore une fois, il conviendra de ne pas se méprendre sur le sens de cet appui. Il ne s'agit nullement, pour Berthelot, de soustraire un ami à l'épreuve des combats, bref d'en faire un « embusqué », ce que Giraudoux n'eût d'ailleurs jamais souhaité. On oublie toujours trop vite quelle ardeur patriotique l'anima dès les premiers jours de la guerre, et avec quel handicap il continua à servir son pays après juin 1915. De l'expédition des Dardanelles il sortit non seulement blessé, mais (tous les témoignages le confirment) physiquement à bout. Du 30 juin 1915 jusqu'à l'armistice, il ne fut pas hospitalisé moins de six fois, pour des périodes allant jusqu'à deux mois, sans compter les mois de convalescence. S'il s'agit, avant mai 1915, de transmettre des requêtes qui visent presque toujours un retour au service actif, il s'agit plutôt, après l'enfer des Dardanelles, d'utiliser au mieux de ses compétences un soldat qu'on estime avoir fait son devoir, et à qui une santé déplorable interdit désormais de retourner au front. On peut douter que, sans Berthelot, Giraudoux eût été replongé dans l'affreuse mêlée du front occidental ; mais son intervention lui épargna incontestablement l'ennui de la vie de caserne qu'il avait connu, à la suite de sa première blessure, de décembre 1914 à mars 1915. Elle lui permit également de reprendre sa plume. De ces mois de repos et d'évasion sont sortis *Lectures pour une ombre, Amica America, Adorable Clio,* et *Simon le Pathétique.*

La démobilisation inaugure une nouvelle phase de la vie de Giraudoux. Reçu deuxième au concours de reclassement du 1er mai 1919 et nommé secrétaire d'ambassade, il n'a qu'une hantise : c'est qu'on l'affecte à un poste à l'étranger[56]. Il sait que Berthelot démantèle et regroupe les services de la rue François-1er, et qu'il en profite pour évincer l'ancien ministre à

Bruxelles, Klobukowski, placé par Pichon à la tête d'un « Commissariat général à l'information et à la propagande » en mai 1918. Giraudoux (à la disposition) et Paul Morand (à Madrid) comptent tous les deux sur le nouveau directeur politique pour leur trouver un emploi dans ces services de propagande réorganisés. Ce sera chose faite en janvier 1920, lorsque Giraudoux est nommé enfin chef de la section universitaire du nouveau Service des œuvres françaises à l'étranger. Promu chef du même service en octobre 1921 [57], il occupe depuis deux mois ce poste lorsque l'affaire de la BIC contraint Berthelot à la démission.

L'époque de sa disgrâce permet de constater que l'appui de Berthelot, si efficace pendant la guerre et l'immédiat après-guerre, est loin d'être indispensable à Giraudoux. En effet, lorsque ses propres intérêts sont en jeu (et ces intérêts se confondent de plus en plus, à partir de 1919, avec sa carrière d'écrivain) Giraudoux sait fort bien se défendre.

Certes, il n'empêchera pas Poincaré de fermer l'immeuble de la rue François-1er, de réunir tous les services annexes au Quai d'Orsay, et de faire signer, à quatre jours des élections qui consacreront la victoire du Cartel, un ultime arrêté envoyant le chef du Service des œuvres remplir, à Berlin, les fonctions de son grade [58]. Mais il faut admirer la maestria avec laquelle Giraudoux, à la faveur de ces mêmes élections du 11 mai 1924, déjoue la ruse du « sinistre Lorrain [59] ». On veut l'envoyer à Berlin ? Qu'à cela ne tienne ! Cette mutation, que Poincaré avait conçue comme une sanction, il la transforme simplement en voyage d'agrément. Cinq jours après s'être présenté à l'ambassade où il est reçu par le conseiller, le comte de Saint-Quentin, Giraudoux sollicite un congé de deux mois « pour raisons de santé [60] ». Ensuite, pendant dix jours, il visite la capitale allemande où la bru de l'ambassadeur, la charmante Jenny de Margerie, lui sert de guide. Le 11 août arrive enfin la dépêche qui lui signifie que son congé a été accordé ; il quitte Berlin le lendemain [61], sans même s'être assis à son bureau ! Deux mois plus tard [62], le nouveau président du Conseil Édouard Herriot — ce normalien de la promotion 1891 — le nomme à la tête du Service d'information et de presse.

Si l'intermède berlinois de l'été 1924 présente toutes les

caractéristiques d'une mesure de rétorsion imaginée par Poincaré à l'égard d'un agent qu'il n'appréciait guère, on ne saurait interpréter de la même manière le décret du 31 décembre 1926, qui place Giraudoux hors cadre, et « à la disposition de la Commission d'évaluation des dommages alliés en Turquie ». Ce changement (intervenu, il est vrai, sous un ministère Poincaré, mais où Briand tenait le portefeuille des Affaires étrangères) a été interprété à tort comme une nouvelle sanction, dirigée cette fois contre l'auteur de *Bella*[63]. En fait, la question n'est pas là. Poincaré a eu beau se reconnaître dans le personnage de Rebendart et se déclarer choqué de la « fureur partisane » d'un Giraudoux « déchaîné » contre lui[64], il n'osa sévir à nouveau, l'interview du président publiée par Frédéric Lefèvre après la parution de *Bella* l'indique assez. Giraudoux, en 1926, ne craignait plus rien. S'il quitte le Service de presse, c'est à sa propre demande, et non parce qu'on veut l'écarter[65].

Pour expliquer sa démarche, il suffit de rappeler que pour Giraudoux, le choix se pose, non pas entre la carrière à l'étranger et la carrière à Paris, mais entre deux carrières différentes : la diplomatie et les lettres. Ou plutôt, tout son effort consiste précisément, depuis son accession au grand cadre en mai 1919, à *éviter* ce choix, à sauvegarder sa liberté d'écrire tout en n'abdiquant aucun des avantages de la « Carrière ». C'est ce qu'a voulu suggérer sans doute Paul Morand, qui nous rappelle que Giraudoux, déjà en 1925, poursuivait deux « rêves » : un premier, qui était de devenir « grand commis », « homme de gouvernement », et un second, qui était le théâtre[66]. Servir *ou* écrire : à vrai dire, Giraudoux n'a jamais envisagé le choix en ces termes. Il a voulu servir *en écrivant,* mettre ses dons d'écrivain à la disposition de son pays ; c'est là d'ailleurs une ambition qui saute aux yeux dans *Pleins Pouvoirs.* Or, au Service d'information et de presse, nous rappelle encore Paul Morand, Giraudoux ne trouvait presque plus *le temps* d'écrire[67]. Cette obscure commission turque, où personne ne vient lui demander de comptes, et où il remplace Paul Bargeton, autre grand champion de la carrière diplomatique faite exclusivement sur les rives de la Seine, répond parfaitement à ses désirs : sans quitter le ministère, il y trouve tout le temps nécessaire pour écrire. Comme il l'expliquera lui-même à Maurice Martin du Gard : « Je ne touche pas d'appointements, mais les années comptent pour la retraite[68]. »

Dès lors, le rôle « protecteur » exercé par Berthelot, surtout à partir de 1919, se précise. Il est clair que Giraudoux, en fait, ne lui « doit » en aucune façon une carrière qui, à bien des égards, aurait pu et même dû s'avérer plus brillante. Il n'atteignit le grade de ministre plénipotentiaire qu'en 1933, à l'âge de cinquante ans, et ne « représenta » jamais son pays à l'étranger en tant que ministre ou ambassadeur. Pour avancer plus rapidement, il aurait fallu cependant faire des concessions, accepter un poste à l'étranger, renoncer temporairement à Paris et à son parti pris littéraire. Le parti inverse, celui de la littérature, eût entraîné pour sa part un choix que la situation de Giraudoux en 1920 lui permettait difficilement d'envisager : c'était ou la démission (exemple : Paul Hervieu, en 1881) ou une période de disponibilité prolongée (exemple : Paul Morand, de 1927 à 1932). Pour Paul Morand, d'ailleurs, l'exemple de Berthelot lui-même avait été salutaire :

« La chute de Philippe Berthelot me fit réfléchir ; athlète complet, il avait voulu tout vivre, le service de l'État contre Poincaré, le tennis contre Giraudoux, le Paris des courses de chevaux et des générales, l'Opéra et *l'Œuvre* de Lugné-Poe, l'ordre administratif et l'anarchie intellectuelle d'un Sturel, les fréquentations dangereuses, le monde, les voyages longs de deux ans ; il était l'auteur d'un sonnet avec rimes en *omphe ;* il savait par cœur tout Hugo et le *stud-book* depuis la fondation du Jockey ; il s'y était brisé physiquement (il ne dormait pas) et moralement (méprisant tout ce qui n'était pas ses frères ou ses amis). Je compris qu'on ne peut pas servir l'État, et d'autres maîtres. Il n'y a pas de second métier. L'État veut être aimé exclusivement. Il fallait choisir : j'optai pour le bonheur, pour la route libre, pour le temps perdu, c'est-à-dire gagné[69]. »

Giraudoux s'est retrouvé devant un choix analogue. Là où Morand avait abdiqué, Giraudoux crut possible, un instant, de concilier les deux rêves que son tempérament, si différent de celui de Philippe Berthelot, rendait au fond incompatibles. Il eut la chance de trouver en Berthelot un supérieur qui comprenait, mieux qu'il ne le comprenait lui-même, le danger qu'il courait. Ce choix auquel d'autres (Poincaré) avaient voulu le contraindre brutalement, Berthelot, dans un premier temps, l'en dispensa, persuadé que, dans un deuxième temps, la littérature y gagnerait.

En gardant Giraudoux près de lui [70], Berthelot choisissait le grand écrivain de préférence au grand commis.

L'influence de Berthelot sur l'œuvre de Giraudoux n'est pas facile à mesurer. Berthelot, on le sait, n'avait pas une sensibilité d'artiste [71] ; son esprit encyclopédique et analytique ne le prédisposait pas à apprécier celui de Giraudoux, à première vue si dissemblable. Ce qui est pourtant certain, c'est qu'il existait entre ces deux hommes, issus de milieux bourgeois si différents, des affinités intellectuelles profondes.

Tous deux avaient fréquenté, à une dizaine d'années d'intervalle, les mêmes milieux littéraires de la Rive gauche, Giraudoux venant s'asseoir au Vachette, à la table de Moréas vers 1908 comme Berthelot l'avait fait vers 1898 [72]. Chacun avait le goût des sports, des jeux, de la mystification. Chez chacun on retrouve ce mélange paradoxal d'orgueil et de modestie qui est la marque de certains caractères forts [73]. Politiquement, tous deux se situent à gauche. Cependant, la désolante médiocrité de la république radical-socialiste leur fait horreur. Fidèles à l'idéal et aux institutions républicains, ils méprisent la plupart des chefs et des parlementaires qu'engendre le système des partis (« Je ne parle pas pour Herriot, dira Giraudoux, qui est un lettré, le seul de la bande [74] »). Leur patriotisme naît tout naturellement d'une croyance intime et inébranlable en la grandeur éternelle de la France, et en sa mission civilisatrice. Le maintien de cette grandeur à la fois morale et matérielle fut la préoccupation constante du diplomate, comme de l'écrivain. « Berthelot, nous rappelle Auguste Bréal, croyait fermement que notre pays, la France, le pays des Berthelot, était le plus civilisé, le plus cultivé, le plus beau, le meilleur des pays d'Europe [75]. » La servir avec passion et avec modestie, en grand fonctionnaire, comme l'avait fait Colbert, c'était toute son ambition. Maintenir la France au premier rang des nations en lui rendant l'éclat du règne de Louis XIV, c'était le rêve de Giraudoux, qui réclamait, au-dessous de la page où le futur chef inscrirait les travaux de la France moderne, la devise même de Colbert : « Grandeur et magnificence[76] ».

Là où la voix de Berthelot parle le plus clairement, ce n'est donc pas dans *Bella,* où l'on aurait tendance à la chercher en premier lieu. C'est que dans ce roman, le lecteur amateur de clés opère une assimilation un peu trop hâtive entre le personnage historique (Berthelot lui-même) et le personnage fictif (Dubardeau). Cette confusion a eu pour résultat d'obscurcir et de déformer le message politique. En revanche, là où aucune clé ne vient troubler la lecture, l'enseignement de Berthelot se devine sans difficulté. On le retrouve à son état le plus pur dans les œuvres de Giraudoux qui, de *La guerre de Troie n'aura pas lieu* à *Pleins Pouvoirs* en passant par *Électre,* abordent les problèmes internationaux par le biais du « problème français », qui réaffirment une foi dans l'éternelle grandeur de la France tout en mettant en garde les citoyens contre les dangers de la déchéance interne. Or, pour Berthelot, la crise morale qui guettait la France et qui, dans *La guerre de Troie,* fait pencher la balance du côté d'Ulysse, était surtout le fait des ambitions et des intrigues des partis et des hommes politiques. Elles se manifestaient, pensait-il, « au grand dommage des intérêts généraux du pays et entravaient toute politique étrangère valable et continue[77] ».

Le personnage de René Dubardeau s'inspire manifestement de Berthelot. Giraudoux y a trop mis de son supérieur et ami pour que le portrait ne soit pas immédiatement reconnaissable : son esprit, ses tics, son humanisme, son amour du défi et du paradoxe, ses relations mondaines et artistiques, l'atmosphère de sa famille si heureusement évoquée dans les premières pages du roman[78], le rôle qu'il joua dans les affaires de son pays pendant la guerre et dans la création (lors de la Conférence de la Paix) des nouveaux États d'Europe centrale, les remous (transposés, bien sûr) de l'affaire de la BIC, et jusqu'à ses caractéristiques physiques[79]. (De même, il emprunte à Poincaré sa raideur physique et morale, sa mauvaise humeur, son métier d'avocat et son esprit de légiste, sans oublier d'autres détails bien attestés, mais peu flatteurs, comme les pellicules et la voix « de crécelle[80] ».)

Mais le portrait est moins fidèle en matière de politique.

Rien, en fait, ne nous autorise à voir dans ce personnage où il y a du Briand et même du Jaurès (et qui est, ne l'oublions pas, un *politique* plutôt qu'un fonctionnaire) le pur porte-parole de Berthelot. Dubardeau est avant tout un grand Européen, un Berthelot agrandi et stylisé, dépouillé, sur le plan politique, de tout ce qui n'est pas le sentiment de l'Europe. De ce point de vue il évoque, presque irrésistiblement, Briand à la tribune de Genève, ou le Jaurès à qui Barrès reprochait justement de trouver trop étroit son rôle d' « écho sonore au cœur de la France », et de courir « toujours se placer au centre de l'Europe[81] ».

Rebendart (chez qui l'on retrouve des échos de Millerand) est, pour sa part, le produit d'une transformation analogue, mais qui s'opère en sens inverse. C'est un Poincaré amoindri, rapetissé, la caricature d'une France hargneuse, nationaliste et germanophobe, fermé à tout ce qui n'est pas l'intérêt français le plus étroit, plaidant le dossier de son pays dans les conférences internationales comme on plaide une affaire d'héritage en famille.

Ce que Giraudoux oppose dans *Bella,* ce ne sont pas deux figures historiques (Poincaré et Berthelot), mais l'en-deçà et l'au-delà de ces mêmes figures : en somme, « les deux honneurs, les deux courages, les deux générosités du caractère français[82] ». D'un côté, l'homme du monologue ; de l'autre, celui du dialogue. D'un côté la France, et de l'autre, l'Europe.

Est-il besoin d'ajouter que dans cette dialectique du patriote au visage tourné vers le Rhin et de l'Européen aux larges vues, de Rebendart et de Dubardeau, il ne saurait être question de *choisir,* fût-ce en faveur du dernier ? Ce choix, la nature du débat l'interdit : Giraudoux prend peut-être fait et cause pour Berthelot contre Poincaré dans l'affaire du conseil de discipline (et cet aspect du roman n'est certes pas à négliger), mais, en politique, il ne veut ou ne peut choisir entre Rebendart et Dubardeau, entre la France et l'Europe, deux puissances contraires qui ne doivent, en principe, ni se combattre, ni se détruire. Ici, il ne peut s'agir que de synthèse ou de médiation.

De *Bella* à *Pleins Pouvoirs,* le message ne change donc guère. La France et l'Europe sont des réalités complémentaires, également nécessaires. « Nous ne pouvons, écrivait

Albert Thibaudet en 1924, pas plus nous passer d'une Europe que d'une France[83]. » Or faire l'Europe, pour Giraudoux, ce n'est pas réduire chaque nation à une uniformité sans saveur et sans sensibilité individuelles, réaliser des « États-Unis d'Europe » où aucun des vieux peuples ne conserve ses vertus propres, et où France et Allemagne, les deux « pôles » du continent, se trouvent « posées immobiles comme deux bougies encrassées[84] ». Faire l'Europe, c'est au contraire « décaper » chaque nation et jusqu'à chaque métier qui s'y exerce, pour lui rendre « son sens et sa nationalité[85] ».

De même, dans *Pleins Pouvoirs :* « Le plus grand service qu'une nation puisse se rendre à elle-même n'est pas plus de désirer anéantir la nation rivale que de s'effacer devant elle, mais, au contraire, d'en fortifier l'essence même [...]. La lutte entre les nations est toujours fructueuse si elle ressemble à la lutte de ces poissons dont la rivalité s'exerce, dans l'aquarium, non par les dents et le massacre, mais par l'avivement de leurs couleurs[86]. »

Pas d'Europe, donc, sans une France et une Allemagne fortes, chacune pesant pleinement son poids (moral — il ne s'agit pas d'armements) dans la balance. Pas d'Europe non plus sans dialogue, non seulement à l'extérieur et entre pays, mais aussi à l'intérieur, entre nationalistes et Européens, entre Rebendart et Dubardeau. Albert Thibaudet avait bien posé le problème, en condamnant chez Poincaré « le monologue lorrain », « forme littéraire usée, et particulièrement inapte à porter le poids d'une Europe à rétablir » :

« Retrouver le plan du dialogue, [...] considérer le dialogue [...] comme un procédé dont il soit loyal et sain d'escompter une modification et un assouplissement de nos idées, voilà une besogne qui n'a rien de politique, une simple tâche littéraire, disons même un jeu littéraire[87]. »

Bella, commencée pendant l'été de 1924, est une des formes possibles de ce jeu littéraire. Mais là où Thibaudet cherchait le « Français idéal » — celui qui parlerait deux langues : « Poincaré avec ses compatriotes et Jaurès avec l'étranger[88] » — Giraudoux recherche un *langage* idéal : c'est celui qui ressemble au dialogue sentimental de Philippe et de Bella, ou de Fontranges avec ses enfants morts, c'est-à-dire à un silence.

L'ombre de Philippe Berthelot est présente dans *Bella* dans la mesure où lui aussi, en tant que diplomate, s'était donné pour tâche l'élaboration de ce dialogue idéal entre nations d'une « Europe sentimentale[89] ».

BRETT DAWSON.

NOTES

1. P. Claudel, « Philippe Berthelot », *Œuvres en prose,* Gallimard, 1965, p. 1277.

2. Archives du ministère des Relations extérieures, série Papiers d'agents. La seule biographie de Berthelot — celle de son ami d'enfance Auguste Bréal (Gallimard, 1937) — est d'une partialité trop évidente pour être tout à fait digne de son sujet.

3. De l'Instruction publique (décembre 1886-mai 1887) et des Affaires étrangères (novembre 1895-mars 1896).

4. E. Jaloux, « Souvenirs sur Philippe Berthelot », *Philippe Berthelot 1866-1934. Souvenirs,* Paris, Impr. Ducros et Colas, 1935, p. 40.

5. Jules Laroche, *Au Quai d'Orsay avec Briand et Poincaré 1913-1926,* Hachette, 1957, p. 225.

6. Comte de Saint-Aulaire, *Confession d'un vieux diplomate,* Flammarion, 1953, pp. 607-608.

7. *Bella* (5e éd.), Grasset, 1929, p. 90.

8. Albert Pingaud, *Larousse mensuel illustré,* t. X, n° 338, avril 1935, p. 76.

9. P. de Margerie à Pichon, 2 déc. 1918, dans : Bernard Auffray, *Pierre de Margerie et la vie diplomatique de son temps,* Klincksieck, 1976, p. 350.

10. J'ai personnellement dénombré, dans *la Grande Encyclopédie,* 44 articles signés de Ph. Berthelot ; mais pour apprécier l'importance de cette collaboration, il faudrait y ajouter la grande majorité sinon la totalité des 769 articles signés des initiales « Ph. B. » : soit au total 800 articles en quatre ans... Giraudoux se servira de ce détail dans *Bella,* pp. 8-9.

11. P. Morand, *Venises,* Gallimard, 1971, p. 79.

12. *L'Action française,* 10 juillet 1921.

13. Comte de Saint-Aulaire, *Confession d'un vieux diplomate,* p. 605

14. P. Morand, *Journal d'un attaché d'ambassade 1916-1917,* Gallimard, 1963, pp. 189-190.

15. Comte de Saint-Aulaire, *op. cit.,* p. 605.

16. P. Claudel, *Œuvres en prose,* p. 1279.

17. J. Laroche, *Au Quai d'Orsay avec Briand et Poincaré 1913-1926,* pp. 95-96.

18. Article signé de trois étoiles, *la Revue universelle,* t. V, n° 6, 15 juin 1921, p. 772.

19. Pour le rôle de Berthelot dans cette affaire, on se reportera à l'excellente synthèse de Jean-Noël Jeanneney, « Finances, presse et politique : l'affaire de la Banque industrielle de Chine (1921-1923) », *Revue*

historique, n° 514, avril-juin 1975, pp. 377-416; l'article est repris, avec quelques modifications, dans *l'Argent caché. Milieux d'affaires et pouvoirs politiques dans la France du XXe siècle,* Fayard, 1981, pp. 131-191.

20. Voir les articles à fort caractère polémique de R. Mennevée, *les Documents politiques, diplomatiques et financiers,* 2e année, n° 7, juillet-août 1921 (« les Scandales du Quai d'Orsay ») et 6e année, n° 6, juin 1925 (« M. Philippe Berthelot, le maître de la diplomatie française »).

21. G. Suarez, *Briand,* t. V, Plon, 1941, p. 409.

22. J.-N. Jeanneney, *op. cit.*, p. 414.

23. G. Suarez, *op. cit.*, p. 329.

24. *Bella,* p. 194.

25. Voir *le Temps,* 10-17 mars 1922.

26. J.-N. Jeanneney, *op. cit.*, p. 411, note 4.

27. Interrogé à ce sujet par ses intimes, Pierre de Margerie aurait répondu : « Vous ne pensez quand même pas que je dirai la moindre chose à ce sujet. » (B. Auffray, *op. cit.*, p. 397).

28. Comte de Peretti de la Rocca, « Briand et Poincaré (souvenirs) », *la Revue de Paris,* 43e année, t. VI, n° 24, 15 déc. 1936, pp. 767-788.

29. J. Laroche, *op. cit.*, p. 189.

30. *Le Progrès civique,* n° 136, 25 mars 1922, p. 410.

31. Berthelot sut gré au premier d'une attitude « très humaine » et montra, par la suite, qu'il ne conservait aucune animosité à son égard (B. Auffray, *op. cit.*, p. 397). Barrère, de son côté, jugea excessive la rigueur du président, et lui en voulut de l'avoir fait siéger au conseil de discipline (Laroche, *op. cit.*, pp. 189 et 224).

32. Encore que le premier nom donné par Giraudoux au personnage de Larubanon — « Lajurie », modifié dans une seconde version en « Larubanie » — évoque presque irrésistiblement, par sa consonance, celui de de Margerie; et les rapports de Basquettot avec Mata-Hari rappellent les rumeurs qui, en 1917, ont circulé sur le compte d'un « haut personnage » du Quai d'Orsay, protecteur supposé de l'espionne. On identifia un peu trop vite ce personnage à de Margerie, ce qui était une erreur.

33. G. Suarez, *Briand,* t. VI, Plon, 1952, pp. 281-284.

34. E. Jaloux, *op. cit.*, p. 42.

35. Lysippe, « Bustes contemporains : M. Philippe Berthelot », *l'Illustration,* n° 4068, 19 février 1921.

36. P. Claudel, *Œuvres en prose,* p. 1278. Cf. J. Laroche, *op. cit.*, p. 224.

37. P. Morand, *Giraudoux. Souvenirs de notre jeunesse,* La Palatine, 1948, pp. 103 et 137.

38. Voir plus loin, lettre 1, note 2.

39. Lettre d'Alain-Fournier à Giraudoux, Paris, s.d. [2 juin 1913]. Coll. J.-P. Giraudoux.

40. P. Morand, *Souvenirs de notre jeunesse,* p. 137, et *Venises,* p. 104. Voir aussi la lettre publiée par Morand (*Souvenirs...*, p. 68), qui est à dater de janvier ou février 1914, à cause de l'allusion à la pièce de Rivollet, *Jérusalem !* (Théâtre de Monte-Carlo, 17 janvier 1914).

41. P. Morand, *Souvenirs...*, p. 47.

42. Albert Thibaudet, *Histoire de la littérature française de Chateaubriand à Valéry,* Verviers, Marabout, s.d., p. 543.

43. *Venises,* p. 94.

44. Reproduit en fac-similé dans A. Bréal, *Philippe Berthelot,* Gallimard, 1937, face à la p. 34.

45. *La France sentimentale,* p. 130.

46. P. Morand, *Journal d'un attaché d'ambassade,* pp. 26, 34 et 44.

47. Hervieu (1857-1915) avait été reçu au concours du 13 décembre 1880. La notice que lui consacre *la Grande Encyclopédie* en 1895 (t. XX, p. 25) est signée de Philippe Berthelot.

48. *Lectures pour une ombre,* Émile-Paul, 1917, pp. 134-135. On identifiera aussi sans peine, grâce à une lettre conservée par Suzanne Giraudoux, ce « Solis » qui parle si clairement au téléphone : c'est Alexis Léger, qui, le 29 août 1914, reçoit du front le coup de téléphone de Giraudoux et transmet à Suzanne les dernières nouvelles de son... « cousin » !

49. *Bella,* pp. 10-11.

50. *Le Figaro,* 24 septembre 1914, p. 3.

51. Lettre à ses parents, Fougères, s.d. [4 oct. 1914] et P. Morand, *Souvenirs de notre jeunesse,* p. 58.

52. Lettre à ses parents, Bordeaux, 24 novembre 1914.

53. Lettres à Suzanne (31 mai et 16 juin 1915) et à ses parents (31 mai 1915).

54. Lettre à ses parents, 27 novembre 1916.

55. Lettre à P. Morand, s.d. [septembre 1918] et *Souvenirs de notre jeunesse,* p. 124.

56. Maurice Martin du Gard, *les Mémorables,* t. I, Flammarion, 1957, p. 60.

57. C'est, bien sûr, à Berthelot également que Giraudoux doit cette promotion, comme le rappelle Jules Laroche, *op. cit.,* p. 190.

58. L'arrêté de nomination a été signé le 7 mai 1924.

59. L'expression est de Claudel, et se trouve dans une lettre à Giraudoux du 18 octobre [1923 ?] : « C'est vrai que vous quittez les Œuvres ? Quel dommage ! C'est le dernier méfait du sinistre Lorrain. » Voir p. 120.

60. Doynel de Saint-Quentin, chargé d'affaires à Berlin, à Herriot, 29 juillet 1924 (dossier personnel, ministère des Relations extérieures).

61. De Margerie à Herriot, 19 août 1924 (dossier personnel, ministère des Relations extérieures).

62. Le 31 octobre. La lettre de nomination est datée du 4 novembre.

63. Jacques Body, *Giraudoux et l'Allemagne,* p. 279.

64. F. Lefèvre, *Une heure avec...,* 4e série, Gallimard, 1927, p. 225.

65. Voir la lettre du ministre des Finances (Direction de la dette inscrite) au ministre des Affaires étrangères du 12 mars 1927, autorisant le détachement de Giraudoux et de Gaston Jessé-Curély auprès de la Commission (dossier personnel, ministère des Relations extérieures).

66. P. Morand, *Venises,* p. 95.

67. P. Morand, *Souvenirs de notre jeunesse,* p. 143.

68. Maurice Martin du Gard, « A la recherche de Giraudoux », *Opéra,* n° 314, 18 juillet 1951.

69. *Venises,* pp. 104-105.

70. Si Giraudoux n'occupa jamais de poste à l'étranger, c'est, selon René Dollot (*le Monde diplomatique,* n° 38, juin 1957), que Berthelot « ne désirait pas le voir s'éloigner ».

71. Auguste Bréal, *op. cit.*, pp. 28-29 et 48.
72. *Ibid.*, pp. 41 et 55. Voir aussi A. Billy, *l'Époque 1900*, Tallandier, 1951, p. 191, et A. Albalat, *Souvenirs de la vie littéraire*, Crès, 1924, p. 90.
73. « Cet homme orgueilleux était profondément modeste », dira Auguste Bréal de Berthelot (*op. cit.*, p. 104).
74. M. Martin du Gard, *Opéra*, 18 juillet 1951.
75. *Op. cit.*, p. 43.
76. *Pleins Pouvoirs*, Gallimard, 1939, pp. 170-171. Voir l'article « Colbert », pp. 185-189.
77. André de Laboulaye, « Philippe Berthelot tel que je l'ai connu », *Cahiers Paul Claudel*, n° 4, Gallimard, 1962, p. 336. Voir aussi Jules Laroche, *op. cit.*, p. 225.
78. *Bella*, pp. 14-26.
79. *La France sentimentale*, pp. 128-129.
80. *Bella*, pp. 34 et 93.
81. M. Barrès, *Une enquête aux pays du Levant*, Plon, 1923, cit. dans Albert Thibaudet, *les Princes lorrains*, Grasset, 1924, p. 196. Ce n'est pas un hasard si, dans *Bella*, l'assassinat, puis les funérailles de Jaurès marquent les étapes de l'itinéraire de Fontranges.
82. *Bella*, p. 212.
83. *Les Princes lorrains*, p. 203.
84. *Bella*, variante dactylographiée, BN, Département des manuscrits.
85. *Bella*, p. 203.
86. *Pleins Pouvoirs*, pp. 17-18.
87. *Les Princes lorrains*, p. xxiii.
88. *Ibid.*, p. 184.
89. *L'Europe sentimentale* est le titre primitif de *Bella*.

CORRESPONDANCE
JEAN GIRAUDOUX - PHILIPPE BERTHELOT

Édition établie et annotée par Brett Dawson *

1. PH. B. A J. G. [a]

Affaires étrangères
Direction des Affaires politiques et commerciales [b]

11 août [1]

Cher Monsieur,

Je crains de ne pas vous avoir remercié encore de *l'École des indifférents*[2]. Je l'ai lue avec un plaisir amusé, que ne me donnait pas la sécheresse peu philosophique et prétentieuse de Renard[3].

Mais je songe que la vie administrative doit vous paraître assez plate, et à peine comique à regarder.

Veuillez croire, cher Monsieur et cher Collègue, à mes sentiments les meilleurs.

Philippe Berthelot.

2. PH. B. A J. G. [a]

Affaires étrangères
Direction des Affaires politiques et commerciales [b]

23 décembre 1914

Cher Ami,

Je reviens du Grand QG et j'ai remis une note plus complète que votre brève indication sur vos services.

Tardieu m'a dit que la nomination de Ss/Lt sera faite d'ici peu, mais que la difficulté d'affectation est plus grande, car les

* Avec l'aimable autorisation des héritiers et des propriétaires des lettres.

états-majors sont très limités et il faut être demandé par quelqu'un[1].

Près de lui il n'a pas de place, pour des raisons diverses.

D'autre part vous n'êtes pas assez remis encore pour reprendre du service tout à fait actif et dur.

Enfin il fera pour le mieux et pense que votre grade vous permettra de patienter au besoin un mois encore.

Amicalement à vous
Berthelot.

3. J. G. A PH. B.[a]

Mission militaire française près l'armée portugaise[b][1]

Lundi 18 septembre 1916[2]

Bien cher Monsieur,

J'ai mille nouvelles à vous donner de Lisbonne où j'ai rencontré, entre autres amis, Missia et Sert[3], mais le retour de la mission semble trop proche pour que je ne vous parle pas d'elle seule. Comme a pu vous l'apprendre le dernier rapport du colonel Paris[4], nous avons déjà vu tout ce qu'on peut voir ici et il n'y a plus à attendre que la réponse du GQG[5]. Nous partons demain pour Porto et pour Boussaco[6] où nous allons inspecter les dernières garnisons de Junot[7].

Nous avons trouvé ici des soldats en quantité, propres, solides, et pacifiques, l'idéal pour la guerre ; des officiers médiocres, mais dont quelques-uns semblent très intelligents ; deux vieux généraux qu'on a fait revenir de l'Angola en toute hâte, mais rien en somme qui me paraisse notoirement inférieur à ce qu'ont fourni les Belges ou les habitants de Béziers. Si la politique ici nous aidait, il serait très possible d'avoir une centaine de mille hommes. Mais pas le moindre matériel, des canons et des fusils inutilisables, pas de mitrailleuses ; il faudrait en principe faire pour eux ce qu'on a fait pour les brigades russes. A cette condition, avec le ministre de la guerre actuel[8], nous pourrions avoir avant six mois trois divisions et leurs dépôts. Les officiers portugais semblent avoir pris leur parti de l'aventure et discutent seulement la couleur de leur croix de guerre. Les soldats dévalisent les boutiques de citron, car on leur a dit que la France n'en produit pas, et ils en bourrent les voitures de munitions, qui ont la place suffisante. Tous d'ailleurs très sympathiques et jouant auprès de la mission française le jeu de se défier de la mission anglaise. Mon colonel en est très flatté et leur promet les plus gros canons.

Mes compagnons sont agréables, mais manquent un peu de pittoresque. Le colonel[9] a un grand souci des croix et des blasons, et le commandant[10], qui a été en Algérie, ne peut faire une phrase où il n'en soit pas question. Assez médiocres militaires, mais très honnêtes et peu ambitieux. Le général anglais[11] est faible et entêté, mais bien élevé, et il n'y a eu aucun froissement entre les deux compagnies. Il ne fait aucune cachotterie de ses dépêches, de ses télégrammes, comme nous le faisons, et nous donne quelques leçons de franchise. Son aide de camp est le seul être franchement sympathique de la bande, riche lord écossais auquel j'ai prêté un monocle et qui m'est depuis dévoué corps et âme. Il a, à Béthune, une petite amie qui s'appelle Yvonne Minet et lui écrit chaque jour; presque toujours ivre, sourd, et embrassant le drapeau portugais dans chaque régiment que nous visitons[12]. Moi je me dirige aussitôt vers la bibliothèque régimentaire où je retrouve tous les livres de Roanne[13], y compris les *Pensées sur l'amour* d'Étienne Rey[14].

J'ai reçu un mot de Paul Morand, qui me transmet votre souvenir. Je vous en remercie beaucoup et vous prie, bien cher Monsieur, de présenter à Madame Berthelot mes bien respectueux hommages et d'accepter toutes mes pensées les plus dévouées.

Jean Giraudoux.

Sert et Missia trouvent ce pays horrible. Il est aussi agréable que possible et je passe à le voir à peu près tout mon temps. Je n'aurai que le regret, à mon retour, d'avoir épuisé un futur poste et d'avoir une nouvelle raison de rester à Paris[15].

Mille choses à Bréal[16] auquel j'ai envoyé un mot à mon arrivée ici. Mais j'ai eu le tort de confier la lettre à la valise italienne.

4. J. G. A PH. B.[a]

15 mai[1]

Bien cher Monsieur,

Je tiens à ce que mon souvenir vous arrive le plus sûrement possible, je confie cette lettre à Joffre et je la fais convoyer[2]. Toute ma sollicitude se porte maintenant sur les lettres que j'envoie, car je n'en connais plus d'autres et je suis sans nouvelles de Paris depuis mon départ.

Je ne sais si vous êtes déjà revenu d'Italie[3]. Nous sommes passés à Washington à notre arrivée, voilà bientôt un mois, et depuis nous habitons Boston, dans le froid et aussi la neige[4]. De mes cinq camarades de mission, trois sont très agréables, et remarquables dans leur métier. Ce sont les réservistes et un artilleur. Les deux autres sont deux commandants, dont l'un est brouillon et l'autre muet, qui ne savent pas un mot d'anglais et que nous menons par la terreur[5]. J'espère qu'on va les appeler auprès de l'armée américaine régulière et nous laisser seuls avec notre régiment. C'est un régiment formé par l'Université, et il se trouve donc que la seule mission officielle française aux États-Unis est détachée auprès du seul camp qui ne soit pas officiel, alors que 30 autres n'ont aucun instructeur, mais on discute, paraît-il, à Washington, et nous attendons. Seuls nos commandants souffrent, avec leurs médailles de Tunisie, d'être sous les ordres d'un simple capitaine américain. Il faudrait ici uniquement des lieutenants et des sergents. Il y a cent mille élèves officiers à instruire, tous délirants à l'idée de partir pour la guerre, mais, tant qu'ils ne seront pas en France ou qu'on ne leur enverra pas des Français, ils passeront leur temps à faire des parades. Pas de fusils, pas de canons, pas une seule grenade dans tous les États-Unis[6], et l'armée régulière est absolument incapable de s'instruire elle-même. Si la guerre[7] n'envoie pas ici des adjudants, des grenadiers, des mitrailleurs de profession, et continue à expédier des blessés d'août 1914 ou des commandants d'état-major, nous n'arriverons à rien, et nous gaspillerons l'armée la plus brave et la plus solide que nous ayons trouvée jusqu'ici [8].

Toujours pas de nouvelles de mon grade [9]. J'y tiendrais beaucoup si cela me permettait [b] éventuellement de prendre un bataillon américain. Un coup de téléphone de vous au colonel Goubet [10], ou au 2ᵉ Bureau, leur rappellerait la promesse qu'ils se sont empressés de ne pas tenir dès que le bateau a disparu. — A bientôt cher Monsieur, je vous prie de me rappeler au souvenir de Madame Berthelot et je vous envoie tous mes plus dévoués souvenirs.

Jean Giraudoux.

J'ai eu le plaisir de déjeuner avec Janvier [11] l'autre dimanche. Trouvé aussi un admirateur de Marie Murat, dont l'article russe fait ici sensation [12]. Je vais à New York cette semaine pour voir les nouveaux arrivés [c].

5. PH. B. A J. G. [a]

126, Boulevard du Montparnasse, XIVᵉ [b]

Jeudi [1]

Cher ami,

Nous sommes tous deux bien contents que vous ayez le Prix Balzac. Évidemment, selon la mesquine coutume française, on n'a pu se décider à garder le prix intact et on l'a coupé en deux [2]. Vous avez trop de talent, voilà votre vrai défaut : il y a tant d'esprit, poussé, rapide, que l'on est parfois un peu étourdi, et que les pontifes en place s'effrayent de voir le goût public venir à vous.

J'ai pour votre caractère et votre délicatesse tant d'estime affectueuse qu'il me semble que vous avez toujours senti que je craignais de blesser votre modestie par des compliments en pleine figure. Vous écrivez le français mieux qu'aucun écrivain de l'heure présente.

Votre ami
Philippe B.

6. PH. B. A J. G.[a1]

126, Boulevard du Montparnasse, XIVe[b]

26 juillet[2]

Cher ami,

Je vois M. Van Gennep[3] retour des EU et sans situation. Or c'est un écrivain et un savant de grande valeur et qui a rendu bien des services. La propagande en sait quelque chose.

Ne pourriez-vous écrire officiellement à Claudel (avec un petit mot personnel ajouté par lettre privée) pour voir si les Japonais (qui sont en relations ethnographiques cordiales avec Van Gennep) ne lui constitueraient pas un *Cours de la civilisation française*[c] de 2 ou 3 ans. En ce moment le Japon s'intéresse à la culture française, Claudel a une action possible[4], et ce serait une action de propagande d'ordre élevé, incontestablement utile.

Recevez Van Gennep, voyez avec lui ses relations japonaises auxquelles il faut se référer et faites pour le mieux.

Affectueusement à vous
Berthelot.

7. PH. B. A J. G.[a]

Affaires Étrangères[b]

3 mai 28[1]

Cher ami,

Nous avons été ravis de votre pièce hier soir. Après le premier acte (dans une sollicitude tout affectueuse), je me suis dit « gare au second ». Après le second je me suis dit... etc. Et après le 4e, nous avons dit : ils sont tous les quatre charmants, profonds, pleins de tact, de sensibilité, de pensée, et de haute littérature. Vous aurez un gros succès et personne n'en est plus heureux qu'Hélène et moi. Le public était au début déférent, puis amusé, puis touché.

Il y a cependant quelques « mais » : G. Tessier[2] n'a pas une bonne voix pour le public, ou l'acoustique est mauvaise, car on perd la moitié de ce qu'elle dit — et on désirerait tout entendre.

Enfin, pour enlever tout à fait l'enthousiasme, il faudrait sacrifier encore (par exemple dans le [ ][c] texte des acteurs moins bons). Il faut se forcer à être court, même quand on a beaucoup à dire.

Enfin je veux vous dire qu'on vous aime et vous admire.

Votre ami
Philippe.

8. PH. B. A J. G.[a]

Affaires Étrangères[b]

1er décembre 1931

Cher ami,

J'ai téléphoné à votre femme de chambre pour vous demander de nous faire tous deux le plaisir de venir déjeuner à la maison le mercredi 9 décembre à 1 heure, avec les Morand, Labonne[1] et sa fiancée, et quelques amis éprouvés.

Voulez-vous téléphoner à Hélène que vous viendrez.

Très affectueusement à vous
Ph. B.

9. J. G. A MADAME L. BLARINGHEM[a1]

13 janvier 32

Chère Madame,

Nous serons très heureux, ma femme et moi, de déjeuner chez vous samedi 23 janvier avec nos amis. Excusez-moi si je vous réponds si tard. Nous sommes revenus hier d'un assez long voyage[2] où aucune lettre ne nous a suivis et je n'ai décacheté mon courrier que ce matin. Je suis confus de mon retard.

Je vous prie, chère Madame, de vouloir bien accepter mes très dévoués hommages et tous nos remerciements, et de transmettre à votre mari mes affectueux souvenirs.

Jean Giraudoux.

10. J. G. A MADAME PHILIPPE BERTHELOT[a]

22 novembre 1935[1]

Chère Hélène, ceux pour qui chaque jour est un anniversaire de la présence et du départ de Philippe, apprennent aujourd'hui à compter son absence en années. La carrière des grandes ombres est commencée pour lui. Ceux qui n'ont pu prendre sur eux, depuis sa mort, d'écrire de lui, de parler de lui, de penser à lui, se trouvent maintenant relevés de ce jeûne. L'intimité avec Philippe disparu elle aussi va nous donner, comme l'autre, la sérénité et le réconfort, de ce moment sur lequel soufflent doucement, en hommage, les grandes catastrophes qu'il savait flatter de la main et parfois diriger.

Jean Giraudoux.

NOTES

LETTRE 1

a. Lettre autographe. 1 f. double (16,2 × 9,9 cm). Paris, 11 août 1911. Coll. J.-P. Giraudoux.

b. En-tête imprimé.

1. L'année : 1911. *L'École des indifférents* a paru en librairie en mars 1911 (voir le « Courrier littéraire » de *Paris-Journal* du 14 mars, signé Alain-Fournier ; l'achevé d'imprimer est du 28 février). Berthelot écrit pendant les

vacances d'été, que Giraudoux passe à Vichy, puis, en compagnie des Morand, à Feugerolles dans le Calvados (carte postale à sa mère, May-sur-Orne, 25 août 1911, et P. Morand, *Souvenirs de notre jeunesse,* Genève, La Palatine, 1948, p. 45).

2. On sait que ce fut Claudel qui, le premier, signala à Berthelot le talent littéraire de Giraudoux. Encore faudrait-il préciser quand et à quelle occasion, car les deux témoignages à lire en marge de cette lettre posent, à première vue, plus de problèmes qu'ils n'en résolvent.

Le premier est justement de Claudel (« Adieu à Giraudoux », *Candide,* n° 1032, 9 février 1944, repris dans le recueil d'hommages *Jean Giraudoux,* Paris, Les Publications Techniques et Artistiques, 1944, p. 3 et dans les *Œuvres en prose,* Gallimard, 1965, pp. 571-574) :

« C'était hier que dans mon consulat de Bohême, ouvrant avec mon doigt les feuilles du *Mercure,* j'y découvrais les premières pages signées de ce nom maintenant célèbre. Aussitôt et avec quelle joie ! je les signalais au grand ami, qui, à ce moment, jouait un rôle important dans la conduite de nos affaires extérieures. Philippe Berthelot partagea mon appréciation et il voulut connaître le jeune écrivain qui nous consolait de la disparition de Jules Renard. Il vit Giraudoux, qui lui plut aussitôt. [...] Philippe, avec sa tranquille autorité [...] lui ouvrit la carrière, sa carrière d'écrivain, peut-on dire, en même temps que sa carrière de diplomate, toutes deux moins parallèles que confondues. »

Le second est de Giraudoux lui-même. On en connaît deux versions imprimées. Je cite, pour des raisons qui deviendront plus claires ultérieurement, la première de ces deux versions, parue dans *la Nef* en février 1949 (p. 5) :

« Mars 1911. Philippe Berthelot m'a fait appeler. Il est directeur du cabinet du ministre. Il s'enquiert de mon travail et de mes goûts. En le quittant, il m'explique d'où vient son intérêt pour moi.

— Dimanche dernier, j'ai vu un de nos ambassadeurs rire en lisant le *Mercure de France.* Je lui ai demandé pourquoi. Il lisait une phrase d'une de vos nouvelles : " Un cheval passa. Les poules suivirent, remplies d'espoir... " Voilà à quoi je devrais peut-être ma carrière. »

Il semblerait aujourd'hui que Laurent Le Sage (*Jean Giraudoux, His Life and Works,* Pennsylvania State University Press, 1959, p. 39) ait eu raison de rapprocher ces deux textes et de voir Claudel dans cet « ambassadeur », malgré les réserves au demeurant fort justes formulées à cet égard par Jacques Body en 1967, à une époque où le manuscrit de Giraudoux était encore inconnu des chercheurs (J. Body, « Deux chroniques oubliées... », *Studi francesi,* n° 33, sept.-déc. 1967, p. 461, note 6). Ce qui permet de dissiper tout malentendu concernant l'identité de ce diplomate lecteur du *Mercure,* c'est la publication, en 1975, de *Souvenir de deux existences,* où le texte de *la Nef* paraît enfin (p. 89) dans une version conforme au manuscrit (à ceci près que l'on a laissé glisser, à la dernière ligne, un futur — « devrai » — à la place du conditionnel « devrais »). A la place des mots « un de nos ambassadeurs », imprimés on ne sait pourquoi dans *la Nef,* on lit : « Paul Claudel ».

Dès lors, certaines contradictions apparentes, que Jacques Body a résolues en postulant que le diplomate en question *n'était pas* Claudel, doivent être réexaminées. Première contradiction : Claudel n'a pas découvert les « premières pages » de Giraudoux en 1911 mais — Jacques Body l'a bien démontré — en 1908 (lettre à Gide du 8 novembre 1908 dans *Correspondance 1899-1926*, préface et notes par Robert Mallet, Gallimard, 1949, p. 92). On sait en outre que Claudel connaissait tout le volume de *Provinciales* pour l'avoir lu dès mai 1909 (lettre à Giraudoux du 29 mai 1909, B.N., Catalogue de l'exposition Giraudoux, 1982, p. 41).

Deuxième contradiction : ce n'est pas dans le *Mercure de France* que Claudel aurait pu lire la phrase citée (approximativement, donc : de mémoire) par Giraudoux ; cette phrase est extraite du « Petit Duc », paru dans *la Grande Revue* du 25 septembre 1908.

Troisième contradiction : Jules Renard est mort en 1910. En 1908, on n'avait pas encore besoin de se « consoler » de sa disparition.

Quatrième et dernière contradiction : en 1908, Claudel n'était pas encore arrivé dans son « consulat de Bohême » ; il se trouvait toujours à Tien-Tsin (*Annuaire diplomatique*), et ne pouvait ni lire le *Mercure* devant Berthelot, ni lui écrire pour lui signaler les « premières pages » d'un jeune vice-consul nommé Giraudoux, et cela pour la bonne raison que Giraudoux n'est entré au ministère des Affaires étrangères qu'en juin 1910.

De toute évidence, les souvenirs de Claudel se rapportent, non pas à 1908, mais à 1910 ou 1911. On admettra d'ailleurs facilement que lorsque celui-ci parle des « premières pages » de Giraudoux, cette expression n'est pas à prendre à la lettre, mais comme une manière un peu vague de désigner, trente ans après, l'un des premiers ouvrages d'un collègue plus jeune qui l'avait certes frappé par son originalité, mais qu'il goûta de moins en moins par la suite, et qu'il ne connut jamais intimement.

Il reste à savoir quel texte avait suscité à nouveau, en 1911, l'émotion de Claudel. On croira difficilement que, même à Prague, le consul de France dévorait comme des nouveautés des revues vieilles de deux ans et demi. Sa correspondance prouve, au contraire, qu'il se tenait parfaitement au courant des événements littéraires de Paris. Ce ne sont donc ni « Sainte-Estelle » (*Mercure de France*, sept.-oct. 1908) ni « le Petit Duc » (*la Grande Revue*, 25 sept. 1908) qui, à la fin de 1910 ou au début de 1911, remettent sous ses yeux la signature de Giraudoux, mais bien plutôt l'une des nouvelles de *l'École des indifférents :* « Jacques l'Égoïste » (*NRF*, août-septembre 1910) ou, pourquoi pas ? « Bernard, le faible Bernard » (*Mercure de France*, février 1911).

Aussi, dans cette histoire où, selon Jacques Body, « tout le monde se trompe », les souvenirs et les dates se confondent-ils peut-être moins que l'on ne l'a cru. Ce n'est plus en tout cas le récit de Claudel qui paraît suspect, mais celui de Giraudoux. Vérifions quelques détails. On s'apercevra tout de suite que Giraudoux invente lorsqu'il écrit que Berthelot, en mars 1911, était « chef du cabinet du ministre ». En réalité, Berthelot était encore, à cette époque, sous-directeur d'Asie ; il n'est devenu chef du cabinet de Pichon qu'en mars 1913. Ensuite, il paraît très peu probable qu'à cette date (mars 1911) Berthelot ait pu *voir* Claudel personnellement. Celui-ci n'est venu en France que pendant l'été de cette année-là, de la mi-juin à la mi-juillet pour être tout à fait précis, et encore en septembre-octobre (*Correspondance Gide-Claudel*, pp. 176-183). Alors de deux choses l'une : ou Giraudoux se trompe de date, ou l'anecdote de *Souvenir de deux existences* est fausse.

Et l'on en arrive à la fameuse phrase : « Le cheval qui tourne la meule passa, affairé [...] Les poules le suivirent, remplies d'espoir » (*Provinciales,* p. 105). Au fait, pourquoi cette phrase-là, plutôt qu'une autre, puisqu'on a bien vu que Claudel n'a pu la lire en 1911 ? Ne doit-on pas conclure que c'est toute l'anecdote qui a été inventée par Giraudoux, à partir d'un souvenir vague : la convocation du sous-directeur, averti par une lettre de Claudel ? Peu importe en fait que cette phrase se trouve dans « le Petit Duc » ou dans « Bernard, le faible Bernard ». Reconstituer minutieusement sa vie n'avait pas plus d'intérêt pour Giraudoux que de relire ses propres œuvres. En dehors de toute fidélité au détail, c'est cette phrase-là qu'il se plaît à imaginer suscitant le rire du poète, réinventant ainsi, en 1941 ou 1942, sa légende comme il le fait d'ailleurs tout au long de ces curieux « souvenirs » qui n'ont rien d'un journal intime, et où « deux existences », l'une réelle, l'autre imaginaire, finissent par se confondre.

3. Dans cette comparaison, qui tourne nettement à l'avantage de Giraudoux, Berthelot fait écho à Gide et à Claudel. Dans la *NRF* du 1er juin 1909, Gide mettait déjà ses lecteurs en garde contre un rapprochement trop facile des talents de Giraudoux et de Jules Renard, opposant la « grâce » et « l'enjouement tendre » du premier à la « savoureuse âcreté » et « l'humeur peccante » du second. Pour sa part, Claudel (*Œuvres en prose,* pp. 573-574) se disait frappé chez Giraudoux de « tant d'esprit sans sécheresse », puis, un mot appelant l'autre, évoquait lui aussi Renard dont la « sécheresse » différait à son avis de la « pure » sensibilité giralducienne.

LETTRE 2

a. Lettre autographe. 1 f. double (16,1 × 10 cm) sous enveloppe. Paris, 23 décembre 1914. Coll. du docteur J. Giraudoux. L'enveloppe porte l'adresse suivante :

Monsieur Jean Giraudoux
Sergent à la 29e Cie
Grand Hôtel du Commerce
Roanne
Loire

Cachets de la poste :

1.	PARIS 31 [...] 30 24-12 14 R. DE BOURGOGNE	2.	ROANNE 7 * 25-12 14 LOIRE

b. En-tête imprimé.

1. Blessé le 16 septembre 1914, le sergent Giraudoux avait été soigné d'abord à Fougères, ensuite à Bordeaux où il avait repris contact avec son ministère et avec Berthelot (voir plus haut, introduction). Après un bref passage à Paris à la fin de novembre, il avait regagné le dépôt de son régiment à Roanne le 16 décembre.

Commençait alors pour lui une période d'inactivité entrecoupée seulement, au début, de courtes permissions à Paris et à Cusset. Bien qu'il ne fût plus officiellement en congé de convalescence, ses supérieurs préféraient ne pas le renvoyer immédiatement au front et l'affectèrent à l'instruction des « bleus » de la classe de 1915.

L'idée de s'ennuyer tout un hiver à Roanne, loin du front où se battait son régiment, loin également de Paris où il vivait en pensée auprès de Suzanne, et avec des permissions trop rares pour lui permettre même de profiter de la proximité de sa famille, ne l'enchantait guère. Une seule solution : faire jouer ses relations, obtenir enfin la promotion qu'on lui avait fait espérer dès le mois d'août, et se faire attacher, par la suite, à un état-major plus près du front. Berthelot lui avait parlé, en outre, d'un nouveau service d'information, auquel Joffre attachait beaucoup d'importance, et dont on confiait l'organisation au capitaine Tardieu.

Or ce Tardieu n'était pas un inconnu. Il s'agissait — on l'eût deviné — de nul autre que du futur président du Conseil, avec lequel Giraudoux avait cultivé soigneusement les relations depuis leur rencontre en 1907 (voir P. Morand, *Journal d'un attaché d'ambassade,* p. 249, et notre article, « De Harvard au Quai d'Orsay, avril 1908-juin 1910 », *Revue d'histoire littéraire de la France,* sept.-déc. 1983, p. 715). Le lundi 21 décembre, de Roanne, Giraudoux écrit donc à Suzanne Boland : « Je viens d'écrire à Berthelot. Peut-être cela réussira-t-il et ne resterai-je ici que quelques semaines. » A la même date, on lit, dans une lettre à ses parents : « J'écris donc à Berthelot pour qu'il me fasse attacher au service — j'allais dire au bureau — de Tardieu. Peut-être aurai-je un résultat dans quelques semaines. »

André Tardieu avait passé les premiers mois de la guerre comme interprète attaché à l'état-major de Foch. (Ses souvenirs, que nous utilisons ici, ont été publiés chez Flammarion en 1939, sous le titre : *Avec Foch*). En décembre 1914, il venait d'être transféré au GQG de Romilly, auprès du commandant en chef. Joffre l'avait réclamé, en lui donnant pour mission la création de ce service d'information qui devait, en quelques mois, « faire comprendre la guerre au public français et étranger ». Ses fonctions l'appelaient à déjeuner et à dîner à la table du général.

Berthelot le savait. C'est lui qui, en 1914, assurait régulièrement la liaison entre le ministère des Affaires étrangères et le GQG ; c'est lui qui avait proposé à Joffre le nom de Tardieu, et était venu le chercher en personne au PC de Foch pour le conduire à Romilly ; c'est lui, enfin, qui avait fourni à Tardieu les conseils et les contacts indispensables pour son travail. Berthelot, en outre, s'intéressait de près à cette expérience qu'il devait lui-même renouveler sur une échelle beaucoup plus vaste en 1915, avec la création de la Maison de la Presse.

L'expérience de Giraudoux au bureau dit « des Communications » du ministère paraissait le désigner pour travailler aux côtés de Tardieu. Cependant, on n'allouait que deux secrétaires comme collaborateurs au nouveau responsable de la propagande de Joffre. Lorsque, au bout de quelques semaines, on se décida enfin à nommer un adjoint, le poste fut attribué à Gabriel Puaux, blessé comme Giraudoux, mais déjà officier et, qui plus est, plus ancien dans la hiérarchie du ministère.

Quant à la nomination promise par Tardieu, elle se noya dans le flot des recommandations que, de toutes parts, des solliciteurs plus ou moins bien intentionnés faisaient parvenir à cette époque au ministère de la Guerre. Malgré toutes les démarches de Berthelot en sa faveur, démarches renouvelées au mois de janvier, Giraudoux dut se résigner à passer l'hiver à Roanne, comme sergent instructeur. Ce n'est qu'au printemps que Berthelot put enfin lui obtenir la mutation qu'il désirait, en le faisant attacher au Corps expéditionnaire d'Orient, en partance pour les Dardanelles. Il devait d'ailleurs y retrouver un autre collègue du ministère : François Charles-Roux. On lui apprit sa nomination de sous-lieutenant à Sedd-ul-Bahr, le 1er juin 1915. Trois semaines plus tard on l'évacuait, blessé à nouveau.

LETTRE 3

a. Lettre autographe. 2 ff. doubles (21,3 × 13,5 cm). Lisbonne, 18 septembre 1916. Coll. D. Langlois-Berthelot.

b. En-tête imprimé.

1. Les origines de cette mission, à laquelle Giraudoux fut adjoint sur la recommandation de Berthelot, restent à étudier, non seulement du côté français, mais aussi du côté britannique. Ce qui est clair, c'est qu'en 1916 on travaillait depuis des mois, à Londres aussi bien qu'à Paris, à obtenir la participation active de l'armée portugaise dans la lutte engagée sur le front occidental. En août 1916, à la suite d'une visite à Londres par deux membres du gouvernement portugais, il sembla enfin possible d'envisager la conclusion d'un accord formel dans un avenir relativement proche.

C'était méconnaître l'importance des rivalités à l'intérieur de l'Entente. Lutte de propagande d'abord : en France, comme en Angleterre, on souhaitait, sans doute pour des raisons de politique interne, pouvoir se vanter d'avoir obtenu seul l'adhésion du Portugal. Ensuite, dans l'esprit de chacun des deux gouvernements, il était impensable que les unités combattantes portugaises gardassent leur indépendance vis-à-vis du commandement allié ; chacun espérait les voir renforcer le secteur du front dont il était responsable.

L'envoi parallèle à Lisbonne de deux missions séparées, l'une française et l'autre anglaise, reflétait clairement ces préoccupations. Arrivées ensemble le 30 août, les deux missions avaient pour but d'examiner l'importance du contingent que pouvait fournir l'armée portugaise, de s'assurer de son état de préparation, et de déterminer, en accord avec les autorités militaires portugaises, où et comment ce contingent serait utilisé. L'étude de ces questions était confiée à une « Commission militaire mixte », composée des missions française et britannique, et des représentants de l'armée portugaise, sous la présidence du ministre de la Guerre.

2. Dans une lettre à Suzanne Boland, datée du même jour, Giraudoux écrivait : « Aujourd'hui repos, j'irai travailler un peu à la Légation [de France] et écrire à Berthelot. » Les deux lettres sont à rapprocher de celle qui a été publiée par Paul Morand dans *Souvenirs de notre jeunesse* (pp. 97-98), et qui date certainement elle aussi du 18 septembre.

3. Misia Edwards (Giraudoux orthographie presque toujours « Missia ») et José-Maria Sert. Sur cette rencontre à Lisbonne, on relira une lettre à Suzanne du 11 septembre : « Missia est plus gentille que toi. Elle est venue

me rejoindre ici. Je l'ai aperçue avant-hier dînant dans la salle à manger [de l'Avenida Palace] avec Sert et me suis éclipsé sans me faire voir, mais j'ai été repéré et invité à déjeuner hier matin, jour de leur départ. Elle était venue pour trouver un singe, et je n'ai été qu'une médiocre compensation. Bavarde, mais pas en beauté. Toujours bonne fille d'ailleurs, intelligente à chaque instant, en bloc je ne sais pas, et détestant Lisbonne, qu'elle aura vu trente heures. Leur auto avait eu une panne à Madrid et ils faisaient cette excursion en chemin de fer pendant les deux jours de la réparation. J'avais séance [de la Commission militaire] à deux heures et je n'ai pu me promener avec eux. »

Giraudoux ne semble pas avoir figuré parmi les intimes de la célèbre égérie : son nom n'est d'ailleurs pas cité une seule fois par les auteurs d'une biographie récente de Misia (Arthur Gold et Robert Fizdale, *Misia. La vie de Misia Sert,* Gallimard, 1981). Jacques Porel se souvient cependant de l'avoir vu chez Misia en 1917 (*Fils de Réjane,* t. II, p. 76), à une époque où son salon de l'hôtel Meurice était devenu un « centre politique » où défilaient Briand, Clemenceau, Mandel, Pams et... Philippe Berthelot (*Misia,* Gallimard, 1952, p. 197). On sait que Misia fit aussi des ravages parmi les « jeunes » du Quai d'Orsay, et notamment chez Alexis Léger et Paul Morand, qui lui vouèrent une admiration des plus ferventes. Misia et Sert restèrent très liés avec les Berthelot ; une fresque murale de Sert, devenu après la guerre l'artiste « à la mode », ornait l'escalier de leur hôtel particulier, 13 boulevard des Invalides.

4. Du 30 août au 20 novembre 1916, le lieutenant-colonel Paris, chef de la mission française, fournit une série de trente-quatre rapports, destinés au ministre de la Guerre, sur les progrès de la mission. On les consultera au Service historique de l'Armée, Série 7N 1216 : « Attachés Militaires. Portugal. 1902-1916. » Les rapports n° 16, 22, 24, 26, 27 et 28 manquent au dossier. Il est probable que Giraudoux fait allusion ici au rapport n° 13, daté du 15 septembre. Nous n'avons pu consulter les trois dossiers concernant la mission anglaise, déposés au Public Record Office à Londres (WO 158/709-710 et FO 371/3031).

5. A une séance de la Commission militaire, le ministre de la Guerre portugais venait de proposer l'envoi en France, sous certaines conditions, de deux divisions, soit 60 000 hommes environ. Les communications adressées immédiatement par les chefs des deux missions à leurs GQG respectifs avaient pour but d'obtenir, le plus rapidement possible, l'accord de principe des gouvernements à cette proposition. On cherchait également à connaître d'avance les modalités éventuelles d'emploi des divisions portugaises sur le front des alliés ainsi que les solutions envisagées pour les transporter et pour les équiper en fusils, en obusiers et en munitions. Les travaux de la Commission étaient suspendus dans l'attente des réponses.

Joffre, d'accord avec Briand (dont l'avis reflétait très probablement celui de son chef de cabinet, Berthelot) souhaitait, pour des raisons purement militaires, voir les forces portugaises encadrées dans les troupes françaises et rattachées à une des armées du front Nord-Est (Joffre au ministre de la Guerre, 22 sept. 1916). De son côté, le gouvernement anglais faisait valoir, d'une part les « liens séculaires » qui l'unissaient au Portugal, et d'autre part le fait que les négociations menées en vue d'obtenir la coopération militaire portugaise avaient eu lieu sous ses auspices, pour réclamer l'attachement des unités portugaises à l'armée britannique (Briand à P. Cambon, 14 oct. 1916).

La question ne fut enfin résolue (en faveur des Anglais) qu'au début du mois de novembre. A une dernière séance de la Commission militaire tenue le 9 novembre, les propositions du Foreign Office furent acceptées formellement par le gouvernement portugais.

6. Buçaco, petite ville au nord de Lisbonne, près de la ville universitaire de Coïmbra que Giraudoux visitera le 26 septembre.

7. Cette inspection des garnisons de Porto et de Braga a eu lieu entre le 21 et le 27 septembre. (Rapport Paris n° 17 du 28 sept. 1916; voir note 4.)

8. J. Mendes Ribeiro Norton de Matos.

9. Le lieutenant-colonel Paris (Marie, Constantin, Robert) (1868-1953). Officier de cavalerie, il avait servi comme attaché militaire à Madrid et à la Légation de France à Lisbonne de 1909 à 1913, d'où sans doute sa désignation comme chef de mission. A son retour de Lisbonne, il prit le commandement d'un régiment d'infanterie, avant de partir en Russie en août 1917 à la tête d'une nouvelle mission. Il fut promu général de brigade en 1924.

10. Le commandant Grandin de l'Épervier (Louis, Georges, Raymond), officier d'artillerie.

11. Le général de division (Major-General) N.W. Barnardiston (1858-1919). Officier d'état-major, il avait commandé les forces anglaises lors de la prise de Tsing-Tao en 1914, et une division sur le front français en 1915-1916.

12. Entre ce personnage haut en couleur « britannique » et Giraudoux il semble avoir existé des liens de sympathie très réels. Né en 1872 et originaire d'une famille noble écossaise, il s'appelait, de son vrai nom, Fitzroy Hamilton Lloyd-Anstruther. Cependant il appartenait, par son mariage, à la famille des Calthorpe, barons anglais dont il avait pris le nom par « Royal Licence » en 1910. Il est décédé en 1957. Parfait « gentleman » mais totalement ignorant des affaires militaires, il devait sa nomination comme aide de camp du général Barnardiston à des relations de famille, et surtout, on le soupçonne, à un cousin de son épouse, l'amiral Sir Somerset Gough-Calthorpe (1864-1937), « Second Sea Lord » à l'amirauté en 1916 et plus tard commandant en chef de la marine. Je remercie son fils, le général Sir Richard Anstruther-Gough-Calthorpe, d'avoir bien voulu confirmer notre identification. Quant à la petite amie de Béthune, on devinerait sans peine que le nom (on lit « Yvonne Colonne » dans une lettre à Suzanne) est une invention de Giraudoux, calculée pour faire rire son supérieur.

13. Roanne : dépôt du 298ᵉ R.I. (celui de Giraudoux jusqu'en mars 1915). On rapprochera cette observation d'une phrase du rapport n° 17 du colonel Paris (daté du 28 septembre) : « ... Notre attention a été frappée par l'importance donnée aux bibliothèques et par le grand nombre d'ouvrages militaires français qui existent dans chacune d'elles. Quelques-unes auraient pu passer pour des bibliothèques de garnisons ou de régiments français [...] »

14. Normalien de la promotion 1901, Étienne Rey (1879-1965) était l'un des premiers auteurs de la jeune maison Grasset qui publia, dès 1909, *De l'amour.* Giraudoux l'avait connu rue d'Ulm, et au Vachette, avant de le retrouver, en 1916, à la Maison de la Presse.

15. On se souviendra que Philippe Berthelot avait commencé, fort modestement, sa carrière de diplomate à Lisbonne en 1889. Après une mission en Extrême-Orient en 1902, il avait toujours refusé de quitter Paris.

Giraudoux devait faire preuve d'une réticence semblable en ce qui concernait les postes à l'étranger.

16. Auguste Bréal (1869-1938), fils du linguiste et ami d'enfance de Berthelot. Sur la recommandation de ce dernier, Briand l'avait nommé à la direction de la Maison de la Presse en novembre 1915.

LETTRE 4

a. Lettre autographe. 1 f. (25,5 × 20,3 cm). Boston, 15 mai 1917. Coll. D. Langlois-Berthelot.

b. On lirait plutôt ici : *permettrait,* ce qui est sans aucun doute un lapsus. Nous corrigeons.

c. Ce dernier paragraphe a été ajouté en marge, côté recto.

1. L'année : 1917. On me pardonnera si je me dispense de fournir ici des renseignements détaillés concernant la mission militaire française envoyée à l'université d'Harvard en 1917. On sait que Giraudoux en fit partie en tant qu'instructeur et secrétaire (« Je suis l'état-major de la mission », disait-il), et son séjour, aussi bien que les activités de la mission elle-même, sont déjà connus dans le détail. Le lecteur voudra bien se reporter au travail d'Annick Barillon-Le Méhauté, dans *Rivista di letterature moderne e comparate,* t. XXI, fasc. 2, juin 1968, pp. 131-143, qui utilise, entre autres documents, les souvenirs du général Azan publiés en 1936 et le dossier de la mission conservé au Service historique de l'Armée. Sur un plan plus personnel, on consultera les lettres de Giraudoux à Paul Morand (*Souvenirs de notre jeunesse,* Genève, La Palatine, 1948) et les lettres à Suzanne (édition actuellement en préparation).

2. Les officiers de la Mission Harvard ne firent que croiser, à Washington, celle de Joffre et de Viviani, arrivée dans la capitale le jour de leur départ. Joffre, après une tournée dans les villes du Mid-West et dans le nord-est du pays, fut accueilli enfin à Boston le 12 mai (*Notes d'un témoin. Les grands jours de France en Amérique. Mission Viviani-Joffre (avril-mai 1917),* Plon, 1917, pp. 231-242). Au banquet organisé en son honneur, Giraudoux retrouva un ami en la personne du lieutenant de Tessan, aide de camp du maréchal. Celui-ci l'ayant invité à lui remettre son courrier personnel à destination de France, plusieurs lettres de Giraudoux, dont celle-ci, voyagèrent sous une enveloppe revêtue du sceau personnel de Joffre.

3. Sous Briand, Berthelot cumulait les fonctions d'adjoint au directeur politique et de chef de cabinet. Il lui arrivait, dans ce second rôle, de se réserver entièrement les affaires importantes, « court-circuitant » ainsi de Margerie, son supérieur à la Direction politique, qui en conçut, naturellement, une certaine aigreur (P. Morand, *Journal d'un attaché d'ambassade,* Gallimard, 1963, p. 130). Lorsque, le 20 mars 1917, Ribot remplaça Briand à la présidence du Conseil et au ministère des Affaires étrangères, il prit comme chef de cabinet Louis Hermite. L'ambassadeur Jules Cambon, titulaire depuis octobre 1915 du poste encore mal défini de « secrétaire général », reçut sous Ribot des attributions élargies qui faisaient de lui une sorte de super-chef de cabinet, et le véritable « successeur » de Berthelot. Celui-ci, violemment attaqué par les journaux d'opposition à cause de la Maison de la Presse,

supporta mal, dans ces conditions, de devoir rentrer dans le rang ; il préféra s'absenter, persuadé que son éclipse ne serait que temporaire. Le motif du voyage n'échappa d'ailleurs pas à de Margerie, qui, en décembre 1918, dans une lettre à Pichon, rappelait l'époque « où Berthelot, attendant toujours le retour de Briand au pouvoir et dédaignant de s'occuper des affaires de sa fonction, se promenait deux mois en Italie et à peu près autant au Maroc » (cit. dans Bernard Auffray, *Pierre de Margerie (1861-1942) et la vie diplomatique de son temps,* Klincksieck, 1976, p. 350).

4. La mission, partie de Bordeaux le 10 avril (et non le 12 ou le 14 comme on l'a écrit), était arrivée à New York dans la nuit du 20 au 21. Elle ne gagna Boston que le 27, après un court séjour à Washington.

5. La mission se composait, à son départ, de six officiers. Son chef était le chef de bataillon d'infanterie Paul Azan (1874-1951), auteur d'un grand nombre d'ouvrages de tactique et d'histoire militaire, plus tard général de division (il fut nommé lieutenant-colonel un mois après son arrivée à Harvard) ; venaient ensuite le comte Jean de Reviers de Mauny, chef de bataillon et membre du Jockey-Club ; le capitaine Adolphe Dupont, de l'artillerie ; le capitaine de réserve Marcel de Jarny, artilleur également ; le lieutenant de réserve André Morize, normalien comme Giraudoux, et dont on connaît la carrière aux États-Unis ; et le sous-lieutenant de réserve Giraudoux.

On comparera cette appréciation destinée à Berthelot avec ce que Giraudoux écrit en même temps à Paul Morand (*Souvenirs de notre jeunesse,* pp. 105 et 111-113) ou à Suzanne Boland (lettre du 26 avril) : « Mes compagnons sont très différents ; les deux que je préfère sont le capitaine Dupont, un brave artilleur doux et paternel, et Morize. Il y a aussi un jeune artilleur, Jarny, qui est ingénieur et qui semble bien. Des deux commandants, le premier est mal élevé, suffisant, critiquant tout, mais comme je lui sers d'interprète je dis ce que je veux et évite toutes les gaffes que je devine... Il en reste suffisamment sans cela, tel que tu me connais, Suzon chérie... Mais il semble actif et doit être au fond un bon garçon. L'autre est du Jockey-Club, ce qui lui a ouvert la 5e Avenue et nous a permis de voir quelques milliardaires à face boche, mais il ne sait pas l'anglais pour la bonne raison qu'il ne sait pas non plus le français. Gentil garçon aussi. Au fond ceux que j'avais demandés étaient infiniment préférables ! Tout le contact avec les étudiants va être fait par Morize, Jarny et moi, et je m'en félicite, car nous sommes tous trois réservistes, et pourrons avoir notre unité de doctrine et d'appréciation sur l'armée active, française ou américaine. »

6. Pour les grenades, Giraudoux exagère à peine. Deux mois plus tard, lorsqu'il fallut enfin apprendre aux élèves officiers à manier ces engins, on dut avoir recours, faute de vraies grenades désamorcées, à des pierres peintes en rouge, d'une taille et d'un poids appropriés ! Les cours des officiers français n'en furent pas moins rapportés et commentés avec le plus grand sérieux dans les journaux de Boston. Le *Boston Sunday Globe* du 8 juillet 1917 consacra toute une page, agrémentée de photographies, aux séances d'entraînement où Giraudoux, en particulier, était chargé d'expliquer à ces jeunes Américains habitués au base-ball le lancement de la grenade.

7. Bien que Giraudoux n'emploie pas de majuscule, il faudrait sans doute entendre ici : le ministère de la Guerre.

8. Le 10 mai, Giraudoux écrivait à Suzanne Boland : « J'écris à Berthelot pour lui expliquer en détail ce que nous faisons et ce qu'il aurait fallu faire. » Comme il l'avait fait déjà à Lisbonne, Giraudoux joue, dans cette lettre, à corriger les appréciations de ses supérieurs militaires, et à attirer officieusement l'attention de l'adjoint au directeur politique sur les carences de la politique officielle du ministère.

9. Giraudoux s'attendait à être nommé au grade de lieutenant et comptait, manifestement, sur une nouvelle intervention de Berthelot pour hâter l'affaire. Chose promise, chose due : Berthelot fit le nécessaire (cf. lettre à Paul Morand, *Souvenirs de notre jeunesse,* p. 115 : « B. est gentil de s'être occupé de moi ») et Giraudoux fut effectivement promu lieutenant à titre temporaire par décret en date du 11 août 1917 (*J.O.* du 21 décembre). Il ne devait l'apprendre qu'en janvier 1918, lors de son hospitalisation à Pau.

10. Le colonel Goubet (Maurice, Joseph) (1860-1921) commandait, depuis décembre 1914, le génie du 35e Corps d'Armée. On ignore la nature de ses rapports avec Giraudoux.

11. Nous n'avons pu identifier ce personnage.

12. La princesse Lucien Murat (1876-1951), née Marie de Rohan-Chabot. Berthelot la connaissait très bien. Avec le comte Charles de Chambrun, qu'elle épousa en secondes noces en 1934, elle forma un couple célèbre dans les annales du Quai d'Orsay. C'est en 1917 qu'elle publia, à la suite d'un voyage en Russie, son premier livre : *Raspoutine et l'aube sanglante.* En dehors des dépêches officielles, Berthelot suivait les événements de Russie grâce aux lettres de la princesse Murat et de Chambrun, alors premier secrétaire à l'ambassade de France à Saint-Pétersbourg (P. Morand, *Journal d'un attaché d'ambassade,* pp. 29 et 138-139).

LETTRE 5

a. Lettre autographe. 1 f. (26,8 × 20,5 cm). Paris, s.d. Coll. J.-P. Giraudoux.

b. Adresse gravée (lettres gothiques bleues).

1. Date : le jury du Prix Balzac se réunit le samedi 28 octobre 1922, au soir. Les noms des deux lauréats furent annoncés dans la presse du lendemain (29 octobre — quarantième anniversaire de Giraudoux !). Cette lettre date donc du jeudi suivant (2 novembre).

2. Bernard Grasset avait monté, autour du Prix Balzac, une gigantesque (pour l'époque) opération de publicité, au bénéfice de sa propre maison. Rien n'avait été négligé pour que le prix fût attribué à *Siegfried et le Limousin.* Giraudoux dut pourtant le partager avec Émile Baumann *(Job le prédestiné),* ce dont Grasset se consola. C'était tout de même un auteur de chez lui !

LETTRE 6

a. Lettre autographe. 1 carte (9,5 × 14 cm). Paris, 26 juillet [1922 ou 1923]. Coll. J.-P. Giraudoux.

b. Adresse gravée, lettres majuscules.

c. Sic.

1. Cette lettre, écrite pendant la disgrâce de Berthelot, s'adresse à Giraudoux dans son rôle de chef du Service des œuvres françaises à l'étranger. On voit que, même éloigné du pouvoir, l'ancien secrétaire général continue à mener une action discrète, par personne interposée, en faveur d'une « propagande » qu'il a toujours considérée comme un des aspects les plus importants de son œuvre. Les seuls papiers de Berthelot conservés au Quai d'Orsay concernent d'ailleurs essentiellement cette action de propagande, et tout particulièrement la Maison de la Presse.

2. Date : Claudel fut nommé ambassadeur à Tokyo le 11 janvier 1921 *(Annuaire diplomatique),* mais ne s'y installa qu'au mois de novembre (*Journal,* t. I, Gallimard, 1968, p. 531). La lettre de Berthelot est donc à situer entre novembre 1921 et mai 1924, date à laquelle Giraudoux quitta le Service des œuvres : juillet 1922 ou 1923.

3. Il s'agit du grand ethnologue Arnold Van Gennep (1873-1957). On ignore si ses talents furent utilisés par Berthelot à la Maison de la Presse, comme semble le suggérer la phrase suivante, ou si Claudel donna à cette démarche une suite quelconque.

4. Voir les lettres de Claudel publiées par Michel Autrand, pp. 113-121.

LETTRE 7

a. Lettre autographe. 1 f. double (13,3 × 10,3 cm). Paris, 3 mai 1928. Coll. J.-P. Giraudoux.

b. En-tête imprimé.

c. Ici un mot illisible (qui n'est peut-être en fin de compte qu'une rature).

1. Le 3 mai 1928 : lendemain de la répétition générale de *Siegfried* à la Comédie des Champs-Elysées. Le caractère particulièrement brillant de l'assistance, où les Berthelot figuraient au premier rang, ne passa inaperçu de personne. André Billy devait noter, dans *l'Europe centrale* (16 juin 1928, p. 810) : « Depuis M. Philippe Berthelot, secrétaire général du ministère des Affaires étrangères, dont Giraudoux est à la fois l'àmi et le subordonné, jusqu'aux anciens camarades de l'auteur à l'École normale, le Tout-Paris des lettres et de leurs environs était là, au complet. »

2. Valentine Tessier. Il s'agit sans doute d'un lapsus de Berthelot.

LETTRE 8

a. Lettre autographe. 1 f. double (13,4 × 10,3 cm). Paris, 1er décembre 1931. Coll. J.-P. Giraudoux.

b. En-tête imprimé.

1. Comme Giraudoux, Eirik Labonne (1888-1971) appartenait, depuis sa jeunesse, au petit cercle d'intimes de la famille Morand. Reçu au concours des

Affaires étrangères en 1913, il fut l'un des agents les plus brillants (et sans doute aussi le plus original) de cette génération du Quai d'Orsay qui se considérait, surtout à partir de 1922, comme les « enfants » et les continuateurs de Berthelot. Chef adjoint du cabinet d'Herriot en 1924, il devait occuper, par la suite, plusieurs postes importants à l'administration centrale et à l'étranger. Ministre à Mexico (1931), ambassadeur à Madrid (1937) et à Moscou (1940), il se distingua tout particulièrement comme résident général en Tunisie (1938) et au Maroc (1946). Ses chapeaux, sa jaquette, son col cassé, sa cravate « en fer battu » étaient légendaires au Quai (Jacques Baeyens, *Au bout du Quai,* Paris, Fayard, 1975, pp. 121-122).

Le 11 décembre 1931, à la mairie du XVIe arrondissement, Labonne épousa Marie-Louise Charrier, une cousine germaine de Paul Morand. Il eut pour témoins Morand et Giraudoux. L'avant-veille, on avait organisé, chez les Berthelot, boulevard des Invalides, un déjeuner en son honneur. Giraudoux y assista, comme le prouvent à la fois cette invitation et une lettre (inédite) du 4 décembre 1931, dans laquelle l'écrivain s'excuse auprès de Pierre Brisson de manquer, encore une fois, le déjeuner rituel des « Douze » auteurs dramatiques, prévu pour le même jour.

LETTRE 9

a. Lettre autographe. 1 f. (20,7 × 13,4 cm). Paris, 13 janvier 1932. Coll. D. Langlois-Berthelot.

1. Jeanne Langlois était l'une des cinq enfants de Charles-Victor Langlois et de Camille Berthelot (1864-1928), sœur aînée de Philippe. En 1909, elle épousa Louis Blaringhem (1878-1958), à qui l'on doit l'introduction en France de la science de l'amélioration des plantes (voir sa nécrologie par Louis Genevois, dans *l'Annuaire de l'Association amicale des anciens élèves de l'École normale supérieure,* 1978, pp. 32-35). Blaringhem avait précédé de quatre ans Jean Giraudoux à l'École normale, mais dans la section sciences.

2. Il s'agit sans doute de vacances sur la Côte d'Azur. Voir la carte postale à Louis Jouvet (7 janvier 1932) où Giraudoux annonce, de Nice, son retour pour « dans une quinzaine » (*Cahiers Jean Giraudoux,* n° 9, 1980, p. 48).

LETTRE 10

a. Lettre autographe. 1 f. (26,9 × 20,9 cm). Coll. D. Langlois-Berthelot.

Cette lettre fut publiée en 1935 dans une plaquette commémorative hors commerce (*Souvenir : Philippe Berthelot 1866-1934,* Paris, Impr. Ducros et Colas) éditée spécialement pour les amis de Berthelot et pour les membres de sa famille, avec des textes de Jules Cambon, J. Paul-Boncour, Lloyd George, Édouard Benès, Paul Morand, Colette, Auguste Bréal, Edmond Jaloux, Léon Bailby, Wladimir d'Ormesson, etc.

1. Anniversaire de la mort de Philippe Berthelot, décédé à Paris le 22 novembre 1934. Et soirée de première de *La guerre de Troie n'aura pas*

lieu. L'allusion, pourtant discrète, s'impose à tout lecteur averti : en 1935 il manque à la France, face aux « grandes catastrophes » qui la guettent, la main capable (parfois !) de les « diriger ». *La guerre de Troie* est, entre autres choses, un hommage posthume à Berthelot.

LETTRES PROFESSIONNELLES DE CLAUDEL À GIRAUDOUX

Une carte postale et deux lettres[1] *conservées de la correspondance, mi-professionnelle et mi-personnelle, entre Claudel et Giraudoux, c'est très peu, et c'est sans doute suffisant pour nous donner une idée de ce qu'ils pouvaient être, l'un par rapport à l'autre, dans l'exercice quotidien de leurs responsabilités professionnelles. En 1922, Giraudoux est depuis un an, au ministère, chef du Service des œuvres françaises à l'Étranger, avant de devenir en 1924 chef du Service d'information et de presse au Quai d'Orsay. Face à ce Parisien qui n'a encore rencontré ni Jouvet ni la voie royale du théâtre, Claudel qui a presque vingt ans de plus fait figure d'étoile lointaine dans son ambassade de Tokyo. Mais nous sommes à une époque où les rapports sont excellents entre les deux hommes et c'est là d'abord ce que nous confirment les formules finales des lettres de Claudel. Rien d'apprêté, rien d'officiel mais pas non plus de protestations simplement amicales. Dans les deux lettres, il s'agit d'* « *affection* » : « *Je vous serre très affectueusement la main* » *et* « *Je vous serre bien affectueusement la main* ». *C'est évidemment le seul moment des lettres où Claudel laisse apparaître un sentiment personnel. Il attend ce moment, dans la première lettre, pour féliciter Giraudoux de ses nouvelles fonctions. La lettre jusque-là n'a été que professionnelle : la différence finale en prendra tout son relief.*

Un des intérêts de ces deux lettres vient de ce que, tout en étant professionnelles, elles traitent d'un sujet cher, avec raison, aux deux correspondants : la langue, la culture et le rayonnement de *la France à l'étranger. Dans le tableau d'ensemble que Claudel trace à Giraudoux, apparaît très vite sa conviction que le Japon est destiné au premier rôle en Extrême-Orient. Notre action ne doit pas s'y borner à une propagande lourde et superficielle, mais, pour être durable, correspondre aux besoins profonds des Japonais et faire preuve d'intelligence et de goût. Au lieu des grotesques radiogrammes de Bordeaux, il faudrait, écrit-il, des textes rédigés par « un homme de premier ordre et habitué à l'étranger ». Est-ce un appel indirect ? À côté d'autres projets comme de conférences médicales ou de création d'un journal en japonais sur la France, Claudel dans les deux lettres fait porter tout son effort sur la Maison de France. Aux origines de cette Maison promise, on le sait, à un avenir si remarquable, ces deux lettres nous permettent donc de restituer deux des plus grands noms de notre littérature du XX*e *siècle.*

Enfin la sortie finale de Claudel contre le film « Molière » de la Comédie-Française ne manque pas de saveur. Outre la conception générale du film et le fait que les explications soient en anglais, Claudel s'interroge sur Molière même comme valeur d'exportation. On y reconnaît ses réserves habituelles qui ne fondront que vingt-cinq ans plus tard dans le Ravissement de Scapin, *mais surtout on croit y saisir un écho de conversations entre Claudel et Giraudoux sur l'Allemagne et sur le comique. Dans ces deux lettres, Claudel manifeste en effet une hostilité anti-germanique que s'attachera à nuancer le futur auteur de* Siegfried, *de même que les qualités de finesse et de délicatesse de son théâtre nous éloigneront fermement des « seringues » de notre grand comique national. Claudel appelle de ses vœux un théâtre de qualité qui soit un théâtre de langue et de goût : à qui pouvait-il mieux s'adresser qu'à Giraudoux ? La carte postale, assurément postérieure, confirme les espoirs que le vieux poète mettait alors en son cadet.*

MICHEL AUTRAND.

N.B. *Les mots entre crochets sont d'une lecture douteuse.*

1

Enveloppe à en-tête :
Ikao Hôtel, Ikao Japan — portant la mention :
Monsieur Jean Giraudoux
au Ministère des Affaires étrangères
Paris

Tokyo le 22 février 1922

Mon cher Giraudoux,

Le Maréchal Joffre vient de quitter le Japon au milieu de l'enthousiasme général, ayant rempli parfaitement tout ce qu'on pouvait attendre de sa mission. Je trouve enfin le loisir, comme j'en avais l'intention depuis longtemps, de traiter avec vous les différents points qui intéressent notre propagande au Japon.

Tout d'abord terrain très favorable. Partout notre prestige est [en hausse] et nous constatons un énorme [relèvement] des étudiants de français. Mais les Japonais sont versatiles, et si nous ne nous arrangeons pas pour que l'étude du français corresponde chez les jeunes générations à des besoins profonds et réels, nous assisterons avant peu à un affaissement.

L'enseignement du français est donné :

1° officiellement et d'une manière assez médiocre dans les lycées et dans certaines grandes écoles comme celle des Langues vivantes ;

2° à l'École de l'Étoile du Matin. C'est le pivot de notre influence au Japon. On devrait tout faire pour soutenir cette fondation. Hélas ! je crains bien que les Marianistes n'aient pas encore obtenu la reconnaissance officielle de leur noviciat. C'est fou, pour ne pas dire criminel.

3° à l'Athénée français, dirigé par un brave homme nommé Cotte, dont je n'ai rien à dire de mal, sinon que c'est un déséquilibré. J'aurai à vous écrire plus longuement à son sujet. Dès maintenant, j'éprouve une véritable gêne à remettre cette énorme subvention de 450 000 francs qui m'a été accordée à une fondation sans avenir, dirigée par un neurasthénique, et qui s'écroulera dès qu'il aura disparu. Je vous écrirai d'ailleurs plus longuement à ce sujet.

La Maison de France. J'ai reçu des promesses de concours très intéressantes, mais il a fallu attendre le retour de M. Shibuzawa qui est la cheville ouvrière de l'affaire au point de vue financier et qui était aux États-Unis. Je vais le voir cette semaine. J'espère que je puis compter sur la subvention annuelle de 300 000 francs que vous m'avez promise ? Si les membres en sont bien choisis et si les choses marchent comme je l'espère, cette fondation sera le foyer de notre influence au Japon. Ce sera elle qui éveillera les curiosités, qui tiendra en haleine les intelligences et les orientera sur toutes les questions à l'ordre du jour. C'est elle, complétée par les écoles et pensions japonaises en France, qui orientera sur nos Universités le grand courant d'étudiants qu'elles doivent recevoir. Jusqu'à présent l'idée qui paraît admise est que le Japon se chargera de procurer l'immeuble et d'en payer toutes les dépenses (eau, électricité, chauffage, etc), la France payant la pension des membres et leurs frais de voyage. (On pourrait sans doute obtenir une contribution de l'Indochine). En plus le Japon désirerait l'envoi chaque année d'un as littéraire ou scientifique qui ferait une série de conférences suivant l'usage adopté en Amérique.

Il ne faut pas oublier que le Japon est en Extrême-Orient le peuple maître qui est appelé un jour ou l'autre à prendre la domination de l'Asie. Pour moi c'est absolument sûr. Nous avons donc un intérêt primordial à l'attirer à nous, comme il le désire actuellement. Mais nous avons à lutter contre une énorme influence américaine, contre l'influence allemande, que nous réussissons peu à peu à éliminer de l'armée, mais qui domine absolument *la médecine.*

Mes propositions sont donc celles-ci :

1° encourager l'étude élémentaire du français soit dans les écoles officielles soit dans les écoles privées, soit dans les Universités où nous aurions peut-être à créer *à nos frais* des postes de lecteurs français. En dehors de Tokyo en effet il n'y a *rien*, et la situation est absolument navrante.

2° créer à Tokyo un centre vivant et ardent d'action, d'intérêt et de discussion, préparant les étudiants à l'atmosphère française.

3° préparer en France l'accueil des étudiants japonais.

4° instituer une action de propagande spécialement médicale. Commencer par l'envoi d'un spécialiste illustre, si possible parlant l'allemand. On m'avait envoyé ici le Docteur Motais fort intelligent et qui aurait pu réussir. Mais les fonds absolument insuffisants qu'on lui avait alloués l'obligent à partir. Il lui aurait fallu le double de ce qu'on lui donnait, et on me l'a refusé.

Une autre idée serait la création d'un périodique *japonais* spécialement consacré à la France, aux idées françaises et à la politique française. J'aurais les éléments pour le fonder, mais cela coûterait assez cher, et la question n'est pas mûre. Je vous écrirai peut-être plus tard à ce sujet.

Je vous serre très affectueusement la main. Je suis bien heureux de vous savoir à la tête du service de l'information.

P. Claudel.

La Direction d'un grand journal européen du Japon est venue me demander si je ne pourrais pas lui faire communiquer les radiogrammes de Bordeaux, qu'on reçoit facilement ici, comme j'ai pu le constater lors du séjour du *Montcalm.* Il y a des difficultés de la part des Japonais, par suite de l'ignorance du français et la [ ] des opérateurs et des rivalités entre le Ministère de la Marine et celui des Affaires étrangères. Mais on pourrait en venir à bout. Ce qui m'a empêché de pousser la question plus loin jusqu'ici, c'est la mauvaise rédaction et la nullité complète de nos radiogrammes que j'ai pu constater lors du séjour du *Montcalm.* Ils sont à peu près inutilisables sous cette forme et nous rendraient ridicules. Il faudrait que ces radios fussent rédigées par votre service sous une forme plus courte et continssent *des faits* et non pas des appréciations de journaux et des *topos* grotesques sur l'honneur de la France. Actuellement toutes les nouvelles du Japon viennent par la voie de Reuter, on n'apprend donc ici que ce que le Service anglais officiel d'informations (fort bien fait) veut bien nous communiquer. Les Américains et les Japonais supportent impatiemment ce vasselage et seraient heureux de disposer d'une source d'informations indépendante. Dès maintenant si je pouvais recevoir les radiogrammes, toute la presse les publierait, ce seraient des milliers de lecteurs que nous pourrions atteindre et qui recevraient sur toute chose le point de vue français. Mais, je vous le répète, la radio de Bordeaux est si bête et si mal faite qu'on ne peut s'en servir. Il faudrait que la tendance française fût beaucoup plus enveloppée, et que ce résumé quotidien des nouvelles fût fait par un homme de premier ordre et habitué à l'étranger. (La Chine reçoit et publie tous les jours ce radio de Bordeaux, mais son infériorité avec les nouvelles de source anglaise est patente à tous les yeux). Il y a là une question de la plus haute importance que vous devriez prendre en main. Si vous parvenez à assurer la rédaction de ces radiogrammes, avertissez-moi par câble et aussitôt je commencerai les démarches nécessaires pour la publication dans la presse japonaise.

P. C.

2

Papier à en-tête de l'Ambassade de France au Japon

Tokyo, le 8 mai 1922

Mon cher Giraudoux,

Je regrette beaucoup de ne pouvoir vous donner encore des nouvelles bien précises et bien encourageantes au sujet de la « Maison de France ». D'après les lettres que vous m'avez communiquées à mon départ de Paris, tout semblait décidé *en principe.* Mais entre les principes et la réalisation, surtout en Extrême-Orient, il y a loin, comme je n'ai pas tardé à m'en apercevoir. Quand j'ai commencé à parler de la Maison de France, on m'a dit qu'il fallait attendre le grand financier qui seul pratiquement pouvait mettre l'affaire sur pied, le Vicomte Shibuzawa. Shibuzawa était à Washington et n'est revenu qu'à la fin de février. A ce moment il est tombé malade (il a 82 ans) et dans les intervalles de sa maladie il était pris par tellement d'affaires qu'il était vraiment difficile de le joindre. Enfin j'ai à peu près mis sur pied un plan de ce que doit être la

Maison de France et une réunion importante doit avoir lieu ce mois-ci où l'on discutera la forme particulière que les Japonais ont jugé possible de donner à ce projet de manière à attirer l'argent des souscripteurs. Tout est terriblement long dans ce pays et la grave crise économique qui ne fait que commencer n'est pas pour faciliter la réunion des grosses sommes dont nous avons besoin. Je crois tout de même de ce côté, comme du côté du Parlement, m'être assuré de quelques bonnes volontés. Mais il ne faut pas nous faire d'illusions. Nous avons beaucoup de travail devant nous.

Je trouve que les 450 000 francs qu'on donne à l'Athénée français seraient mieux employés pour la Maison de France. Le directeur de cette boîte, M. Cotte, est un brave homme, méritant, mais un peu toqué comme le constate un certificat médical que m'a remis le Docteur Notais avant son départ. L'Athénée est son œuvre et sa propriété personnelle. Je ne puis tout de même pas lui remettre ainsi la somme énorme qu'on lui alloue avant qu'il en ait fait une institution permanente et indépendante de lui. J'attends ses propositions à ce sujet.

Vous avez lu mon rapport où je parle de la manière dont j'envisage notre propagande au Japon. Pour ma part j'envisage cette propagande d'une manière large, et ne consistant pas simplement à donner notre point de vue sur les questions du jour. Aucun grand journal ne nous ouvrirait longtemps ses colonnes pour ce genre de bourrage de crânes. Je voudrais deux choses : approvisionner régulièrement les grands journaux de nouvelles toutes traduites en japonais, de tendance française, et dont ils seraient libres de faire usage ou non : les nouvelles télégraphiques vaudraient mieux, mais enfin on peut tâcher de faire usage des journaux et revues que la poste nous apporte en *45* jours. 2° rédiger des articles intéressants pour le public japonais, l'habituant à penser à la France, à savoir qu'elle existe et qu'il s'y passe des choses instructives. Pour cela la Propagande pourrait m'aider en m'envoyant des documents bien choisis. Par exemple, j'ai vu dans une revue américaine (*Scribner's)* que l'administration de la [Sam] était un vrai succès, grâce surtout à nos ingénieurs des mines. On pourrait m'envoyer deux articles à ce sujet, l'un sur la [Sam], l'autre sur notre École des Mines de Saint-Étienne (rédigés comme pour le *Je sais tout*) avec des gravures. De même l'article de *l'Illustration* sur l'usine de [Grinvilliers], ou sur le moyen d'utiliser les [marées]. On parle beaucoup en Angleterre du Docteur Coué de Nancy. Je voudrais des détails à ce sujet, etc. (Ajouter le *Je sais tout* et les *Lectures pour tous* aux revues dont le service devrait m'être fait).

Les films, comme le « Molière » qu'on m'a envoyé mis en scène par la Comédie-Française, sont un modèle de ce qu'il ne faut pas envoyer au Japon. Je l'ai essayé devant un public de professeurs et d'étudiants que j'avais réuni à l'Ambassade et j'ai été vraiment mortifié de voir ce qui paraissait sur l'écran. Quel intérêt peuvent avoir pour les étrangers ces autographes, ces photos d'immeubles, ces pages de titres, ces bouts de pièces en quinze secondes à peu près incompréhensibles ? Pour comble de malheur les explications affichées étaient en anglais ! nous qui nous donnons tant de mal pour faire croire à l'utilité pratique du français ! On admet devant les Japonais que leur langue officielle pour le contact avec l'étranger est l'anglais ! Et puis Molière n'a peut-être pas pour l'étranger l'intérêt qu'on imagine en France. On a besoin d'autres choses que de seringues pour établir la supériorité de notre goût sur la grossièreté allemande.

Pardon de ces remarques un peu aigres ! Je sais combien il est difficile de donner satisfaction à tout le monde.

Je vous serre bien affectueusement la main.

P. Claudel.

3

Carte postale représentant un édifice japonais
18 octobre [1924 ?][2]

Cher Giraudoux,

J'ai lu avec délectation vos deux livres pleins d'esprit et de poésie qui renouvellent notre vision de la vie et de la nature et nous remplissent les poches de l'esprit de diamants et de pièces d'or. Nulle part mieux qu'au Japon on n'est préparé à vous aimer et à savourer ces petites coupes de thé vert et d'eau-de-vie brûlants. — C'est vrai que vous quittez les Œuvres[3] ? Quel dommage ! C'est le dernier méfait du sinistre Lorrain[4].

A vous amicalement,

P. Claudel.

NOTES

1. Une lettre de Valéry dans un volume de *la Jeune Parque,* une lettre de Wedekind dans un exemplaire de *die Büchse von Pandora* : la façon dont Giraudoux classait les lettres qu'il conservait a été décrite par Brett Dawson, *Cahiers Jean Giraudoux,* 2-3, p. 9. Ces lettres de Claudel ont été découvertes par Maurice Barthélemy et Guy Teissier au cours de rangements opérés dans la bibliothèque de Jean Giraudoux aujourd'hui conservée dans sa maison natale, à Bellac. Les inventeurs ont laissé à Michel Autrand, spécialiste de Claudel, le soin de les présenter ici — avec l'aimable autorisation des héritiers de Paul Claudel et de M. Jean-Pierre Giraudoux. [NDLR.]

2. Jacques Body me fait remarquer que la décision de Poincaré d'envoyer Giraudoux à Berlin a été prise le 7 mai 1924, et annulée à l'automne avant d'avoir été suivie d'effet (voir son *Giraudoux et l'Allemagne,* p. 272). Faut-il supposer que les communications étaient lentes au point que Claudel, dans cette carte du 18 octobre, en était encore à demander confirmation de la décision du 7 mai ? Ou bien faut-il supposer que la carte est du 18 octobre *1923,* ou même *1922,* et qu'il s'agirait d'une menace antérieure, dont ce serait la première mention ? Ou même *1921,* Giraudoux ayant quitté le 10 octobre *1921,* ses fonctions de chef de *section* au *Service* des œuvres, mais pour prendre la direction du *Service*? La date de 1924 lui semble la plus vraisemblable, surtout après consultation de la *Bibliographie* de Brett Dawson : les deux livres « pleins d'esprit et de poésie » pourraient être *Visite chez le prince* (achevé d'imprimer le 25 février 1924, Dawson n° 376) ou *Promenade avec Gabrielle* (achevé d'imprimer du 1er juin, Dawson n° 377) et *Juliette au pays des hommes* (juillet 1924, Dawson n° 378).

3. Autrement dit le « Service des œuvres françaises à l'étranger », ancêtre de la Direction générale des Relations culturelles au ministère des Relations extérieures.

4. Pour deux amis des Berthelot, il ne peut s'agir que de Poincaré. Quelques années plus tard, Claudel goûtera beaucoup *Bella.*

JEAN GIRAUDOUX COMMISSAIRE GÉNÉRAL AUX INFORMATIONS *

J'applaudis à cette nomination et j'en félicite plus M. Daladier qui, en créant une utile fonction, lui a donné un titulaire de choix, que Jean Giraudoux lui-même, qui a toutes les qualités pour tenir brillamment le poste qui lui est dévolu. Je n'ai point qualité pour faire l'éloge ou la critique de cet écrivain dont l'art subtil et nuancé surprend ou charme, conquiert ou déconcerte. Je crois seulement rester dans la vérité en disant que Jean Giraudoux a l'incontestable mérite d'une originalité de bon aloi qui lui fait aborder tous les genres avec succès. Et quand il s'avise d'être journaliste, il fait d'excellents articles.

Personnellement, je lui sais gré d'avoir osé dire qu'il y avait beaucoup à construire en France, et de prouver qu'après tout, il n'était pas indigne d'un homme d'esprit de se pencher sur les problèmes du bâtiment et des travaux publics. Des uns, il a soutenu la foi, des autres, il a réveillé la torpeur. Et cela lui donne bien un titre au remerciement et au compliment que je lui adresse ici.

Au vrai, dans une période de singulier déséquilibre, Jean Giraudoux nous donne l'impression d'un bel équilibre.

Il ne dédaigne pas le sport. En s'adonnant à la course à pied, il développe les muscles de ses jambes, s'exerce à bien respirer, maintient la jeunesse de sa ligne. Et sans doute, en

* Article rédigé par le rédacteur en chef et publié le dimanche 6 août 1939 dans *le Moniteur des travaux publics et du bâtiment.* Communiqué aimablement par M. J. Walter.

pensant, il assouplit sa pensée et renforce la qualité de son cerveau. Voilà qui n'est pas si commun.

Son caractère se revêt de diplomatie (peut-être est-ce la raison qui le fit entrer dans la carrière). Non pas qu'il cherche à séduire par un mesquin intérêt, mais parce qu'étant diplomate, il met à l'abri l'indépendance d'un esprit qui déteste l'esclavage. Épris de liberté, Jean Giraudoux dénoue en souriant les liens dont la nature ou les hommes le voudraient enchaîner.

Mais si Giraudoux est bien ce que je dis, il sera un magnifique commissaire général aux Informations.

Le poste est difficile. Il ne peut être utilement tenu que par quelqu'un qui sache se tenir au-dessus des hommes sans les ignorer ; qui soit assez perspicace pour ne pas se laisser circonvenir ; qui aime son pays pour lui vouloir la place qui lui convient, qui reste certain qu'il y ait au jugement humain un autre critère que l'argent, et dont la conscience ne se met pas à prix dans de louches officines. L'indépendance d'esprit et l'aimable impassibilité de Jean Giraudoux donnent une sécurité nécessaire en ces temps troublés.

En le voyant arriver à l'un de ces sommets qui sont déjà ceux du pouvoir, le Français moyen éprouve une sensation de nouveauté dont il était depuis trop longtemps privé.

Autour de la Présidence du Conseil pourrait ainsi s'organiser une force jeune de gouvernement, capable de remettre les hommes, les idées, les faits en place, par la puissance de la raison et par l'éclat de la vérité.

Il ne s'agit plus de mettre au point des combinaisons plus ou moins douteuses, de préparer des défenses personnelles par l'impossible justification d'erreurs trop évidentes.

Il s'agit désormais de penser à la France, aux Français, à tous ces hommes épris de justice, de loyauté, d'honnêteté, et qui ont la pénible impression qu'oublient les lois fondamentales de la conscience ceux-là même qui les doivent rappeler.

M. Daladier fait un évident effort pour éviter l'enlisement moral où risque de périr la nation.

Jean Giraudoux ne peut manquer de lui donner un précieux concours, en se souvenant d'ailleurs qu'il n'y a plus de place pour les désillusions.

CAMILLE BOUCHÉ.

LA PROPAGANDE REMPLACE LES CONFLITS ARMÉS *

Célèbre homme de théâtre, écrivain et poète français, M. Jean Giraudoux est de nouveau l'homme du jour, à Paris et dans la France tout entière. Mais cette fois-ci, ce n'est ni pour son théâtre, ni pour ses écrits. Sa patrie l'a mobilisé pour un autre grand dessein, pour un Service supérieur, politique, militaire et diplomatique, que depuis plus de deux mois dirige le remarquable intellectuel français. M. Jean Giraudoux est « commissaire » supérieur du Centre de l'Information, qui a son siège dans un grand hôtel parisien, le Continental, rue de Castiglione. Qu'est-ce que ce Centre de l'Information ? Presque tout ! Ici se trouvent regroupés quatre pouvoirs : le pouvoir gouvernemental avec le bureau politique de M. Daladier ; le pouvoir diplomatique avec le ministère des Affaires étrangères ; le pouvoir militaire avec le Quartier général supérieur ; le pouvoir journalistique avec les services de la presse, de la censure, de la photographie, de la radiophonie, de la télévision, etc. Le Centre de l'Information, ministère total, concentre en son sein la presque totalité du mouvement

* Cette interview, recueillie et présentée par le journaliste grec Al. M. Lidoriki, a été publiée le 28 décembre 1939 dans le quotidien athénien *Asyrmatos* (la TSF), en pages 1 et 3, avec une reproduction du portrait de Giraudoux par Vuillard. Le titre original est : « Le Commissaire à l'Information/Giraudoux parle de la guerre à *Asyrmatos*/La propagande remplace les conflits armés/Son amour pour la Grèce. » Texte aimablement communiqué par notre correspondant en Grèce, Y. Iordanidis.

de guerre qui doit être retransmis dans tous les secteurs de la France au combat et de l'étranger. Plus de quatre cents chambres, portant chacune un numéro (celui de l'époque de l'hôtel Continental), règlent les cas compliqués et inextricables avec directeurs, chefs de section, employés militaires ou diplomatiques, journalistes, écrivains et autres catégories d'intellectuels qui ont été mobilisés immédiatement à la déclaration de guerre. Au Centre de l'Information, le représentant de la presse puisera les nouvelles de la journée, s'il y en a et si elles sont communiquées ; c'est de là que seront approuvées les correspondances à publier dans les journaux français ou à envoyer à l'étranger ; et dans le Centre même, vont et viennent sans interruption les liaisons du front qui apportent les nouvelles, les ordres, les dossiers — matériau de chaque jour, de chaque heure qui passe. Et telle est l'activité, telle est l'énergie, telles sont la verve et l'initiative du Centre de l'Information que déjà le président du Conseil, M. Daladier, a pensé rendre sa compétence nettement politique, en le transformant en ministère : « Le ministère de l'Information ». Chef de cet organisme, M. Giraudoux le « commissaire », l'autorité supérieure, est pour ainsi dire invisible. Pourtant, au prix de grands efforts et de luttes quotidiennes, l'auteur de cet article a obtenu que s'ouvre la porte du bureau de cet homme extraordinaire, qui l'a reçu pour un entretien.

C'est avec une joie exceptionnelle et un intérêt tout particulier que je découvre l'écrivain qui a donné au théâtre français une série de belles œuvres. Il est grand, mince, nerveux, avec des mouvements harmonieux, âgé d'environ cinquante ans. Par ses voyages passés, il connaît la Grèce et ne refuse pas de m'accorder l'interview que je lui demande.

Comment faut-il que je parle maintenant ? Dois-je m'adresser au poète et à l'écrivain d'*Électre,* d'*Amphitryon,* de *Siegfried,* d'*Intermezzo,* d'*Ondine ?* Ou dois-je me tourner vers la personnalité politique qui dirige aujourd'hui le service extrêmement délicat du Centre de l'Information ? La voie médiane est la meilleure. Mais je commence d'abord par le « commissaire », en lui demandant :

— Envisagez-vous que cette guerre pourra durer longtemps, ou pensez-vous qu'elle sera de courte durée ?

— Comment m'est-il possible de le savoir, répond M. Giraudoux. Il n'y a que la divination, en ce moment, qui pourrait donner une réponse à votre question.

— Et en votre conscience, demandè-je à nouveau, cette guerre est-elle juste ? Dans votre conscience d'être humain, de diplomate, d'écrivain ?

— Absolument, me répond maintenant M. Giraudoux. Parce que je vous poserai cette question : quel est le but de la guerre actuelle ? La réponse est simple : il s'agit de notre vie. De notre vie qui est la vie de la France, qui est la vie de chaque Français. Savez-vous quelle était cette « vie » jusqu'à aujourd'hui ? C'était la vie d'un peuple habitué à collaborer avec les autres, ou à les inspirer, dans l'égalité, pour tous les grands projets et les grands mouvements du siècle et de l'Europe. Mais c'était également la vie d'une nation qui a vu il y a vingt ans le quinzième de ses hommes massacré, et les deux tiers de son industrie détruits — et qui a voulu se consacrer à un travail de relèvement. Tout ceci ne peut plus se continuer. Le poids d'une Allemagne de nouveau menaçante, de nouveau avide tente de nous forcer à accepter « la loi du plus fort ». Il fallait que nous répondions avec une vérité plus actuelle : « la force contre la force ». Et nous ne sous-estimons ni les sacrifices qu'il faut que nous fassions ni les nouveaux moments perdus dans un combat qui continuera. Ce qui nous semble le pire, c'est que nous avons à affronter une Allemagne moins européenne que les fois précédentes.

— Aviez-vous prévu cette guerre, et comment la jugez-vous du point de vue tactique ?

— Depuis deux ans nous nous trouvons au cœur de cette guerre hitlérienne. Les grandes entreprises de guerre sont comme les grandes entreprises de banque. L'or se trouve dans les profondeurs des réserves, l'armée derrière les lignes de béton. Ce sont des trésors qui doivent être sauvegardés le plus longtemps possible, et nous devons les protéger de tout risque, sauf dans les moments où la situation est désespérée et où il faut prendre une décision. Pour que vous puissiez voir quelle est réellement la guerre actuelle, et sa tactique, souvenez-vous des paroles de Hitler : « Ce sont les véritables jeunes guerriers, a-t-il dit, qui prendront part aux opérations militaires. Nous n'engagerons pas le gros de notre armée, comme en 1914. Mais l'importance qu'a pu avoir autrefois la portée de l'artillerie pour préparer l'offensive de l'armée de terre, c'est celle qu'aura aujourd'hui la décomposition psychologique de l'adversaire qui résultera de la propagande, avant même que les armées aient eu le temps de passer à l'action. Je profite encore des quelques minutes qui sont des forces accordées dans ces combats toujours recommencés...

Encore une question :

— Croyez-vous que l'amitié russo-allemande ait des bases solides ? Peut-elle, à votre avis, durer, évoluer, se développer ?

— Je crois que les Allemands, hors du cadre de leur accord avec les Russes, croient toujours que leur sera donnée à un moment ou à un autre une occasion de reprendre aux Soviets ce qu'ils leur ont concédé aujourd'hui. Les Russes, d'autre part, pensent qu'ils ont en main davantage d'atouts. Le futur nous montrera si ces calculs sont exacts...

Debout à présent, il se sent le besoin de me parler de la Grèce :

— Pour moi, me dit-il, elle a toujours été ma grande amie, ma grande passion. Vous le voyez d'ailleurs dans mes œuvres. Jamais je ne l'oublie. Et jamais dans ma vie ou mon activité créatrice, ma pensée ne s'est éloignée des tragiques grecs éternels. Et puis, mon premier prix dans le domaine artistique au grand « Concours général de France », je le dois à une traduction que j'avais faite : du Plutarque. Je suis passé, continue-t-il, de nombreuses fois par Athènes. La dernière fois, ce fut en 1933, je me rendais au Mont Athos et je n'ai oublié ni la capitale, ni Delphes. Je suis allé me recueillir, comme d'habitude.

Me conduisant vers la porte de son bureau, il ajoute :

— Pendant la dernière guerre, j'ai servi aux Dardanelles et habité dans l'archipel de la mer Égée ; la plupart du temps, votre ciel et votre soleil étaient pour moi mes compagnons préférés.

Je le salue et serre chaleureusement la main de cet homme extraordinaire qui unit la volonté et la force morale, et je me perds une nouvelle fois dans le labyrinthe des couloirs de l'hôtel Continental.

AL. M. LIDORIKI,
traduit du grec
par Dora Magirioti et Guy Teissier.

La guerre de Troie n'aura pas lieu.
Dessin de Jürgen Czaschka, pour le programme des Festspiele de Schwäbisch Hall, RFA (1983 et 1984). Reproduit avec l'aimable autorisation de M. Achim Plato, directeur du festival.

II. DU CÔTÉ DE LA LITTÉRATURE

L'AUTEUR (et) DIPLOMATE... *

Dans la vie intellectuelle française se manifeste un trait tout à fait spécifique : à la différence de la plupart des autres pays, Politique et Littérature y vivent en sœurs amies. Depuis toujours, pour les diplomates et les hommes d'État français, la reconnaissance de leur statut d'ÉCRIVAIN par la patrie a pris valeur de consécration suprême — bien plus significative que toute autre décoration officielle. Déjà au XIXe siècle, on avait compté parmi eux de grands noms de la littérature : Chateaubriand, Lamartine, Benjamin Constant. Et Victor Hugo lui-même a longtemps appartenu à la Chambre, tout en caressant l'ambition de devenir ministre.

Si, au même moment, deux des dramaturges les plus importants de la France contemporaine, Giraudoux et Paul Claudel, ont été diplomates de carrière, ce n'est certainement pas par un pur hasard. On doit en conclure à de profondes interférences entre le talent dramatique et l'inclination particulière qui mène à cette forme d'activité politique de représentation où la participation au jeu du grand Théâtre du monde compose, selon ses règles propres, avec la passivité attentive d'un figurant de la politique, s'affairant exclusivement dans les marges...

* Texte extrait de la présentation de Jean Giraudoux dans le programme du Festival de Schwäbisch Hall (RFA) de l'été 1983, où l'on jouait *La guerre de Troie n'aura pas lieu.* (Voir « Chroniques de Giralducie ».)

Pour Claudel comme pour Giraudoux, la carrière diplomatique a été plus qu'une simple toile de fond à leur existence d'écrivains, plus qu'une simple fonction alimentaire qui leur aurait permis de s'offrir le luxe d'une création artistique. Elle a défini de manière déterminante leur relation au monde et leur a procuré, dans notre époque fertile en bouleversements, des points de vue sur les arrière-plans les plus reculés de la machinerie politique.

On ne commet aucune erreur majeure en affirmant que la conception de l'homme qu'on trouve à la base de l'écriture dramatique des deux auteurs — celle d'un être livré à des puissances irrationnelles et impénétrables — n'est pas sans lien majeur avec leurs expériences personnelles de l'impuissance qui paralyse les décisions et les planifications politiques dans une époque où les cataclysmes prennent la dimension de l'Histoire universelle. Sur ce point, les œuvres des deux auteurs s'expriment en abondance. Dès lors il apparaît comme totalement dénué d'importance que pour le fervent catholique Paul Claudel les puissances qui se jouent de l'homme se confondent avec l'insaisissable plan de salut de Dieu, tandis que pour le sceptique Giraudoux on ne puisse les comprendre que comme l'irruption d'un destin démoniaque, qu'il identifie — en utilisant les symboles de la tragédie grecque — avec le désir des dieux.

Dans l'un comme dans l'autre cas, la Carrière a revêtu pour ces deux dramaturges une signification fondamentale dans la formation de leur vision du monde.

FRANZ WALTER MÜLLER,
traduit de l'allemand
par Ingrid Schiller et Guy Teissier.

GIRAUDOUX, LE ROMANESQUE ET LA POLITIQUE *

De la diplomatie à la politique il n'y a qu'un pas. Je consacrerai cette communication à Giraudoux romancier politique, c'est-à-dire à un écrivain-diplomate qui a trouvé dans le romanesque un champ de liberté où son tempérament politique s'exprime et se donne une seconde... carrière.

Giraudoux impose au roman politique sa marque ; il a une manière propre de concilier le politique et le romanesque, et je voudrais essayer de montrer qu'avec Giraudoux le roman politique a trouvé un second souffle et que la poétique du genre s'est renouvelée. Par conséquent je m'inscrirai en faux contre un jugement expéditif porté en 1948 par Aragon : celui-ci regrette le vide laissé depuis la disparition de l'auteur du *Roman de l'énergie nationale* et déplore « l'absence de Barrès, que n'a pu combler Giraudoux [1] ». Je pense l'inverse, mais je m'autoriserai de la remarque d'Aragon pour dessiner à grands traits, à l'aide de quelques exemples empruntés à des œuvres connues, l'arrière-fond sur lequel se détache Giraudoux, les contraintes et les risques du genre, et en quoi le roman politique se distingue d'un genre voisin, le roman historique.

Un roman politique est d'abord tel par sa thématique : il est inutile d'insister sur cette évidence. Quelques distinctions pour clarifier : certaines œuvres se cantonnent sur les som-

* Communication faite au colloque « Giraudoux et la diplomatie » dans le cadre du XXXe Festival de Bellac (1983).

mets, nous introduisant dans les centres de décision, mettant en scène de hautes personnalités : ainsi procède Barrès dans *l'Appel au soldat* qui narre l'aventure du boulangisme, vue d'en haut, de l'entourage direct du général, lui-même présent ; à l'inverse, Flaubert consacre *l'Éducation sentimentale* à des amateurs de la politique, ceux qu'on appelle la base, qui vivent la politique au jour le jour, la parlent mais la subissent plus qu'ils ne la font ; dans le même ordre d'idées, Roger Martin du Gard nous montre dans *l'Été 14* son héros, qui est un militant actif, mais sans responsabilités majeures, assiégé par une masse d'informations venues du sommet, et qu'il s'efforce de comprendre et de contrôler [2]. Entre ces deux pôles, tout échelonnement, toute diversification sont possibles, c'est surtout affaire de volume. Le roman politique se caractérise également par l'explication qu'il donne des mécanismes, du fonctionnement, des rouages de la politique ; ainsi de quelques thèmes courants : les élections — Lucien Leuwen est envoyé par son ministre *faire* les élections en province ; la spectroscopie partisane, où Stendhal excelle quand dans la première partie du roman [3] il analyse les tendances entre lesquelles se divise le parti légitimiste ; autre thème fécond, parce que déjà préformé pour l'utilisation romanesque : le complot, le scandale, tout le substrat invisible de l'action politique dévoilé, dénoncé, par Barrès avec l'affaire de Panama, dans *Leurs Figures,* par Drieu dans *Gilles* où se trame une machination compliquée contre le président de la République à base de chantage, de dossier secret, de filatures policières ; la police justement, ou plutôt les polices (elles sont cinq à se faire la guerre dans *Lucien Leuwen* [4]), voilà un ferment producteur dans le roman politique, et aujourd'hui dans le film du même nom. Après la partie visible et la partie invisible, je suspendrai ce survol sur un domaine thématique très représenté : la périphérie de la politique, composée de ceux qui gravitent aux limites de son orbite, journalistes, hommes d'affaires ou banquiers. Pas de politique sans moyens d'information et l'on sait que plus d'un jeune loup aspire à voir sa prose imprimée : la création d'un journal est un leitmotiv obsédant dans *l'Éducation sentimentale* où Deslauriers, qui rêve d'être le Camille Desmoulins de la Monarchie de Juillet, assiège Frédéric pour obtenir de lui les fonds nécessaires. C'est aussi autour d'un journal à ranimer que vont se retrouver à Paris les sept Lorrains déracinés de leur province ; les étapes de l'ascension journalistique de Bel-Ami ponctuent celles de sa promotion sociale. Pas de politique non plus sans argent, et la collusion de l'une à l'autre constitue un thème connu, avec son cortège de caisse noire, de corruption, de prévarication, de concussion... Barrès s'en donne à cœur joie sur ce chapitre, et dans *les Hommes de bonne volonté* Jules Romains met à nu les rapports entre milieux financiers et politiques, sans oublier qu'un des liens majeurs entre les deux est justement un journal, *la Sanction,* que dirige un député pro-syndicaliste et anti-trust, et que possède en sous-main le cartel des pétroliers.

Sur ce tableau de fond, très général, comment se détache Giraudoux ? Il nous conduit volontiers au sommet, là où évoluent ministres et présidents du Conseil, mais sans nous montrer pour autant comment les décisions sont prises, à la suite de quelles tractations, compte tenu de quels rapports de forces. Il trace des hommes au pouvoir des portraits essentiellement moraux, voire caractériels comme dans le cas de Rebendart, et sur ce point il se situe dans l'héritage de Stendhal. Mais nombre de thèmes politiques traditionnels sont absents ou n'apparaissent que faiblement chez Giraudoux romancier : les scandales, loin de le tenter, l'amusent, comme Philippe Dubardeau devant le portrait de Jules Grévy : « Je savais le scandale du gendre Wilson. Je savais quelle fine allusion faire à ce grand cordon dont Grévy était ceint... [5] » Quand une affaire risque de le gêner, comme celle de la « Banque industrielle de Chine » qui, dans une perspective classique de roman politique, serait au centre de *Bella,* il la transpose vigoureusement en un mélodrame privé et la rend méconnaissable [6]. Il n'est plus cette fois l'héritier de Stendhal avec sa prédilection pour les affaires secrètes et les dessous de la politique. De même Giraudoux ne s'intéresse que médiocrement aux partis [7], à leurs agents, à leurs intrigues ; il en va de même des élections : il se contente de quelques rappels (la victoire du « Bloc des Gauches », par exemple) ; le parti le plus cité est certainement le parti radical-socialiste, mais non comme un appareil politique, plutôt comme une institution désuète à la phraséologie ridicule [8]. Une exception au moins pourtant, mais restée à l'état de manuscrit : Juliette vient voir chez lui l'écrivain Giraudoux, et voici comment il imaginait de la recevoir dans cette page écrite vraisemblablement peu de jours après le 11 mai 1924, date de la victoire électorale de la gauche ; on remarquera que ce qui peut apparaître au début comme une profession de foi, s'achève en pirouette :

« Juliette vint me voir le jour où on apprenait le succès aux élections du parti radical. Je suis radical socialiste. Mon père l'était. Il m'a transmis la modestie et le radicalisme socialisme. Il m'a transmis la sagesse et le radicalisme socialisme. Si bien que je confonds peut-être sagesse et radicalisme. Mes réflexes dans la vie, au collège, en Amérique, à la guerre, ont toujours été radicaux socialistes. Je me suis conduit naturellement, à la bataille de la Marne, en franchissant l'Aisne, [*blanc*] comme un radical socialiste. Il m'a transmis que le scrutin d'arrondissement est le seul vrai, car le département est un contresens et la cité une vérité. Avec le scrutin de liste, aucune des beautés de la France n'est représentée au Parlement, ni Chartres, ni Le Puy, mais seulement des beautés de département, telles que la houille ou le lin. Pendant que les radicaux socialistes n'étaient pas au pouvoir est morte la garance, et la soie. Ce mot représente pour moi la sagesse, la réaction, le calme, puisque je suis de la Haute-Vienne, département où les radicaux socialistes représentent l'extrême droite. Il représente pour moi la lutte, l'avenir, la révolution, puisque j'habite maintenant Paris, où ils sont à l'extrême gauche. »

Autre carence notable dans l'univers politique de Giraudoux, le journal : Simon fait un bref stage comme secrétaire d'un directeur, mais sans jamais devenir journaliste ; Forestier l'a bien été, mais en se gardant de tout engagement politique puisqu'il écrit alternativement dans la presse de droite et dans celle de gauche. Il y a plus original encore avec ces personnages proprement giralduciens d'hommes d'affaires et surtout de banquiers philanthropes : jusqu'à *Combat avec l'ange* où le tableau se noircit avec l'apparition des marchands de canons, on voit surgir des hommes comme Dumas[10], le mari de Bellita[10], Moïse surtout, qui entreprennent pour le bien de l'humanité, ou à tout le moins de la France (ce qui ne laisse pas chez Giraudoux d'être souvent pris pour identique) : « La puissance que la France avait eue tout à coup un matin, dans une période de ruine financière, en face de la City, on ne saurait jamais que Moïse la lui avait prêtée en sacrifiant le tiers de sa fortune[11]. » Est-ce là une allusion à la sévère contre-offensive menée en 1924, sous Poincaré, par les gens de la Banque Lazard, pour enrayer la chute du franc, — opération que Raoul Péret, ministre des Finances, et Raymond Philippe, représentant la Banque, voulaient renouveler en mai 1925 ? En tout cas, l'allusion serait, comme pour la Banque de Chine, singulièrement détournée et déguisée.

Sur la même pente, et quelques pages plus loin dans *Bella,* on bascule carrément dans l'utopie avec une interprétation révolutionnaire du rôle de la haute banque sous la IIIe République : Moïse est tellement riche que tout le quartier où se trouve le bureau de Rebendart, du « locataire » Rebendart, lui appartient et que le fameux « mur de l'argent » contre lequel s'est fracassé le Cartel des Gauches, sert ici — ironique mise en abyme — à enfermer le représentant de la droite (p. 86).

Revenons au personnel politique : Giraudoux ne distingue guère entre les politiques et les administratifs et c'est pourquoi les premiers sont chez lui si peu tributaires du suffrage populaire. On ne sait pas exactement ce qu'est René Dubardeau : un haut fonctionnaire quasiment inamovible, quel que soit le pouvoir en place, ou un ancien ministre et un ancien parlementaire. Dans la France administrative et fonctionnarisée qu'exalte Giraudoux, il y a une chaîne continue de l'agent-voyer au président de la République, et le mot qui rend le mieux compte de ce personnel politico-administratif me paraît être celui de « magistrat » au sens large, au sens romain du terme, — ce que confirmerait dans *Églantine* l'emploi d'un mot à connotation latine : il s'agit pour Moïse d'obtenir du président du Conseil, allusion à la réforme administrative de 1926, le maintien des tribunaux d'arrondissement :

« Il n'y aurait plus dans les cafés-cercles et sur les mails ces tables et ces groupes de juges en retraite, doublement respectés dans cette écluse prévue par l'administration qui les amenait de la justice humaine à la justice divine, et qui était le Sénat de chaque arrondissement[12]. »

Mais le lieu privilégié où s'exerce dans toute sa plénitude l'activité politique chez Giraudoux est le cabinet ministériel, lieu qui permet de saisir l'homme politique, comme l'auteur aime à le faire, à la fois dans sa vie publique et dans sa vie privée. Outre le ministre, y évoluent les chefs de service, grotesques pour certains, remarquables pour d'autres (un condensé d'humanité), et en dessous, les huissiers et les sténos ; les premiers, permanents, paternels [13], incarnent la continuité républicaine ; les secondes, en tant que femmes, font partie du milieu naturel dans lequel Giraudoux fait baigner ses hommes politiques, de la dactylographe de base aux allégories suprêmes [14] qui s'incarnent en Bella [15] ou en Maléna. Pourquoi ne pas parler d'érotisation de la politique, ou même, variété nouvelle, d'*éropolitique*, quand on lit que les relations de Moïse et de la France entrent dans le « chapitre Femmes », dans le « chapitre Liaisons [16] », que le narrateur de *Combat avec l'ange* a une liaison avec l'Europe [17], que le prince de Saxe-Altdorf se met à diriger avec justice et bonté sa principauté après avoir contemplé un visage de femme « accablé de beauté, de richesse, de luxe et d'amour [18] » ?

Toute cette thématique serait inefficace à promouvoir un roman politique si elle n'était assumée par une instance d'énonciation elle-même politisée : pas de roman politique sans engagement, même si cela consiste, comme chez Flaubert, à renvoyer dos à dos « bonnet rouge » et « bonnet de coton [19] ». L'engagement négatif, satire, philippique, l'emporte généralement sur le positif, et c'est une originalité dans *Bella* que de voir s'équilibrer le pamphlet et l'apologie. Quoi qu'il en soit, le roman politique est partisan et passible comme tel de l'accusation de « trahison » que Julien Benda portait contre les « clercs » en 1927 [20]. Assumer à fond cette politisation conduit à la caricature du roman à thèse, dont Barrès donne maints exemples : on peut se demander pourquoi Colette Baudoche, son amoureux le professeur Asmus, Paul Ehrman, le volontaire « *au service de l'Allemagne* », n'emportent plus aucune créance. La cause n'est pas dans la thèse elle-même ; d'ailleurs Giraudoux la défend aussi, à preuve quelques rapprochements : Siegfried a sans doute hérité son « caleçon rose » de la douzaine de caleçons que possède Asmus, « où ses initiales étaient largement brodées [21] » ; la moquerie à propos des alliances déplacées de couleurs est déjà une antienne chez Barrès ; « l'atmosphère de modeste intimité dont un Allemand ne peut se passer[22] », Giraudoux en fait souvent la caricature ; l'accusation d'affranchi portée contre Crapuce l'était déjà contre Racadot dans *les Déracinés ;* dans ce roman, Renaudin est protégé par un administrateur de journal frustré de paternité : rappelons-nous que Jacques de Bolny cherche un neveu et trouve Simon[23]. N'est-ce pas déjà un Giraudoux en pointillé qui parle, à propos d'une ville française, d'un « heureux équilibre de la discipline et du caprice » ? ou qui évoque « une jeune vie à la française, audacieuse et mesurée[24] » ? Ou encore : « une délicatesse fière qui est l'honneur à la française, une politesse de mœurs qui est la moralité proprement française[25] » ? Cela ne sonne-t-il pas comme du Giraudoux avant la lettre ?

Mais en ce qui concerne le genre qui nous occupe, le problème est ailleurs : Barrès n'a pas su inventer un héros capable de prendre en charge la thèse à défendre ; au contraire c'est l'homme politique Barrès qui assume cette thèse, et tout ce qu'il dit peut être alors utilisé contre lui. A la raideur du narrateur barrésien s'oppose la souplesse du narrateur giralducien : tout lecteur-pratiquant de Giraudoux connaît bien ses caractéristiques : spécialiste, compétent, bien introduit, frondeur, farceur, provocateur, séducteur, piaffant dès *Simon,* à peine assagi dans *Combat,* cousin à la fois de Lucien Leuwen par son insolence et de M. Bergeret par son ironie, correspondant exactement à un *rôle* joué par Giraudoux, — il réalise un excellent type de narrateur politique. Giraudoux a travaillé, peaufiné ce personnage : il y a loin de l'émigré sud-américain Don Manuel IV, simple apprenti, au Reginald de *la Menteuse,* véritable surdoué de la politique internationale[26]. De plus, quand il est narrateur, le personnage est élastique, capable aussi bien de se mêler à une diégèse imaginaire que de se connaître comme écrivain, de coïncider avec l'auteur. Ce qui est, comme dirait le général de *Suzanne et le Pacifique,* « très pratique ».

Enfin, le roman politique implique un rapport direct avec l'événement, avec l'histoire qui se fait, contrairement au roman historique qui prend en compte l'épaisseur temporelle et la maintient sensible ; ce dernier inclut ses propres notes explicatives, tandis que le roman politique procède par allusions à l'actualité, et avec le temps nécessite un apparat critique grandissant. Giraudoux ici est en bonne place. Se prémunir contre les servitudes de l'actualisation à tout va constitue un des points essentiels de la poétique du genre : le roman politique, pour demeurer intelligible, choisit généralement de biaiser avec les exigences de son rapport au temps, d'expliquer partiellement, et la relation entre le narrateur et les faits mentionnés varie alors de manière sensible d'un cas à l'autre selon la conscience supposée des faits chez le lecteur [27]. Sur cette question Giraudoux est très désinvolte. On sait qu'il aime mettre l'histoire à plat [28] et traiter sur le même plan toutes allusions à l'histoire ancienne, contemporaine ou actuelle. Comparons sur ce point Giraudoux et Aragon : dans *les Cloches de Bâle,* roman contemporain de *Combat avec l'ange,* Aragon évoque longuement la grève des taxis parisiens de 1911-12 et la décrit, nous dit-il, sur le modèle de celle, analogue, de 1933-34. On reconnaît la technique par laquelle Aragon politise l'histoire en faisant en sorte que le passé « fasse image avec les jours de notre vie [29] ». Or cette seconde grève des taxis figure dans *Combat,* mais sous une forme allusive, comme une référence directe à l'actualité présente : « José savait qu'il y avait les taxis. Il en savait même le nombre depuis la dernière grève. Il y en avait 18350. Ressentant à fond son impuissance à immobiliser les 18350 taxis, il repartait vaincu vers la cuisine » (p. 277). On voit bien là l'usage biaisé, distancié que Giraudoux fait d'une actualité encore brûlante. En vérité chez lui la politique ne sort pas des faits eux-mêmes ; il s'inscrit en faux contre cette définition de Barrès : « La politique n'est pas besogne de philosophe ni de moraliste : c'est l'art de tirer le meilleur parti possible d'une situation déterminée [30]. » Avec Giraudoux pour guide on est entraîné au contraire vers l'ethno et la géopolitique [31], et même vers les problèmes déontologiques du pouvoir dans *Bella :* que doit-on, que peut-on faire, ou ne pas faire, quand on prétend représenter la France ?

Avant tout romancier, Giraudoux re-présente la politique en recourant à des transpositions, stylisations et inventions qui constituent ce qu'Aragon appelle le « *mentir-vrai* » du roman, l'ombre de la fiction sans laquelle selon lui nous ne verrions pas la lumière du réel[32]. Je reviendrai sur la question du vrai, mais une chose est incontestable, c'est que Giraudoux a un excellent *mentir;* un seul exemple, parce qu'il évoque Stendhal et leur maître commun, Molière : ce sont les ressorts mêmes du comique moliéresque — caractère et situation combinés — que Stendhal applique à tant de scènes pointues où Lucien Leuwen tire les ficelles et se retient pour ne pas rire ; le même climat de « politique-bouffe » passe directement chez Giraudoux avec les scènes qui se déroulent dans le bureau de Rebendart[33].

Pour résumer, la problématique essentielle du genre consiste à être capable de représenter l'actualité politique comme si elle n'était plus, comme l'*antéhistoire* du futur, en anticipant l'image qu'auront d'elle les lecteurs de l'avenir. C'est évidemment aléatoire et risqué[34] ; là est la part du « vrai » dans *mentir-vrai.* Et Giraudoux lui-même a « théorisé » cette « problématique » dans ce court passage (Bellita a chargé un archiviste de retrouver trace du passé de son mari dans les journaux) : « Il est doux de trouver le passé, quand on n'aime que lui — à sa naissance, dans les journaux du jour, et il s'enivrait de ce passé enfant, de cette science qui sentait pour la première fois l'encre fraîche, la vie[35]. »

La présence des thèmes politiques, l'originalité de leur traitement, le filtrage de l'information par le truchement d'un narrateur qui joue à l'*homo politicus,* voilà le terrain favorable sur lequel éclôt le roman politique giralducien. Mais cette éclosion n'est pas immédiate, et elle est assez brève : tout se passe comme si Giraudoux avait subi longtemps la tentation, ou la pression en lui du roman politique pour enfin avec *Bella* se libérer une bonne fois, oserai-je dire se défouler, et faire place nette avant la riche polyphonie de *Combat avec l'ange,* où la voix politique se mêle à ce point aux autres qu'il devient difficile de l'entendre résonner seule.

Avec *Simon le Pathétique,* Giraudoux ricoche seulement sur le roman politique. Tout est en place pourtant : sans devenir président de la République, comme son père l'ambitionne pour lui, Simon arrive très haut ; mais il se conduit en marginal de la politique, il se laisse pousser, comme malgré lui, et garde une indépendance d'esprit peu commune. Ici encore c'est *Lucien Leuwen* qu'il faut évoquer, roman où, rappelons-le, tous les hommes d'Etat sont réputés « coquins » ou « imbéciles[36] » : Jacques de Bolny (patron de Simon) « organisa pour moi le dîner des ministres malhonnêtes, des ministres sots, et celui des néfastes, dont chaque assistant avait, avec la meilleure volonté, perdu une administration ». Simon se livre ensuite à des excentricités peu compatibles avec l'obligation de réserve liée à sa nouvelle charge de chef de cabinet de Duchâtelot, président du Conseil. Qu'on en juge : il s'en prend en plein repas à un ancien ministre, et en pleine Chambre des députés (au nom de quoi y prend-il la parole ?) à son propre chef, en blâmant ses mensonges. Mais le plus surprenant reste à venir : quelque vingt pages plus loin on lit : « ... je gagnai la présidence par les quais[37] » ; ainsi, après tous ses esclandres, Simon demeure en fonction. Trop, c'est trop ! Nous venons d'assister à l'avortement provoqué de ce qui aurait pu être le contrepoint politique aux aventures amoureuses de Simon.

Siegfried et le Limousin ne se débarrasse pas aussi aisément de ses pesanteurs politiques. Mais comme l'a montré Jacques Body[38], dont je m'inspirerai de près, il serait vain de chercher dans ce roman le cryptogramme d'un message politique, bien que les débats politiques y tiennent une grande place. « Débats » est d'ailleurs impropre : il s'agit plutôt d'échanges de tirades alternées, comme dans les pièces classiques, mais ce mouvement transversal n'est pas le vrai moteur du roman ; ce qui fait avancer *Siegfried et le Limousin,* c'est un autre mouvement, longitudinal celui-là, entre passé et présent, le narrateur se projetant à travers Forestier pour mieux retrouver sa propre image ancienne. De Forestier à Siegfried, germanisation et politisation ont échoué. Siegfried est désigné comme un « juriste poétique[39] », ce qui constitue pour Giraudoux une alliance contre nature : en termes de rhétorique Siegfried réalise la figure de l'oxymore, du type « obscure clarté » ou « sublime ignominie ». Rebendart vient immédiatement à l'esprit, lui qui réalise la figure inverse, à savoir la redondance, le pléonasme : c'est un juriste anti-poétique[40]. Enfin Zelten, le seul personnage qui ait une action concrète, ressemble fort à un révolutionnaire d'opérette ; son profil politique est brouillé et cela tient — je renvoie une fois de plus à Jacques Body — au fait qu'il émane de plusieurs modèles ; pour reprendre le terme stendhalien, c'est un personnage construit « sur pilotis », ce n'est pas un personnage à clef.

Or l'utilisation des clefs est le biais précisément par lequel Giraudoux entre tout à fait dans le roman politique : grâce aux clefs ses personnages souvent fantaisistes trouvent un ancrage direct dans la réalité ; le chiffrage des héros de fiction évite à *Bella* de déraper vers la généralité trop grande de la fable. Le risque du roman à clefs n'est pas seulement extra-littéraire, il est aussi esthétique : coder une fiction d'une manière aussi univoque est un pari difficile. Une fois que le lecteur a compris que le personnage avait un fil à la patte, il n'a de cesse de savoir qui est à l'autre bout du fil et de comparer terme à terme fiction et réalité. A cette réaction en chaîne s'ajoute une contagion de proche en proche : la recherche des analogies s'étend à tous les personnages[41]. Stendhal évite de déclencher ces réactions : il fait, dit-il, « de gros efforts pour ne pas tomber dans quelque personnalité » et élabore au contraire une « moyenne proportionnelle[42] » de ses différents modèles. Il en va autrement dans *Gilles* de Drieu, déjà évoqué : le lecteur y est convié à un véritable jeu de piste, allant d'un message codé à un autre, messages souvent redondants, jusqu'à découvrir et vérifier l'identité réelle sous le pseudonyme de fiction. Ainsi se découvrent : Millerand, Herriot, Aragon, Gaston Bergery, Emmanuel Berl, André Breton. Pour ce dernier, au cas où le lecteur douterait encore de son identification, Drieu a pris soin de l'appeler Caël, c'est-à-dire de lui donner un nom... breton[43].

Giraudoux lui, tient le milieu entre Stendhal et Drieu : il fait des demi-personnalités ; aux vraies clefs, il mêle les fausses, celles qui cassent dans la main (les ministères attribués à Rebendart, sa famille, ses débuts, sa carrière d'avocat — autant d'éléments qui ne correspondent pas à Poincaré[44]), sans parler des clefs par omission : rien sur le cousin mathématicien, sur l'oncle professeur à la faculté de médecine de Nancy — ou même, jeu plus subtil encore, de l'omission du « négatif », à savoir en l'occurrence la non-mention d'événements qui étaient en ce temps-là présents à tous les esprits, comme l'occupation de la Ruhr ou la fameuse photo intitulée *l'Homme qui rit dans les cimetières.* Tout cela pour nous signifier que Rebendart est certes Poincaré (ne serait-ce que par ses inaugurations de monuments aux morts), mais aussi une figure plus large, presque un type, dont le nom même se situe dans une tradition onomastique très littéraire, que n'eût point reniée Balzac, et qui mélange le mot « revenchard » avec peut-être le nom du « citoyen Regimbart » de *l'Éducation sentimentale.* Giraudoux, ici comme ailleurs, sait ne pas être l'esclave des techniques et procédés qu'il utilise avec tout l'irrespect qu'ils méritent. On pourrait mettre cela sur le compte d'une certaine insouciance romanesque de l'écrivain, mais il le fait aussi exprès et s'arrange pour que nous le comprenions : au chapitre VI de *Bella,* celui des frères d'Orgalesse, il prend soin avec insistance de nous faire savoir que nous sommes en juillet 1925, puis il envoie Rebendart parler à la Chambre devant Barrès... mort depuis dix-huit mois [45].

Une semblable désinvolture, volontaire ou non, se retrouve avec les Dubardeau : ils sont moins chiffrés que Rebendart, le rapport qu'ils entretiennent avec les Berthelot est plus lâche et c'est une habileté de Giraudoux que de ne pas avoir codé au même degré tous ses personnages romanesques. Une sorte de commutabilité touche la famille Dubardeau : là où un romancier plus traditionnel aurait créé des personnages représentatifs de divers milieux, Giraudoux aligne en rang, sans hiérarchie, six messieurs, spécimens de citoyens du monde, presque identiques (ils ont tous le même timbre de voix [46]), parfois même interchangeables. Un neveu n'y reconnaît pas ses oncles : l'oncle Jules par exemple, est d'abord général ; puis il devient physicien, à la place d'Antoine, puis banquier à la place de Charles ; on retrouve enfin « le physicien » à Marly, mais sans mention de prénom cette fois, ce qui est plus raisonnable [47]. Les fausses clefs dans ce cas sont plus utiles que les vraies : n'est-il pas piquant de remarquer que les Dubardeau sur leur terrasse d'Argenton poursuivent un dialogue imaginaire avec Einstein [48], encore un physicien et un des grands hommes favoris de Giraudoux ? Or parmi ceux qui ont d'abord combattu, avant de faire amende honorable, les théories d'Einstein, figure Daniel Berthelot qui assimilait la relativité à l'alchimie et au spiritisme [49]. Alors, *Bella* roman à clefs ? Oui, puisque « Rebendart = Poincaré » est une proposition (encore ?) nécessaire à l'intelligibilité de l'œuvre. Mais les positions de repli ne manquent pas à ce roman qui demeurerait (-ra ?) lisible alors même qu'on aurait (-ra ?) oublié Poincaré [50].

Tout cela fait partie du *mentir* de Giraudoux, tout comme l'hyperbolisme des louanges, dès l'ouverture, dans le style « mon père, ce héros » — ou encore la transtextualité par quoi *Bella* se place sous le signe du *Cid* ou de *Roméo et Juliette.* Mais ce sont moins les jeunes gens qui importent que les familles elles-mêmes. L'actualité a fourni à Giraudoux l'étincelle, l'anecdote et la motivation personnelle : « les » Berthelot, comme on disait à cette époque, victimes de Poincaré. Là-dessus, il construit une histoire de familles (au pluriel, et qu'importent alors les familles réelles) et c'est dans ce mensonge romanesque d'une opposition de clan à clan que le roman trouve sa vérité : de famille au sens étroit l'extension se fait presque immédiatement vers le sens politique du terme ; Giraudoux représente la France coupée en deux, dont il exaspère les tensions en les transférant au plan familial — d'un côté la France du passé, à l'abri de ses bonnes raisons, qui soutient Poincaré parce que, comme l'écrivait déjà Thibaudet en 1924 dans ses *Princes lorrains,* « il plaide le dossier de la France [51] » — et de l'autre la France de l'avenir, de l'innovation, celle qui prend avec Dubardeau le risque d'accepter le passe-droit. Cela dit, Giraudoux ne se cantonne pas dans les idées générales. Un seul exemple pour montrer jusqu'où vont la finesse et la justesse de ses observations : dans un livre paru en 1925, chez Grasset, un observateur avisé de la société française, Lucien Romier, écrivait : « Chez nous le banquier figure tantôt un Machiavel doré, tantôt une sorte de prêtre, ou de médecin ou de prestidigitateur : avec des rites mystiques et des formules cabalistiques, il conduit la France vers le miracle qui consiste à détacher un coupon [52]. » A quoi correspond ce passage de *Bella :* les banquiers « avaient pour l'or des égards rituels : toute augmentation de leur capital était pour eux une augmentation de leur Dieu et de leur propre sainteté (...) L'oncle Charles révisa ces catéchismes d'avarice et d'usure. On n'avait jamais vu cela, un banquier contre le veau d'or [53] ». Seule une fiction comme *Bella* permet de faire voir ce qu'on n'a jamais vu, et je considérerais volontiers ce roman comme le point de départ d'un genre aujourd'hui florissant, la politique-fiction.

Dans *Combat avec l'ange,* la part de fiction est plus grande encore ; il est vrai que les clefs ici ne font guère problème puisque Brossard, vu dans une semi-intimité, correspond sans contradiction majeure à l'image posthume, tant publique que privée, laissée par le « pèlerin de la paix ». L'originalité du roman tient au fait que l'amour des héros, qui constitue l'affabulation centrale, est par sa nature même politisé. La question posée pourrait être : y a-t-il un amour heureux dans une Europe dominée par le malheur, la pauvreté, les menaces de guerre ? Jacques répond : oui, à condition de ne rien voir ; Maléna répond : oui, à condition de communier avec la misère des autres. Premier paradoxe : Maléna ne peut être heureuse qu'à l'unisson avec Jacques, c'est-à-dire avec le malheur du monde que Jacques côtoie chaque jour de par ses fonctions auprès du président Brossard. La perspective classique de la quête du bonheur est inversée ; Maléna est comblée quand la guerre menace, qui lui prendra son Jacques, guerre dont elle est complice car elle lui donnera peut-être la chance suprême du veuvage (en tout cas elle pourra au moins aller pleurer à la gare de l'Est[54]). Elle veut compatir et servir, elle a tout pour devenir une militante, mais un second paradoxe relaie le premier : une conjuration des humbles et des riches à la fois[55] se noue pour l'empêcher de savoir. On imaginerait plus volontiers la coalition scellée dans le but opposé, celui d'aider l'héroïne à accomplir son éducation politique. Ici on veut la maintenir dans son innocence et dans son luxe — mais il faut se garder d'une lecture trop directe : à côté de l'exaltation apparente, patente, de la richesse et de l'égoïsme, Giraudoux, longuement, trouve l'occasion de dire la souffrance, la peur, le désespoir, et cela en usant d'une formulation *prétéritive,* qui lui évite le pathétique et la larme à l'œil — sous la forme : « Il ne faut pas que Maléna sache que... » Mais au signe négatif près, la dénonciation n'est pas moins forte. Tandis que l'hyperbole dominait dans *Bella,* la prétérition, qui est l'art de dire tout en disant qu'on ne dit pas, est la figure centrale de *Combat,* qui s'interprète ainsi comme un roman spéculaire où les thèmes politiques se reflètent à l'envers. La fin du roman donne l'expression la plus achevée de cette vision prétéritive, avec les plages de silence éloquent[56], avant et après la mort de Brossard-Briand, « l'homme à la voix d'or » — et qui traduisent, tel qu'en lui-même enfin, le mythe Briand, ce mélange indécidable de confiance et d'illusion qui caractérise toujours pour nous cette époque un demi-siècle plus tard.

C'est dans *Combat avec l'ange* que Giraudoux atteint par les voies romanesques à ce qui est peut-être l'essence de la politique, ce compromis perpétuellement à renouveler entre l'espérance et la réalité, cette dialectique du *mentir* et du *vrai* comme le montre, je crois, cette citation, en guise de conclusion :

« Je m'appelle Maléna, disait le silence de Maléna, M comme Maléna, A comme Aléna, L comme Léna... Tu veux les dernières nouvelles du monde ; sois tranquille ; par ce silence, je peux te donner, et parce qu'elles sont vraies, toutes les assurances de bonheur du monde qui dans la voix auraient été ce qu'elles sont : des mensonges[57]. »

MICHEL POTET.

NOTES

1. Article intitulé « Actualité de Maurice Barrès » et recueilli dans *la Lumière de Stendhal,* Denoël, 1954, p. 261.

2. Voir les analyses de Maurice Rieuneau dans *Guerre et Révolution dans le roman français, 1919-1939,* 1975, notamment pp. 485 s.

3. Je suis très redevable dans les analyses qui suivent à l'introduction à *Lucien Leuwen* par Michel Crouzet (Garnier-Flammarion, 1982), où sont clarifiées les données de base du roman politique.

4. Voir éd. Pléiade, t. I, p. 1122 (il s'agit de l'épisode de l'affaire Kortis).

5. « Hélène et Touglas » dans *la France sentimentale,* Grasset, p. 114.

6. Voir dans *Bella* (Grasset, éd. de 1970, pp. 187 s.) l'affaire Dessaline et l'épisode de la bergère. Le mot transposition est même beaucoup trop fort puisqu'un seul point commun subsiste entre réalité et fiction : « l'action généreuse » (p. 188) d'un haut personnage tourne au détriment de son auteur (voir J. Body, *Giraudoux et l'Allemagne,* p. 276). Autre exemple du dédain de Giraudoux pour les « affaires » : l'affaire Dreyfus, l'affaire Boulanger n'atteignent Cérilly qu'avec « cinq ou six lustres » de retard (*la France sentimentale,* p. 71).

7. Sur l'adhésion politique des Dubardeau cette maigre indication : « Ils appartenaient à un parti » (*Bella*, p. 27).

8. Voir *Bella*, p. 34 ; à rapprocher de *Siegfried et le Limousin*, p. 152. Voir également le personnage d'Antoine (*la France sentimentale*, p. 116) : « Lui-même était radical-socialiste mais il ne connaissait que des noms de batailles et de monarques. »

9. Voir le début du « Signe » dans *la France sentimentale*, pp. 139 s.

10. « Elle admirait aussi en lui les hommes d'affaires, leur peu d'égoïsme, leur désintéressement vis-à-vis du bénéfice personnel. » *Ibid.* p. 37.

11. *Bella*, pp. 83-84.

12. *Églantine*, Grasset, 1949, p. 105.

13. Voir le « brave Houlier » dans *la Menteuse* (Livre de Poche, pp. 53 s.), et bien sûr dans *Combat* Potanceau, le « double » de Brossard, lui-même second père du narrateur, pp. 54 s.

14. Au ministère du Travail « Hélène Guise et Nelly avaient vraiment l'air de deux déesses » (*la Menteuse*, p. 51). Sur l'Olympe politique giralducien veillent aussi des allégories de pierre : statues de Flore et de Pomone, « quatre femmes nues dans les trumeaux » (*Bella*, p. 90, pp. 180-181), « deux naïades entrelacées » (*la Menteuse*, p. 52).

15. Bella est le contraire d'une égérie, elle s'oppose aux « femmes du monde politique », aux « ministresses », p. 41.

16. *Bella*, p. 84.

17. *Combat avec l'ange*, Grasset, 1954, p. 37.

18. *La France sentimentale*, p. 78. Agnès Raymond a mis un accent particulier sur ce lien entre amour et politique dans son *Giraudoux devant la victoire et la défaite*, Nizet, 1963.

19. « ...Le bonnet de coton ne se montra pas moins hideux que le bonnet rouge », *l'Éducation sentimentale*, Classiques Garnier, p. 338.

20. A *la Trahison des clercs* succède sur le même thème *la Fin de l'éternel* (1927-29).

21. *Colette Baudoche*, Livre de Poche, p. 55. Le Prussien Frédéric Asmus est séduit et « francisé » par la Lorraine Colette ; ne serait-ce pas le souvenir de ce succès qui motive ce passage de la circulaire sur la rééducation de Siegfried : « Pas de brunettes, pas de Lorraines rieuses... » (p. 98) ?

22. *Ibid.*, p. 23.

23. *Les Déracinés* (Charpentier, 1897, p. 53) : « Son grand-père et son père demeurèrent serfs d'âme : rompus à la discipline sociale, prudents, calculateurs, et craintifs de la loi et de l'autorité. Chez Honoré, des appétits violents seraient aisément suscités par la liberté presque sauvage, hors de toute discipline, qu'on peut trouver à Paris, et par des délices contre lesquelles l'hérédité n'a pas mithridatisé ses sens. C'est l'affranchi classique. » — « Crapuce était un affranchi. Il possédait les caractéristiques classiques de l'affranchi, la sagacité, la servilité, la méticulosité, *etc.* » *Bella*, pp. 90-91. — Au Girard des *Déracinés* (pp. 157 s.) correspond partiellement le Bolny de *Simon* (pp. 49 s.).

24. *Colette Baudoche*, pp. 76-77.

25. *Au service de l'Allemagne*, Plon, 1950, p. 226.

26. « ... lui qui devinait les projets de Vénizélos et l'avenir le plus enfoui

des nations. » « Ce prodige de psychologie, qui voyait au fond de Vénizélos ou de Staline » (*la Menteuse,* Livre de Poche, p. 37, p. 100).

27. Il convient de distinguer (au moins) trois strates : le roman historique, le roman idéologique, le roman politique. Le premier vise, comme le dit Lukács, la préhistoire du présent, le second sa protohistoire, le troisième son actualité même. Du second type Aragon, avec *les Cloches de Bâle,* est le premier représentant attitré (selon M. Rieuneau, *o. c.*, pp. 392 s.) par ses « anticipations résolues et manifestes » qui créent une conscience de l'Histoire. Dans *la Semaine sainte* Aragon va plus loin encore, puisqu'il y intègre des « souvenirs de l'avenir ». Toutefois les distinctions précédentes se trouvent facilement brouillées : toute une tendance du roman historique consiste à recourir à l'exotisme temporel, qui est coupure, rupture avec le présent ; de plus le premier et le second type peuvent se conjuguer, comme dans *les Hommes de bonne volonté* ou *les Thibault ;* en effet la distance de vingt à trente années (soit en gros une génération) entre le temps de la narration et le temps du récit laisse à découvert une plage de mémoire collective assez étroite pour conserver aux adhésions idéologiques leur virulence, assez large pour permettre une première mise en perspective historique. Sur le plan littéraire, la traduction concrète du rapport direct au temps vécu est l'effet d'actualité — allusion pure qui laisse le lecteur sur sa faim, c'est-à-dire en dessous du seuil d'intelligibilité référentielle (Giraudoux s'y entend fort bien) ; voici un passage caractéristique de ce genre d'effet dans *l'Éducation sentimentale :* « ...j'approuve le duc de Nemours d'exiger la culotte courte à ses soirées. — M. Thiers y est venu en pantalon. Vous connaissez son mot ? — Oui charmant. Mais il tourne au démagogue et son discours, *etc.* » (pp. 159-160). J'emprunte un exemple opposé, où l'effet à peine produit est aussitôt désamorcé, aux *Hommes de bonne volonté, Province* (t.8), Flammarion, 1934, p. 204 : « Après avoir hésité, (l'abbé Mionnet) crut pouvoir, dans sa lettre d'envoi où il prenait un ton plus personnel, confesser au prélat que cette fin de mois d'août lui apportait, ainsi probablement qu'à beaucoup de catholiques, une très grande joie. (Il faisait allusion à la condamnation définitive du *Sillon* par le pape dans sa lettre à l'épiscopat français.) » — Ou encore, dans *les Beaux Quartiers* d'Aragon, une mention allusive à une manifestation interdite (Gallimard, 1970, p. 334) est expliquée quand le personnage trouve un numéro de *la Bataille syndicaliste* qui « éclaire pour lui les propos entendus la nuit » (p. 343).

28. « Pourquoi tous ces personnages dont le souvenir vit dans les palais de France et qui étaient tous polis et vifs d'esprit, comme Louis XIV, Robespierre, Napoléon, n'étaient-ils pas simplement de bons camarades, bien unis ? » (*la France sentimentale,* p. 107).

29. Voir la préface (« C'est là que tout a commencé... ») aux *Cloches de Bâle,* Collection Folio, 1972, p. 35.

30. *Les Déracinés,* pp. 271-272 ; à quoi s'oppose Briand pour qui la politique est « l'art d'aplanir les différends » (cité par Jacques Body, *Giraudoux et l'Allemagne,* p. 276).

31. Voir notamment *Siegfried et le Limousin,* p. 136 ; ou p. 186 : « Une prodigieuse ressemblance dans les types donnait aux événements l'aspect d'une prodigieuse ressemblance. » Ou encore les liens tissés entre histoire,

politique et géologie limousines dans « Visite chez le prince » (*la France sentimentale,* pp. 73 s.).

32. Voir la préface, déjà citée, aux *Cloches de Bâle,* p. 13, pp. 33 s.

33. On peut se reporter sur le même thème à la scène des toilettes dans *la Menteuse,* p. 51.

34. « ... Les passions politiques sont comme les autres, elles ne durent pas. De nouvelles générations viennent, qui ne les comprennent plus. » Proust, *la Prisonnière,* Pléiade, t. III, p. 236.

35. Nous avons là une belle définition de l'effet de protohistoire, qui associe le frisson de l'allusif à la connivence de l'intelligible (en quoi il diffère de l'effet d'actualité brut). En voici un exemple emprunté à *Eros de Paris* (*les Hommes de bonne volonté,* t. IV, Flammarion, 1932) : Michels, en 1909, traite de « gueulards » les anarchistes et socialistes italiens, « sauf quelques exceptions, comme [...] Mussolini ». — Relève de ce type d'effet toute présentation, sans en avoir l'air, d'un futur grand homme encore enfant : Hugo sous les traits d'un petit Victor, etc.

36. Opinion exprimée par M. Leuwen père, le banquier (voir notamment Pléiade, t. I, pp. 1080 s., p. 1099, pp. 1107 s.).

37. *Simon le Pathétique,* Grasset, respectivement pp. 53-54, p. 60, p. 62, pp. 83-84.

38. *O. c.,* pp. 219 s.

39. *Siegfried et le Limousin,* Grasset, p. 36.

40. Dans la famille Rebendart « ce qui me frappait le plus [...] c'était le manque d'artistes » (*Bella,* pp. 58-59).

41. Pour reprendre une expression usée, l'auteur de romans à clefs est un apprenti sorcier : ainsi après le succès de scandale fait à Daudet pour son *Nabab* (1877), où Mora = Morny, a-t-on voulu trouver une clef à *Numa Roumestan* (= Gambetta ?) ou à l'académicien de *l'Immortel :* « ... chacun veut les voir, ces clefs, où elles ne sont pas, écrit Jacques Rouré dans son *A. Daudet,* se trompe à les trouver ou s'énerve à les perdre, bref, veut tout ressemblant sans souci d'aucun art. Paradoxalement, l'invention fait mensonge à peine le modèle est-il endimanché ; on refuse au roman sa part d'imaginaire sous prétexte que les empreintes digitales suffisent à l'identité ; on conserve le zeste, on jette le citron ; on reproche à Daudet son brin de fantaisie : il devra en souffrir toute sa vie. » (Julliard, 1982, p. 177). En fait l'opposition clef *vs.* fantaisie, code *vs.* imaginaire n'est pas aussi simple qu'il y paraît ; il est difficile d'assumer à la fois l'identification délibérée, ouvertement signalée, de tel ou tel personnage, *et* la fiction, le romanesque, l'invention, le généralisable, etc. Pour le lecteur, la saisie de l'information est nettement hiérarchisée et indexée : si la clef fonctionne, c'est-à-dire si le personnage réel demeure toujours présent à la conscience du lecteur, alors toutes les informations « fausses » le concernant sont imputées non pas au compte de la pure fiction, mais à un registre qu'on pourrait appeler « hypothèse fictionnelle », à savoir : si le personnage réel se trouvait dans la situation imaginaire du roman, agirait-il ainsi ? En d'autres termes, quand la clef se révèle inopérante, elle peut encore être utilisée comme un étalon du vraisemblable. Exemple : si Poincaré avait été ministre de la Justice, aurait-il eu vis-à-vis des grâces l'attitude que Giraudoux prête à Rebendart (pp. 197-198) ? Mais Giraudoux a su échapper aux pesanteurs de ce questionnement

qui ne saurait être qu'occasionnel ; et c'est en cela que le personnage-source de Rebendart est à situer, si l'on peut dire, entre « clef » et « pilotis ».

42. Voir *Lucien Leuwen,* Pléiade I, p. 1067, p. 1115.

43. Je renvoie sur ces questions aux ouvrages récents sur Drieu La Rochelle par Dominique Desanti (Flammarion, 1978) et par P. Andreu et F. Grover (Hachette, 1979). Dans la préface à *Gilles* Drieu se justifie ainsi : le personnage de fiction est « un autre » que le personnage réel « parce qu'il est pris non seulement dans une suite de développements inventés mais aussi et surtout dans un monde neuf, dont la nouveauté se compose de la rencontre imprévue dudit personnage avec des hommes et des femmes qui ne sont là que par la fantaisie de l'auteur, c'est-à-dire qu'ils ne sont là que pour satisfaire les besoins secrets et indicibles de l'auteur ». (Coll. Folio, pp. 14-15). C'est indiquer qu'il faut faire deux lectures simultanées de *Gilles,* une à clefs multiples (Aragon, Millerand, etc.), l'autre à clef unique, Drieu.

44. Toutes ces différences apparaissent nettement à la lecture du *Poincaré* de P. Miquel (Arthème Fayard, 1961), auquel j'emprunte toutes informations concernant cet homme politique.

45. Peut-être pourrait-on risquer un rapprochement avec Balzac qui souvent « cadre » très serré ses personnages de fiction en les emprisonnant dans un réseau d'institutions, de carrières, de titres, de dates, etc., mais sans que cela fournisse pour autant la moindre clef : « Le seul médecin consultant de l'Empereur qui fut médecin en chef d'un hôpital et membre de l'Institut, chevalier de la Légion d'honneur et de Saint-Michel, est le docteur Philippe Pinel, qui mourut à l'âge de quatre-vingt-trois ans, en 1826. Sa situation familiale n'offre aucune ressemblance avec celle du docteur Minoret. » (Balzac, Pléiade III, note 2 à la page 789 d'*Ursule Mirouët,* annotation de Madeleine Fargeaud.) Ces clefs « institutionnelles » ont un fonctionnement spécifique.

46. *Bella,* p. 18.

47. *Ibid.,* respectivement p. 27, p. 153, p. 159, p. 163.

48. *Ibid.,* p. 18.

49. Voir Ph. Bernard, *la Fin d'un monde, 1914-1929,* Seuil, 1975, p. 231.

50. Inversement, il *faut* « se souvenir » de Morny pour redonner au *Nabab* une lisibilité perdue, dont la clef demeure ainsi l'unique garantie ; la valeur de « témoignage » seule subsiste (Daudet fut secrétaire de Morny) et l'épisode des funérailles de Mora par exemple (Fasquelle, 1913, pp. 368 s.) reste encore tout à fait saisissant par référence à une scène qu'on sait (ou suppose) avoir été réelle et vécue par l'auteur. — De plus, il est un problème de base qui demanderait une étude complète : pour combien de lecteurs fonctionne telle clef ? c'est-à-dire quel est le degré de notoriété de la source ?

51. Cité par P. Miquel, *o. c. ;* voir pp. 446 s.

52. Lucien Romier, *Exploration de notre temps,* cité par P. Miquel, *o. c.,* p. 508.

53. *Bella,* p. 27.

54. Voir *Combat avec l'ange,* p. 256.

55. *Ibid.,* ch. V.

56. *Ibid.,* pp. 315 s.

57. *Ibid.,* p. 318.

COMBES ET LE MILLION DES CHARTREUX

— *Potanceau a commis quelque faute ?*

— *Non. Il est parfait.*

— *Potanceau a quelque défaut ?*

— *Aucun. Potanceau ne boit pas. Potanceau ne fume pas. Potanceau est complaisant, sûr et sympathique. Mais débarrassez-moi de Potanceau.*

— *Impossible, Monsieur le Président. Si je déplace Potanceau sans raison, je m'expose à une offensive de cinq présidents du Conseil.*

— *Cependant...*

— *Potanceau débutant était dans le cabinet de Combes quand les Chartreux lui ont offert un million par téléphone. Combes lui fit prendre le récepteur et eut ainsi son témoin. Dans ces conditions, il m'est difficile...*

— *Très bien, n'en parlons plus.*

— *Si vous aviez seulement l'ombre d'un motif, Monsieur le Président, je tenterais l'affaire. Si Potanceau répandait par exemple quelque odeur...*

— *Potanceau sent très bon. Je crois même qu'il a le même savon et la même eau de toilette que moi.*

Combat avec l'ange, chapitre 3.

Il s'agit dans ce texte non d'Émile Combes (1835-1921), président du Conseil et ministre de l'Intérieur de 1902 à 1905, mais de son fils Edgard (1864-1907), qui pendant le ministère de son père détenait le poste de secrétaire général à l'Intérieur. Quoique ce fût le père qu'on cherchait surtout à discréditer, c'est Edgard qui semble avoir été principalement visé par la campagne de presse qui fit scandale en 1903, en lançant l'affaire du million des Chartreux. Lors des débats sur les congrégations religieuses, après le refus de la demande d'autorisation des Chartreux, un article « Épilogue. Il fallait un million ! » (paru dans *le Petit Dauphinois* le 31 mars 1903 sous la signature du rédacteur en chef de cette feuille) fut repris par Henri Rochefort dans *l'Intransigeant* du 3 avril sous la rubrique « la Bourse ou la mort ». Il s'agissait d'une tentative flagrante de chantage. Le lendemain sous le titre « l'Argent des moines », *l'Intransigeant* affirma nettement que la personne qui aurait demandé la somme d'*un million* en échange de l'autorisation sollicitée par les Chartreux était « le secrétaire général du ministre, le fils d'un autre ministre ». Il semble néanmoins que le souvenir de Giraudoux se base plutôt sur une version de cet épisode qui ressemble fort à ce qu'on peut lire dans les mémoires d'Émile Combes.

« Trois jours après le rejet de la demande d'autorisation déposée par les Chartreux, un journal de Grenoble, *le Petit Dauphinois,* fit paraître un article dirigé contre un haut fonctionnaire du ministère de l'Intérieur, où il était question d'un pot-de-vin d'un million comme condition de l'autorisation à accorder. Le million aurait été demandé par un de ses familiers à l'auteur même de l'article. [...] Remarquez la date : c'était après le rejet de la demande d'autorisation que l'article avait vu le jour, alors que la proposition de pot-de-vin était antérieure à ce rejet, alors aussi qu'elle avait été tenue secrète par l'auteur de l'article à un moment où sa divulgation eût été de nature à servir singulièrement dans l'opinion publique la cause de la congrégation. [...] L'article de Besson, un peu énigmatique en ce sens qu'il parlait d'un très haut fonctionnaire sans donner de nom et en ce sens aussi qu'il ne prenait pas encore formellement l'accusation à son compte, aurait peut-être moins attiré l'attention, vu l'obscurité relative du journal, s'il n'avait été commenté le lendemain par la feuille de Rochefort, qui, sans nulle réticence, nommait et incriminait Edgard Combes.

« [...] Nous inférâmes tout naturellement que nous étions au début d'une campagne de presse et nous nous tînmes sur l'expectative, muets et en apparence insensibles. L'expectative dut être d'un effet déconcertant pour les inventeurs du nouveau plan de guerre. Car, trois jours après la publication du *Petit Dauphinois,* le secrétaire général, appelé au téléphone, s'entendit apostropher par une voix qui ne lui était pas inconnue. [...]

— C'est moi, Baragnon. Cher ami, je voudrais aller vous voir.

— Me voir ? et pourquoi ?

— Besson est avec moi. Vous savez, Besson, l'auteur de l'article de l'autre jour. Nous désirons vous rendre visite.

— Ce n'est pas aujourd'hui que vous auriez dû demander de me voir, si vous aviez quelque chose à me communiquer. Aujourd'hui je n'ai rien à vous dire. [...]

« Fort heureusement la scène avait eu un témoin auriculaire. Un des reporters du *Matin,* garçon honnête, s'il en fût, M. Abric, était dans le cabinet de mon fils et causait avec lui, quand retentit la sonnerie du téléphone. Dès que Baragnon eut décliné son nom, le secrétaire général, si prudent par caractère et plus encore par situation, mais, de plus, mis en garde par l'article du *Petit Dauphinois* et celui de *l'Intransigeant,* invita par geste le reporter à coller à son oreille le récepteur libre. Pas un mot de la conversation n'échappa au témoin, qui la raconta dans la suite au propriétaire du *Matin*[1], à son directeur et à quelques amis. » (*Mon ministère,* Plon, 1956, chap. III, pp. 97-99.)

Il n'est pas inconcevable que Giraudoux, étudiant de vingt ans au moment du scandale, ait réappris l'histoire quelques années plus tard par ces « amis » mêmes du *Matin* — car on se souviendra qu'il écrivit lui-même pour ce journal pendant quelques années à partir de 1908[2]. Quant à savoir s'il y a un rapport plus profond entre le personnage de Potanceau et M. Abric qui devint plus tard rédacteur en chef du *Matin,* il nous paraît jusqu'à maintenant difficile de le déterminer.

ELIZABETH GOULDING.

NOTES

1. S'agit-il de Henry Poidatz, jusqu'en 1903 le vrai maître du *Matin,* ou de son associé, Maurice Bunau-Varilla, que Giraudoux a caricaturé sous les traits de Jacques de Bolny dans *Simon le Pathétique ?* (NDLR)

2. Sur cette collaboration, voir l'article de Brett Dawson « De Harvard au Quai d'Orsay » dans *la Revue d'histoire littéraire de la France,* septembre/décembre 1983.

GIRAUDOUX RETROUVÉ (III)

En 1982, le *Cahier* du centenaire avait réuni en un bouquet varié une vingtaine de ces textes que Giraudoux, en diverses occasions, consacrait à ses sujets de prédilection... et qu'il n'avait jamais repris en volume. Le *Cahier* suivant, continuant cette méthodique recherche d'un Giraudoux caché — et parfois oublié — dans les journaux et les revues jaunis, a publié les chroniques et les articles dédiés pendant vingt ans aux sports et au Sport.

Comme les précédents, le présent *Cahier* propose aux lecteurs et amis de Giraudoux des fragments « introuvables » de l'œuvre complet : sept textes peu connus ou totalement ignorés qui traitent, sur un mode polémique ou distant, sagement historique ou ouvertement idéologique, de la diplomatie et de la politique, de la France en état de paix et en temps de guerre.

Ils complètent l'image d'un Giraudoux qui, délaissant pour un moment la magie du théâtre et les délices de l'écriture romanesque, s'exprime en homme « politique », directement par le journal ou la radio, sur les affaires de son pays et du monde.

PROPAGANDE *

Voici que le mot Propagande reparaît dans les débats publics et dans les journaux. Avant 1914, c'était un mot purement religieux et il n'y avait de propagande que de la foi. Depuis 1914, le mot est laïque, mais sacré ! Des deux opérations qui illustrèrent particulièrement la dernière guerre, l'utilisation de gaz par laquelle les Allemands inondèrent le front allié de vapeurs délétères et la Propagande par laquelle les Alliés répandirent sur les neutres les flots de la vérité, la dernière se révéla finalement la plus efficace. Le gaz sur les neutres, la vérité sur les Allemands, et le résultat eût été peut-être inverse... Il n'est donc pas étonnant que, dans leur inquiétude et leur reconnaissance, un grand nombre de Français voient le remède à nos maux actuels dans une mobilisation des services, des crédits, des agents de propagande. Je réserve pour de prochains articles une discussion raisonnée de ces divers chapitres, mais il est logique d'examiner d'abord l'objectif qu'ils assignent à cette attaque générale.

Il est simple et reconnu par accord unanime : la France doit être aimée à l'étranger. On ne se demande pas si elle l'a jamais été. On ne se pose pas non plus la question de savoir si justement l'amour même entre peuples n'est pas une constante, et si les accès de passion que certaines nations éprouvent parfois pour la nôtre pourraient se préparer et mûrir dans une atmosphère d'amitié ou de sympathie intéres-

* Texte publié dans *Marianne*, le 8 février 1933.

sées. On ne se dit pas que, dans l'univers entier, chaque citoyen, déjà sursaturé de sa propre nationalité, n'en recherche plus d'autre, même morale, même simplement intellectuelle. Il s'agit d'être aimé de tous ces gens qu'on n'aime pas. La Propagande, telle qu'on la conçoit, est donc une opération de séduction, et les envoyés de propagande seront donc des séducteurs. Les photographies que nous voyons d'eux dans les journaux nous en répondent. Ils auront à donner à chaque pays l'image de la France que ce pays réclame. Chaque pays ayant une raison différente de ne pas nous aimer, il est évident que le séducteur du banquier hollandais par exemple, sera différent de celui de l'éleveur argentin. Au pays qui accuse la France d'être trop riche, il conviendra d'étaler sa pauvreté : à celui qui décrie ses institutions bancaires et son change, de prouver sa richesse ; à celui qui jalouse sa force armée, de montrer la réduction de son budget et celle de son service militaire ; à la nation alliée, qu'un autre allié sollicite, de prouver sa puissance. Ces multiples déclarations ne seront pas contradictoires, elles constitueront bien plutôt un ensemble de vérités. Vérités qui répandront sur le monde une cohorte barbue de séducteurs en jaquette, qui parleront, devant l'École Polytechnique de Zurich, du Baiser à travers les âges, qui réciteront aux graduates de Cambridge la Chèvre de Monsieur Seguin, en distribuant aux entractes la statistique de nos champagnes, de nos blessés à la guerre, et — confidence qui ne manquera pas de provoquer dans l'auditoire une émotion générale et un élan irrésistible vers nous — le chiffre de nos impôts. Une conversation intime suivra, où seront évoqués pieusement, selon les continents ou les âges, l'amitié de Miss Longfellow et de Mr Boutrouff, ou le séjour des Sobieski en France, ou la désaffectation du Moulin-Rouge, et, sous le soleil de minuit ou la lune portugaise, le séducteur sera reconduit à l'hôtel par les présidents d'âge... C'est ainsi que le Français comprend la propagande.

Je n'insisterai pas sur les vices du système. Il n'est même pas anodin. Son aboutissement est justement de renforcer à l'étranger son principal grief contre * nous et notre principal

* Le texte de *Marianne* donne « entre ». Nous corrigeons cette coquille (NDLR).

ridicule, en le parsemant de Français qui font l'éloge du Français, c'est-à-dire leur propre éloge. Un commis voyageur est fondé à vanter sa marchandise, mais pas lorsqu'il est cette marchandise même. L'opération qui consistait à montrer un Français disert à une assistance lettrée n'était certes pas indifférente quand cette assistance représentait l'élément permanent et influent de la civilisation, mais c'était là une propagande bourgeoise, et toute bourgeoisie a disparu du monde. De cette bourgeoisie internationale qui se plaisait aux réceptions et aux conférences, et qui figurait, au-dessous de l'officiel, une sorte de petit réseau diplomatique, il ne reste plus que des traces.

Est-ce à dire que ces peuples qui ne se touchent plus par des mains gantées, mais par leur chair vive et surtout par leurs plaies, qui ne reconnaissent plus à une langue privilégiée autre que la leur le droit d'arriver à leurs oreilles, soient hostiles à la propagande ? Au contraire, mais à condition qu'il s'agisse d'une véritable propagande. A condition que les citoyens étrangers qu'on lui envoie ne servent pas uniquement à masquer leur nation. Jamais au contraire le droit d'une nation à chercher par l'exercice égoïste de sa vertu le remède au trouble universel n'a été plus respecté. Il est faux qu'il y ait par le monde une coalition d'intérêts contre la France, ou même de jalousies. Pas plus qu'on n'interdit à l'Italie ou à l'Allemagne d'être fascistes, on n'interdit à la France de ne pas l'être. La variété des politiques, dans les époques de désarroi, est aussi indispensable à l'humanité que l'est, dans les époques de pittoresque, la variété des peuples.

L'impatience qui peut parfois se manifester à notre égard ne sera pas apaisée si, comme le propose un de nos plus sérieux confrères, on change l'uniforme disgracieux de nos douaniers ou si l'on dispense de la taxe de séjour les philanthropes milliardaires. Car elle vient seulement de ce que, dans cet institut d'expériences et de prospections qu'est l'univers, la collaboration de la France est moins lisible à première vue et pour des yeux avides que celles des pays où elle s'exprime par des crises ou des révolutions. La nature de sa mission peut en être passagèrement voilée, — et retardée l'édition de ce nouveau droit humain dont elle a confié l'élaboration, non à un conclave ou à des moyens artificiels, mais à l'exercice naturel d'un peuple calme, sensé et vainqueur. L'essentiel est que cette mission s'exerce, et il serait vain de croire qu'on répond tant soit peu à l'attente des peuples, en répondant provisoirement au chantage de leurs porte-parole et de leurs dirigeants.

Curieuse constante que cette rencontre d'un écrivain si léger, si tendre, si poète, si esthète, en un mot si intelligent, avec une action politique qui, par nature, est incisive sinon violente, orientée, et comporte toujours une dose, non négligeable, de mauvaise foi.

Or, toute sa vie professionnelle, Jean Giraudoux a été confronté à la Propagande.

Si l'on passe sur ses séjours d'étudiant à Harvard et en Allemagne — où cependant l'image de la France à l'étranger n'a pu le laisser indifférent — dès 1920, il est affecté au « Service des œuvres » du ministère des Affaires étrangères. Or, ce Service consiste, en toute priorité si ce n'est exclusivement, à promouvoir par tous moyens — subventions, envoi de livres, organisation de conférences, etc. — la propagande française.

En qualité de chef du Service de presse et d'information (oct. 1924 — déc. 1926) c'est encore lui qui a la charge de « l'image de marque » de la France.

Dans ces différentes fonctions — et plus particulièrement au Service des œuvres — son action ou du moins celle qu'il était chargé de mettre en œuvre, s'apparente assez à celle qu'il critique, avec son humour caustique, dans l'article de Marianne *: la propagande des « séducteurs ».*

C'est seulement en 1939, appelé au Commissariat général à l'Information, qu'il va se trouver responsable, au premier chef, des programmes de propagande.

Dans Pleins Pouvoirs, *il a développé sa conception dans ce domaine : pour être forte et admirée, la France doit d'abord donner, par elle-même, l'exemple des vertus qui sont les siennes. Si elle fait en sorte de briller, les autres pays percevront tout naturellement ses éclats. Il annonce déjà cette attitude de l'opposant aux méthodes antérieures qu'il qualifie de « bourgeoises ».*

On pourrait, à l'infini, discuter ce point de vue peut-être plus séduisant et moral qu'efficace.

On s'étonnera sans doute cependant que Giraudoux confonde propagande et propagation de la foi de l'Église et cela, juste au moment où, de l'autre côté du Rhin, est créé un ministère de la Propagande avec, à sa tête, le sinistre Goebbels.

Il est bien exact que la propagande ainsi conçue est haïssable et criminelle (comme l'emploi des gaz asphyxiants auxquels Giraudoux fait allusion). Mais il a pu, par la suite, se rendre compte que morale et efficacité ne font pas toujours bon ménage.

L'article de Marianne *illustre bien l'évolution de la pensée de Giraudoux en matière de Propagande, entre le chef du Service des œuvres et le délégué général de 1939.*

JEAN JOIRE.

POUR ATTIRER LE TOURISTE LA FRANCE A SA CUISINE MAIS SURTOUT LA BEAUTÉ DE SES MONUMENTS ET DE SES SITES *

Au moment où se réorganise l'Office national de notre tourisme, puis-je appeler l'attention de ceux qui en sont chargés sur cet axiome, dont la méconnaissance est à la source de toutes nos déceptions : *Le seul agent efficace de propagande pour le tourisme d'un pays est le touriste étranger lui-même.*

De cet axiome découlent deux leçons : l'une de modestie pour les offices chargés de diriger vers ce pays les touristes étrangers, l'autre d'immenses responsabilités pour l'État. Je m'explique.

Un office de tourisme n'a pas à prendre en main la cause de la France. Il n'est pas l'office de propagande ; il est l'office de publicité. Il n'a pas à écrire sur sa façade, en lettres de deux mètres, comme il le faisait voilà quelques mois encore, que Paris est la capitale de la pensée, la France le domaine de l'intelligence, affirmations que nos visiteurs sont bien obligés de prendre pour des insultes, à moins qu'ils ne se reconnaissent eux-mêmes pour ignares et idiots. Il n'a pas à juger son pays, il est son agence Cook, il est son conseiller et son bureau technique.

Il ne devient office de propagande que dans la mesure où le sont tous les autres organes de la nation, par sa qualité, par la qualité de sa publicité. Il ne doit émettre que les affiches de nos plus grands dessinateurs, des photographies, des programmes, des guides qui soient des modèles de gravure et de

* Texte publié dans *le Journal*, 1er avril 1935.

typographie. Il doit être admirablement tenu et organisé. Le touriste aime à se confier à une publicité comme il se confie à un bateau, parce qu'il est neuf, moderne, parce qu'il a la couleur et la vitesse de sa décade. L'office de tourisme français doit être notre *Normandie*[1] n° 1.

Il ne pourra jouer un rôle profitable que s'il assure la publicité de la France d'une façon éclatante mais impersonnelle et s'il amène dans un état convenable d'attente et de préparation l'étranger à cette sorte de représentation théâtrale qu'est le voyage dans un pays inconnu et depuis longtemps désiré.

L'office ainsi défini, il est clair de voir que la question reste entière. Ce n'est pas de lui que dépend la réussite de cette représentation. Certes, il peut en améliorer l'accès en surveillant ceux qui en sont les ouvreuses, hôteliers ou syndicats de voyage. Il peut contribuer au confort des entractes. Mais il serait coupable de croire que les problèmes du lit et du restaurant soient les plus graves. Le touriste éprouve, par exemple, une répugnance naturelle ou hypocrite à faire du repas le but de son voyage. La cuisine française n'a d'intérêt et d'agrément profond, pour lui comme pour nous, que si elle s'intègre naturellement dans le souvenir qu'il gardera de son passage dans la vie et la civilisation françaises. Nous conduisons l'étranger à nos cathédrales par le vin, à notre Histoire par la daube, à notre ciel par la bouillabaisse. C'est l'inverse du vrai chemin.

Notre cuisine est un admirable corollaire à un pays étonnamment varié et fertile, à une vie locale spirituelle et affinée, à une vie nationale audacieuse et facile. Comme symbole, elle réussit simplement à faire passer pour le pays le plus matériel du monde celui qui est le plus éloigné de la gloutonnerie, et à persuader le touriste qu'il ne trouvera pas chez nous le seul aliment qui est la raison profonde du petit voyage et des grandes émigrations, la nourriture morale.

On voit d'ici quelles responsabilités incombent alors à l'État. Je ne veux aujourd'hui effleurer le sujet que par deux exemples.

Arrêtons-nous d'abord aux manifestations occasionnelles par lesquelles un pays attire l'étranger. Sur ce point, notre pays retarde sur la plus petite bourgade bavaroise ou bulgare. *Non seulement le sens de la fête est perdu chez nous, mais le sentiment de la qualité y est honni et méprisé.* Alors que c'est par la musique la plus spéciale, par Wagner, Mozart ou Brahms que l'Europe centrale a su capter un courant formidable d'étrangers, alors que c'est par la mise en pratique des théories les plus modernes de l'urbanisme que ce courant oblique vers la Russie ou l'Italie, la France, et Paris en particulier, ne se signalent que par des entreprises sans ambition et sans justification. Ville des grands musiciens sans opéra — je pense au *Christophe Colomb*[2] de Milhaud, des grands dramaturges sans théâtre — je pense à Claudel, des grands sculpteurs et des grands architectes sans édifices — je pense à presque tous, Paris doit mieux au monde que la représentation de *l'Aventurière*[3] et le spectacle de sa banlieue.

C'est à l'État qu'il revient de ne pas laisser dénaturer le visage de la France, que les étrangers reconnaissent de moins en moins. Une série de contrats, muets mais passionnés, passés entre la France et ses amis est violée chaque jour avec effronterie. Il y avait un exode continu des Danois vers Avignon : il a cessé depuis que les murs d'Avignon ont été masqués par des halles de fer. De nombreux Américains avaient des propriétés à Juvisy, à Saint-Cyr, à Limours ; le spectacle des lotissements imposé sur leur itinéraire bijournalier les en a chassés. Deux amis hollandais m'écrivent qu'ils ne pourront plus retourner à Cassis, à cause de la nouvelle usine à phosphates qui gâte le port. Les municipalités d'Avignon, de Paris, de Cassis ont violé, par ce saccage, des contrats aussi valables que des traités, et tout acte qui donne à cette France promise à l'étranger un succédané inférieur de France n'est pas autre chose qu'un acte inspiré par la théorie du chiffon de papier.

C'est à l'État de faire respecter les conventions sacrées, et suprêmement internationales, qui assurent au monde la beauté monumentale et naturelle de notre pays. A cette condition, nous aurons des touristes. *Tout pays qui est un foyer moral, intellectuel, esthétique, les attire. Tout pays qui n'est qu'un hôtel les rejette.* Les grands offices du tourisme français sont encore Versailles et la Révolution de 1789.

À partir de 1935, les Français savent la guerre inévitable. On prend parti : quelques hommes de lettres tonitruent contre les iniquités, déjà apparentes, du nouveau Reich ; d'autres s'accrochent à une idée déjà ternie de la paix. Giraudoux, nommé l'année précédente au poste d'inspecteur des postes diplomatiques et consulaires, mais ne s'éloignant jamais de Paris sans regret, est profondément conscient de la valeur symbolique des frontières entre les nations — mais plus sur un plan artistique que politique. « La ligne Descartes et la ligne Wagner tiendront quand auront cédé la ligne Maginot et la ligne Siegfried[4] », dira-t-il. Et c'est dans son œuvre fictive que Giraudoux exprime le mieux ses préoccupations et ses craintes à cette époque, dans Électre *(1937),* les Gracques *(écrit en 1936), et, surtout, dans* La guerre de Troie n'aura pas lieu *(1935). Ses écrits journalistiques suggèrent une optique différente. Giraudoux semble se replier sur lui-même et sur la France, dont pourtant il s'éloigne régulièrement pour son travail diplomatique. C'est entre 1935 et 1939 qu'il engage une correspondance avec Le Corbusier, qu'il commence à s'intéresser à la Ligue des Amis du grand Bruxelles, à l'Association des Cités, aux Jardins de France, à la Société pour l'esthétique de la France, et à la Ligue urbaine et rurale ; c'est à cette époque qu'il commence à écrire sur l'environnement et sur l'urbanisme.*

L'article présenté doit être donc compris dans une perspective de politique surtout artistique et nationale.

Art et politique, voici la double optique par laquelle Giraudoux aborde son sujet : les échanges entre les nations représentés par le tourisme. Le titre est banal, mais (l'a-t-il justement choisi pour cela ?) représente justement « l'inverse du vrai chemin » : titre qui attirera l'attention du Français qui en effet conduit le visiteur étranger « aux cathédrales par le vin », et non, comme il se doit, au vin par les cathédrales. Tout l'article joue sur ce paradoxe et ce contraste : la banalité du titre contre l'originalité du propos, fondée elle-même sur la juxtaposition d'idées reçues et d'évidences accusatrices. Si la cuisine française est « un admirable corollaire à un pays étonnamment varié et fertile », c'est que la France est « le pays le plus matériel du monde » ; car tant que ses écrivains et ses compositeurs n'ont ni théâtre ni opéra[5], ce matérialisme sera sans issue.

Pour Giraudoux, écrivain et dramaturge, le voyage ressemble à une représentation théâtrale ; à une réalité dédoublée, un reflet concentré de la réalité extérieure. Pour que la représentation ait lieu, il faut un public désireux d'y assister ; et Giraudoux voit le bureau de tourisme dans le rôle de l'imprésario de la troupe. Il rejette le terme « propagande », mais exige une publicité « éclatante », « neu(ve) », « moderne » — et « impersonnelle », une publicité qui dit tout sans explications, qui éveille le désir, qui attire le voyageur vers la réalité théâtrale ; une propagande, en fait, perfectionnée, simple et efficace. Poèmes d'amour pour séduire le bien-aimé, les photographies d'un Cartier-Bresson pour attirer le touriste. Il ne s'agit pas, vulgairement, de « prendre en main la cause de la France » ; la France, par son art — par ses artistes — sait fièrement s'exprimer, sait faire croire à la réalité ontogénique de la représentation. Mais il faut aussi que les comédiens y croient — et c'est ce que Giraudoux reproche à ses compatriotes, qui tombent dans la mauvaise comédie. Au lieu d'exiger d'eux-mêmes la qualité, la beauté qui requiert parfois une rigueur classique, ils tombent dans la banalité : peu de manifestations culturelles, mais des sentiments prétentieux et vides : « la France est la capitale de la pensée ». Déjà il sent qu'« il est à craindre que la mission et la conscience nationales ne soient l'apanage exclusif d'une cohorte de plus en plus raréfiée au centre d'un pays que gagnent la banalité et l'insensibilité universelles[6] ».

Pour offrir aux étrangers une France qui ne soit pas « un succédané inférieur de France », pour permettre au voyageur « a willing suspension of disbelief[7] *», les Français doivent croire à la réalité qu'ils vivent : construire et non détruire, mettre en valeur et non masquer, aménager et non saccager les trésors nationaux que sont leurs paysages urbains et ruraux. Giraudoux ne peut s'empêcher de trouver des illustrations édifiantes dans le répertoire germanique, monde où il a beaucoup voyagé et qu'il a depuis toujours admiré — et qui préoccupe tant la France en 1935. Et c'est sans doute à l'Allemagne surtout qu'il songe quand il parle de ces « conventions sacrées et suprêmement internationales » que doit faire respecter l'État — ces conventions dramatiques mutuellement respectées du comédien et du public — mais qui ne fonctionnent bien que sous l'œil du régisseur, d'un « ensemblier ».*

Giraudoux revient donc, à travers des considérations artistiques, à la politique. Il ne néglige qu'une distinction fondamentale : fin voyageur lui-même, cultivé, sachant capter les échos littéraires et symboliques de tout ce qu'il observe à l'étranger, il ne distingue pas entre le touriste et le voyageur. Le touriste porte avec lui, comme un plongeur son oxygène, ses préjugés nationaux et culturels : il ne saurait en effet accéder aux cathédrales que par le vin, au ciel français que par la bouillabaisse. Giraudoux s'adresse à tous les Français pour parler des voyageurs qui, comme lui-même, savent s'adapter à l'histoire, à la langue, et aux paysages étrangers, et qui n'ont besoin d'autre bureau de tourisme que « Versailles et la Révolution de 1789 ».

Parlant de ces vrais voyageurs, d'Allemagne ou d'ailleurs, croyant à l'entregent instinctif des Français, Giraudoux exprime en 1935 l'espoir d'une compréhension internationale, et, partant, bien des préoccupations de 1984.

HELEN RODNEY.

NOTES

1. *Normandie :* paquebot français lancé en octobre 1932, incendié à New York en 1942. (NDLR)
2. *Christophe Colomb :* première partie d'une « trilogie sud-américaine » composée entre 1928 et 1943 par Darius Milhaud. (NDLR)
3. *L'Aventurière :* pièce d'Émile Augier créée en 1848, et jouée par la Comédie-Française jusqu'en 1934. Le Contrôleur d'*Intermezzo* la mentionne dans la scène 4 de l'acte III ; et C. Weil dans sa note de l'édition de la Pléiade cite la déclaration de Giraudoux à André Warnod (*le Figaro,* 11 mai 1935) : « Je n'ai aucune hostilité contre Émile Augier, mais le tort, par exemple, que nous a fait à l'étranger cette épouvantable *Aventurière* ne saurait s'évaluer. » (NDLR)
4. *Pleins Pouvoirs,* 1939.
5. Claudel et Milhaud vivent et travaillent surtout à l'étranger.
6. Le Corbusier, *la Charte d'Athènes,* Paris, 1941. Discours liminaire.
7. Coleridge, *Biographia Literaria,* ch. 14.

QUAI D'ORSAY *

Moi, je l'appellerais Quai Bailly. Orsay n'a aucun sens. On ne va pas à Orsay par la gare d'Orsay. Ceux qui éprouvent soudain le désir de contempler à Orsay ce temple de la Gloire élevé au général Moreau par sa belle-mère, et dont le temps a fait le temple même de la belle-mère, avec colonnes ioniques, doivent prendre leur billet à la gare Médicis. Le nom d'Orsay lui vient de ce qu'on était las de l'entendre appeler quai de la Grenouillère, et qu'on le baptisa du nom du premier fonctionnaire qui entreprit de l'embellir. C'est le quai que l'on voit de l'angle des Tuileries. Le roi, en se frottant les yeux, le matin, voyait le Quai d'Orsay. Ce n'était pas beau ; il ne se frottait pas les mains. Il voyait une rive déchaussée, comble de

* Texte publié dans *Paris 1937,* ouvrage publié par la municipalité de Paris. Édition de luxe tirée à 500 exemplaires, dont 200 h.c., le 14 juillet 1937. Volume in-folio de (xxviii-) 299 pages, imprimé sur papier vélin à la cuve, texte en trois couleurs, avec 62 eaux-fortes dont 31 grandes planches hors texte, sur les presses du Maître illustrateur et imprimeur Daragnès et présenté dans un emboîtage aux couleurs de la ville de Paris, établi par Rose Adler. Les textes étaient rédigés par P. Valéry, R. Escholier, A. Suarès, L. Hautecœur, L. Daudet, R. Guillouin, J.-J. Brousson, J. Robiquet, G. Duhamel, J. et J. Tharaud, P. Champion, J.-L. Vaudoyer, G. Bauër, J. Giraudoux, P. Morand, G. d'Houville, A. Bonnard, M. Bedel, J. Cain, F. Carco, P. Mac Orlan, C. H. Hirsch, J. Romains, J. Cassou, Colette, L. Descaves, L.-P. Fargue, A. Thérive, T. Derême, P. Claudel et G. Huisman.

Le texte de Giraudoux est précédé d'une gravure hors texte de Henri Lebasque et d'un bandeau de Jacques Boullaire.

détritus et assiégée de bateaux de mauvaise mine. Les chiffonniers parisiens, chiffonniers d'eau, triaient au niveau de la Seine et sous le nez royal ces ordures qu'ils se partagent maintenant aux cimes de la ville. Rive plate, sans désir, qui n'appelait pas l'église comme Chaillot, le palais comme l'Étoile, ni même le cimetière comme le Père-Lachaise, mais dont les vœux semblaient comblés d'avoir donné à la Seine la plus douce inflexion que fleuve ait prise dans une capitale. Aussi les monuments ne s'y construisirent pas. Ils y accostèrent. Ce quai, sur lequel en deux mois on bâtit une exposition, est lui-même une exposition bâtie en trois cents années [1]. C'est la seule part de Paris qui soit une exposition et n'ait pas un cœur. Ce n'est pas que les cœurs y manquent. Il y a, au 35, la Chambre des Députés, qui en déborde ; un peu plus loin, en face le pont Alexandre, le cœur de Napoléon, lui-même nimbé des cœurs les plus fidèles et les plus résistants, de celui de Bertrand à celui de Joffre. Au 37, il y a eu trente ans le cœur de Philippe Berthelot ; la pièce d'angle sur le quai était même le seul endroit où l'on pût être certain de 1914 à 1924 qu'il y avait un cœur en permanence pour aider Foch, quand les Anglais étaient comme ça, ou pour écrire à Apollinaire, quand ses vers étaient trop beaux et qu'il allait mourir. Mais il est difficile d'imaginer un patron, une sainte, une vertu commune aux habitants de ce quartier dont la seule population homogène est la population flottante — celle, journalière, des pêcheurs à la ligne et celle, annuelle, des concurrents pour la traversée de la Seine le jour de Noël — à cette juxtaposition de monuments disparates entre lesquels nous nous sommes péniblement encastrés, Carco et moi, et dont l'énumération peut donner une explication plus que satisfaisante aux divinités qui se demandent à quoi les hommes peuvent bien passer leur temps : la Caisse des Dépôts et Consignations, la gare pour Aurillac, Limoges et La Canourgue, le Palais de la Légion d'Honneur, le Cercle de la Pomme de Terre, la Chambre des représentants, le Chiffre diplomatique, la gare pour Versailles, Houdan et Dreux, l'Hôtel des Invalides, le bâtiment des Tabacs, l'Europe Nouvelle, l'American Church of Paris, le Pavillon d'embauche pour petits terrassiers, les Écuries de la Présidence, la gare pour Meudon, Viroflay et Cucufa, le Garde-Meuble, et enfin, suprême et décisive explication, la Tour Eiffel. Alors qu'on voit très bien le Parisien d'un autre quartier utiliser chaque jour ses monuments, jouant une heure à la Bourse, allant à vêpres remercier Notre-Dame des Victoires de ses heureuses spéculations, finissant la soirée au Palais-Royal, il semble difficile au Parisien du Quai d'Orsay, à moins de vocation ou de vie sentimentale bien particulière, d'avoir dans le cours de la journée la même intimité avec chacun des siens. Les édifices passagers que sont les spectacles n'ont pas plus d'unité que les autres. Sur ce quai, où je suis né pour Paris, car c'est par l'escalier de la gare d'Orsay que les Limousins y font leur entrée, j'ai vu les funérailles de Jaurès, le défilé des musiques militaires luxembourgeoise et italienne, l'arrivée du roi d'Afghanistan, le départ de Poincaré pour Versailles, la parade des géants de Magic-City, et le 6 février lui-même. Il reste heureusement les bâtiments flottants. La Seine apporte et emporte chaque jour les mêmes noms, de bateaux ou de remorqueurs, la Turquoise, la Guêpe, la Meuse. Il n'y a d'anonyme que le vieux dragueur qui contrôle la chaîne de touage, depuis longtemps aussi oisive dans son eau que les rails de tramways sur leur chaussée, mais que les édiles entretiennent, on ne sait pourquoi, au cas sans doute d'une régression de la civilisation. Essoufflées en entrant dans Paris, péniches et flûtes descendent à toute allure vers Auteuil, comme si la vraie raison de ces bateaux d'eau douce était cependant la mer, et, cette clef du Quai d'Orsay qu'aucune fête, qu'aucune illumination de ses édifices ne donne, il suffit, pour qu'elle éclate, d'une mouette qui vole de conserve avec un pigeon, d'une fumée de remorqueur qui se prend dans les arbres de Judée, et d'une proue qui débouche entre les zouaves de l'Alma avec le mot *Aldebaran*.

Moi, je l'appellerais Quai Bailly. Quand le vieux Bailly, qui avait présidé l'Assemblée Nationale fut condamné à mort par la Terreur, on le promena toute la journée sur ce bord de la Seine. Il était très enrhumé. Il était brave, digne, il avait pris son parti de la mort, il admettait, c'était le plus dur, de ne pas revoir la réédition de son *Astronomie indienne,* mais il était très enrhumé. Il toussait. Il avait une peur horrible que cette foule, dont il avait été deux ans le favori, ne prît cela pour des sanglots. Son nez coulait, il reniflait, car ses mains n'étaient pas libres. Évidemment il comprenait que des bourreaux ne s'amusent pas à moucher leur victime. Et son vêtement était léger. On ne guillotine pas les membres de l'Institut dans leur uniforme, mais c'eût été presque à souhaiter. Il sentait que de loin on ne s'y trompait pas, qu'à distance sa majesté d'homme était incontestable, que son malaise à vingt pas ne se voyait pas plus sur lui que les reprises sur un buste. Et il sentait combien c'était ridicule de se préoccuper d'un rhume en un moment pareil. Mais, malgré tout, les jeunes gens condamnés à mort, dont les poumons et les muqueuses nasales sont entraînés, ont une grande chance dans la vie, dans la mort. Saint-Just sûrement ne toussait pas, ne reniflait pas. Être ancien maire de Paris, et renifler ! Mais quel vent sur ce quai ! Tout le monde ne peut pas être exécuté place Vendôme, dans un endroit clos, mais la Concorde eût bien suffi, mais l'estrade au centre de la Concorde éveillait presque ici une idée d'intimité. D'ailleurs la peur devrait avoir des symptômes plus spéciaux, les cheveux devraient se dresser sur le crâne, on devrait trembler. Hélas, vers l'après-midi, la fièvre vint, et il se mit à trembler. — Tu trembles ! Tu trembles ! lui criait-on. — C'est de froid, répondait-il. On le croyait, car il ne mentait jamais, mais on feignait de ne pas le croire. Depuis il a été dressé de lui au Luxembourg une statue qui tend la main vers le ciel, comme la tendent les alcooliques que l'on éprouve, et en effet sa main de bronze ne tremble pas. Mais, sur le quai d'Orsay, sa main de chair et d'os tremblait, — main qu'elle était pour deux heures encore, — ses dents se choquaient. Il commençait à croire que s'il n'avait pas peur, il avait peut-être le froid de la peur. Il se disait aussi que cela l'occupait, que ce rhume lui était envoyé par la Providence, comme elle envoie le mal de dents à celui qui a une péritonite, ou fait piquer d'une abeille la femme en couches. Puis il fut heureux : les nez de ses bourreaux devenaient rouges, coulaient ; c'est qu'il faisait vraiment froid. Leurs dents claquaient. C'est eux qui en avaient assez maintenant, de la promenade. Qu'une petite ondée bien glacée arrivât, et l'incident était clos. L'ondée arriva, la foule voulut partir. On décapita Bailly face à la colline de Chaillot, au Trocadéro actuel. Le dernier moment alla très bien. Comme l'acteur enroué retrouve sa main[2] à l'entrée en scène, Bailly donna au bourreau reniflant une tête souriante, tiède, soudain sans rhume. C'est d'autre chose que le guérit la mort.

Dans le volume Paris *publié en 1937, Jean Giraudoux est tout désigné pour évoquer le Quai d'Orsay. Mais les amateurs d'histoires diplomatiques et de mystères consulaires doivent être bien déçus car ce n'est pas l'homme d'ambassade qui s'exprime ici, mais tout simplement le Parisien familier de ces lieux qu'il a fréquentés avant d'y habiter. Il montre ainsi son attachement à Paris, et, du même coup, prouve sa grande connaissance du passé de cette ville, de ses personnages et de ses monuments*[3].

Dès le début, le ton est donné : qu'on n'attende pas de Giraudoux une description morne et conventionnelle d'un quartier de Paris. Et que les choses soient claires dès la première phrase ; il entend prendre parti, donner son avis, car ce provincial de naissance a la sensibilité à fleur de peau dès qu'on touche à la capitale. L'auteur de la Folle de Chaillot *est capable de s'enflammer pour une simple dénomination : celle d'Orsay pour ce quai de la rive gauche lui semble déplacée, au propre comme au figuré.*

Il règle d'abord son compte à la petite localité des bords de l'Yvette, trop éloignée de Paris pour mériter un tel honneur, et au passage, il égratigne le général Moreau, traître à Napoléon. Puis, c'est au tour de Boucher d'Orsay : le prévôt des marchands du début du XVIII*e* *siècle fit construire la partie de quai comprise entre le pont Royal et le pont de la Concorde*[4]*, et ne réussit pas là, selon Giraudoux, une œuvre immortelle ; le quartier serait même devenu une sorte de « zone » insalubre...*

Après les coups de colère, viennent les coups de cœur ; pour la Seine d'abord, ses habitués — pêcheurs et nageurs — et ses bateaux qui sentent déjà le grand large et qui donnent une véritable touche poétique au tableau. Tout en regrettant l'absence en ces lieux de vieux monuments parisiens, Giraudoux ne résiste pas au plaisir d'énumérer tous les bâtiments qui ponctuent la marche du promeneur qu'il a été si souvent en allant rendre visite à Paul Morand ou à Édouard Bourdet qui ont habité ce quartier avant lui.

Cette liste exhaustive prend même, avant l'heure, des allures d'inventaire à la Prévert où les gares[5] *préfigurent les ratons laveurs !*

Mais tout est vrai, tous ces établissements où l'on ne s'étonnerait pas de rencontrer des « Contrôleurs des Poids et Mesures » ou des « Secrétaires Généraux de l'Office des Grands et Petits Inventeurs » existent encore ou ont existé. Bien sûr, Giraudoux modifie parfois avec humour la désignation des lieux : ainsi le Cercle agricole devient-il celui de la Pomme de Terre, et les bureaux des statistiques du ministère du Travail le Pavillon d'embauche des petits terrassiers ! Les destinations des gares, bien que réelles, prêtent à sourire quand des préfectures sont associées à de simples chefs-lieux de canton aux noms pittoresques...

L'ordre des édifices évoqués est conforme à la réalité géographique, sauf une seule fois, volontairement, où l'écrivain revient sur ses pas pour saluer dignement la mémoire de celui qui fut le chef véritable des Affaires étrangères : après avoir mentionné Alexandre (en omettant le chiffre romain moins glorieux !) et Napoléon[6]*, Giraudoux cite, en apothéose, Philippe Berthelot, décédé trois ans auparavant.*

Enfin, certains lieux, malgré le ton impersonnel employé, doivent évoquer bien des souvenirs : par exemple, le Garde-Meuble qui côtoie le Dépôt des Marbres dont Eugène Morand était directeur quand Giraudoux est venu à Paris et qu'il a fréquenté chaque dimanche pendant longtemps.

Après ce long préambule, Giraudoux revient à sa première idée : le Quai d'Orsay aurait dû s'appeler Quai Bailly, du nom de cet ancien maire de Paris sous la Révolution. Son argumentation est simple ; pas de panégyrique mais une sorte de scénario basé sur la célèbre réplique prêtée à Bailly au pied de l'échafaud : au bourreau qui lui disait « Tu trembles, Bailly », il aurait répondu « Oui, mon ami, mais c'est de froid ». Tout le développement tragi-comique du texte est bâti sur cette anecdote. Ce sont les symptômes du rhume qui jalonnent la marche au supplice. Giraudoux refuse le pathétique et, comme souvent, par une sorte de pudeur, dissimule l'émotion sous l'humour et l'ironie. Mais, malgré un ton détaché et parfois burlesque, il réussit à imposer l'humanité et la dignité de son personnage.

Au-delà de « la petite histoire », Giraudoux prouve qu'il connaît parfaitement la vie et l'œuvre de Bailly. Il alterne des indices précis sur la carrière politique de ce député du Tiers-Etat et sur sa profession d'astronome[7]*. Il n'écrit pas que Bailly fut le premier à prêter le fameux Serment du Jeu de Paume en 1789 mais il tourne en dérision ce geste en évoquant la statue du Luxembourg. Il prouve, en citant l'itinéraire exact emprunté par la charrette du condamné depuis la Conciergerie*[8]*, qu'il sait pertinemment pourquoi Bailly a été exécuté exceptionnellement au Champ-de-Mars, et non sur la place de la Concorde comme la plupart des victimes de la Terreur ; mais il ne dit pas que c'est en expiation du crime du 17 juillet 1791*[9]*.*

Le Quai d'Orsay n'a été qu'une simple étape sur le chemin de la guillotine : est-ce une raison suffisante pour lui donner le nom du condamné qui l'a longé ? Peut-être est-ce le courage dont Bailly a fait preuve au moment fatal qui lui vaut une telle réhabilitation de la part de Giraudoux ? Aucun lieu de la capitale ne porte le nom de Bailly[10] *:*

par cet hommage, l'écrivain a-t-il voulu réparer ce qu'il a pensé être une injustice ?

Giraudoux semble porter un réel intérêt à Bailly, et pourtant nulle part dans son œuvre, on ne le trouve cité ! Est-ce que le simple passage par ce quai au moment ultime de sa vie justifie un tel choix ? D'autres personnages célèbres s'y sont pourtant arrêtés plus d'une fois...

S'il est permis de faire une hypothèse, Giraudoux n'aurait-il pas profité de sa participation à un ouvrage collectif aux côtés des plus éminents écrivains de son époque, pour réaliser une sorte de canular ; un énorme clin d'œil à ses anciens amis Bailly, de Saint-Amand-Montrond qui, sans nul doute, avaient dû s'intéresser à la vie de cet homonyme illustre quand, au lycée, il était d'usage de se chercher un ancêtre connu, comme Giraudoux le raconte dans les Cinq Tentations de La Fontaine !...

JEAN-NOËL DELÉTANG.

NOTES

1. Ce coin de Paris a toujours été un lieu privilégié d'expositions, depuis 1798. Les plus importantes sont celles de 1867, de 1878, de 1889, de 1900 — et bien sûr celle de 1937, dont vraisemblablement Giraudoux parle ici, vu la date du texte. (NDLR)

2. On attendrait plutôt « voix ». S'agit-il d'une faute d'impression ?

3. La bibliothèque de l'écrivain à Bellac contient plusieurs ouvrages sur l'histoire de Paris.

4. Aujourd'hui quai Anatole-France, appelé quai d'Orsay jusqu'en 1947.

5. Ces trois gares existent toujours — désaffectées (la gare d'Orsay) ou intégrées au réseau de banlieue.

6. Il faut préciser qu'aux Invalides, ce n'est pas le tombeau de Joffre, mais celui de Foch, sculpté par Landowski, qui voisine avec celui de Napoléon. Noter l'allusion au général Bertrand, cher à l'auteur de *Nuit à Châteauroux*.

7. Bailly fut l'un des plus grands astronomes du XVIIIe siècle et découvrit les satellites de Jupiter. Il laisse une importante *Histoire de l'astronomie* et fut membre de l'Académie des Sciences et de l'Académie française.

Bailly fut guillotiné un jour de novembre ; selon certains le 21 Brumaire an II (soit le 11 novembre 1793), pour d'autres le 22 Brumaire...

8. Sur l'ordre d'exécution, Fouquier-Tinville, l'Accusateur public, a indiqué qu'il fallait prendre le chemin habituel — à savoir le Pont-au-Change, la rue Saint-Honoré et la place de la Révolution — et aller « sur la place de l'Esplanade entre le Champ-de-Mars et la rivière de Seine », donc passer par le quai d'Orsay.

9. Bailly et La Fayette, après avoir décrété la loi martiale, ont commandé la fusillade sur les Parisiens venus déposer une pétition anti-royaliste sur l'autel de la Patrie.

10. Il existe bien une rue Bailly, dans le troisième arrondissement, mais c'est en souvenir du Bailliage de Saint-Martin-des-Champs.

À PROPOS DE LA RENTRÉE DES CLASSES *

Enfants et jeunes gens, filles et garçons, vous voici à la veille de la rentrée des classes. Dans quelques jours vous allez regagner vos écoles, vos lycées, vos pensions, vos universités, par groupes, par files, dans cette bousculade ordonnée qui règle les mobilisations, et en effet c'est à une mobilisation que vous répondez vous aussi, la seule que devraient connaître les peuples civilisés, cette mobilisation de l'éducation et de la culture qui dans aucun pays n'est poussée aussi loin qu'en France.

Pendant que vos pères et vos frères sont appelés aux lisières

* Texte d'une allocution radiodiffusée de Giraudoux « commissaire général à l'Information », dont *le Figaro* du 8 octobre 1939 et *le Temps* du 9 octobre ont reproduit de larges extraits. Une plaquette de 24 pages, in-4°, publiée à la Typographie François Bernouard, le 20 octobre 1939, avec des illustrations en couleurs de Maurice Taquoy, constitue l'édition originale, tirée à 1 540 exemplaires. Cette allocution radiodiffusée est reprise, avec une lettre de S. Em. le Cardinal Verdier, en tête d'une étude, *l'Enseignement primaire et l'éducation raciste en Allemagne,* publiée en 1940 par l'Imprimerie centrale commerciale (in-8° de 79 pages).

Les allocutions de Jean Giraudoux, commissaire général à l'Information, devaient être réunies en un volume in-16 d. c. chez Grasset : *Messages du Continental.*

« L'impression en était déjà fort avancée lorsque, le 11 juin 1940, Giraudoux quitta Paris à la suite du gouvernement, devançant de trois jours seulement l'arrivée des Allemands dans la capitale. (...) L'installation à Paris des forces d'occupation ayant rendu impossible la sortie du volume, sa composition fut définitivement abandonnée en juin 1941. » B. Dawson, *Bibliographie de l'œuvre de Jean Giraudoux,* Bellac, 1982.

de votre pays pour faire face à la guerre la plus monstrueuse, vous êtes appelés au centre de chacun de vos villages et de vos villes pour devenir la génération de la Paix.

Vingt mille de vos instituteurs, treize mille de vos autres maîtres ont dû prendre la mitrailleuse, la bombe, la grenade, et tous ces instruments de destruction qu'ils abhorrent, pour former le rempart derrière lequel vous sera appris cet automne et cet hiver par tous les maîtres restant, par tous les manuels, l'amour incoercible de votre pays pour la Paix.

Plusieurs sont déjà blessés, l'un d'eux a déjà disparu. Tous ils vont connaître la lutte, les rigueurs du froid, la souffrance pour que vous continuiez à apprendre que votre pays a été et sera celui de la douceur de vivre. Aux heures de leurs plus rudes batailles, vous aurez vos leçons, vos compositions, vos jeux mêmes, régis par les habitudes de la période pacifique. C'est ce contraste entre leurs devoirs et les vôtres qu'eux-mêmes exigeront, car ils supporteront mieux leur charge et l'oisiveté guerrière s'ils vous savent studieux et alertes.

Ce sera là l'honneur de notre cause, de celle de nos amis Anglais. Sur le front, nous sommes obligés de prendre les mêmes armes que l'adversaire, les armes inhumaines qu'il nous impose, mais nous ne voulons pas qu'il soit rien changé aux armes de la Paix, à vos méthodes, aux tableaux de vos murs, à ceux qui ont fait notre peuple ce qu'il est, à nos auteurs.

Il n'est pas un livre ouvert au hasard dans les classes qui se préparent pour vous, pas une phrase lue ou dite dans notre enseignement, qui ne soit un témoignage de notre bonne volonté humaine.

Mais vers quelles classes vont être poussés, de l'autre côté des frontières, ceux qui devraient être vos égaux et vos camarades, ceux dont on voudrait espérer qu'ils le seront un jour : les élèves des écoles allemandes ? Il faut le dire, l'éducation qui leur est donnée peut prolonger indéfiniment pour le monde la menace de Hitler. Hitler est un. Ils vont être près de quinze millions à entrer dans des salles tapissées de cartes qui parlent faux, de tableaux maquillés et où ils ne trouveront aucun des grands Allemands qui ont pensé que les nations et les races étaient sœurs. Le nom même de ceux-là est banni du langage, leurs bustes, s'ils sont morts, sont brisés, leurs personnes et leur famille même, s'ils sont vivants, exilées, leurs livres brûlés.

Ils vont être quinze millions à apprendre au cours d'histoire que les Germains furent les seuls à engendrer toute la civilisation, que tous les grands hommes ont une origine germaine, que l'invasion des Germains en Lombardie, par exemple, explique que dans la Haute-Italie se trouve le berceau des personnages les plus illustres, Dante, Léonard de Vinci, Mussolini. Ils apprendront dans le manuel de Schultze que les traits les plus étrangers à la race allemande, mais saillants chez les Français contemporains, sont la vanité et l'ambition de la gloire, le goût de la vengeance et de la cruauté. La plupart de leurs géographes leur indiqueront que l'Allemagne a des frontières qui mordent profondément sur toutes les nations voisines. L'esprit de guerre leur sera, dès leur plus jeune âge, insufflé par tous leurs manuels. Les programmes officiels leur ordonneront d'avoir constamment à leur portée un poignard ou un arc.

« Il faut, dit une revue des instituteurs allemands, mettre l'arme blanche dans la main de l'adolescent et dans celle du frère cadet la lance. »

« Beaucoup d'enfants, ajoute la même revue, ont accroché au-dessus de leur lit un revolver. Quand de tels objets garnissent une chambre, on en retire aussitôt une meilleure impression. »

« L'idée de la guerre totale doit être inculquée à tout enfant, c'est le but de l'enseignement. » Les filles n'ont qu'à suivre l'exemple.

« La femme soldat, dit une autre revue d'éducation, c'est le plus grand bonheur que la nation puisse souhaiter. » Et cette éducation de haine ne s'applique pas qu'à l'étranger, mais aussi à toute une part de la nation allemande.

Dans toutes les écoles primaires, les instituteurs sont invités, par le ministère de l'Éducation nationale, à mettre en lumière sans scrupule, pour le bénéfice de la race, non seulement l'ascendance des écoliers, mais leurs particularités raciales ou physiques.

Chaque enfant est tenu, par des questions aux parents ou enquêtes, de vérifier lui-même son arbre généalogique. Tant pis pour celui qui y découvre des secrets ou des tares. Le professeur aryen dédaignant l'arithmétique et l'algèbre, produits juifs, réserve sa sympathie à la géométrie, science nordique, et le livre de problèmes ne sera régénéré que par la noblesse des questions :

« Combien de bombes incendiaires de 750 kg peut transporter tel avion ? Combien de coups portants peut effectuer une escadrille de dix avions, le tiers des bombes ayant éclaté ?... Combien d'incendies éclatent si 3 sur 5 des bombes sont inefficaces ? » Et tout cet enseignement doit être dur. « La punition physique, dit Hitler lui-même, dans *Mein Kampf*, doit faire perdre aux tout-petits l'habitude des plaintes pour que, plus tard, quand un homme est au front, le poste ne soit pas uniquement occupé à transmettre des lamentations et des piailleries réciproques. »

Et il est sans foi, sans croyance. Il n'est plus qu'une idole, Hitler. La classe est sa messe. A l'école primaire de Wanse, par exemple, les enfants doivent apprendre par cœur, à la place du Credo, le texte composé par leur professeur Dappe :

« Je crois en l'Allemagne, en l'autre fils aîné de l'Allemagne, le maître de soi-même, conçu sous les cieux nordiques, né entre les Alpes et la mer, ayant souffert sous les papistes et les mormonistes, calomnié, accablé..., tenté par les démons de toute espèce, ressuscité après des décades de misère de la vie publique et nationale, assis avec le Grand-Frère de Nazareth à la droite du Tout-Puissant, d'où il descendra pour juger les enterrés vivants et les morts ! ! ! »

Quand les enfants refusent de réciter de telles prières ou de lever le bras et de crier « Heil », ils sont enlevés aussitôt à leur père et à leur mère, quelquefois pour toujours. Quelle enfance, fût-elle plus studieuse encore, plus respectueuse, plus attirée naturellement par le beau, que l'était jadis la jeunesse allemande, pourra résister longtemps à pareille contrainte et écouter sans dommage irrémédiable pour l'humanité, ces discours quotidiens de distributions de prix au mensonge, à la violence, à l'orgueil que sont les discours de Hitler et de ses lieutenants ?

Pour vous, vous trouverez peut-être quelque changement dans vos salles de classe. Peut-être seront-elles plus combles, car vous aurez pour compagnons les enfants des régions évacuées. Toute l'enfance du pays aura été mêlée et brassée, comme l'a été la foule des soldats. Comme les soldats, vous profiterez de ce brassage. Mais vous ne trouverez aucun de vos enseignements touché par la guerre.

Vous apprendrez les textes que vos pères ont appris. Vous pourrez vous donner à une arithmétique innocente, qui vous offrira, comme en pleine Paix, ces problèmes des deux robinets ouverts à la fois et des trains portés l'un vers l'autre à des vitesses différentes, dont Colbert et Pasteur cherchaient déjà la solution à votre âge... Jeunes sentinelles auprès de l'histoire vraie, de la géographie vraie, de la morale sans haine, des leçons de choses sans poignard et sans poudre, c'est à vous que la France acharnée tout entière aux travaux de la guerre délègue cet automne la mission de conserver ces deux biens d'où son âme est issue, la gaieté et l'étude.

UNE RENTRÉE DES CLASSES PAS COMME LES AUTRES

« Et par l'entaille du pin résinier s'écoulent les pleurs de la fin du monde. »

(l'Ange dans *Sodome et Gomorrhe,* I, 2).

Le 1er septembre 1939, les troupes allemandes franchissaient les frontières polonaises : la Deuxième Guerre mondiale était en marche, la Guerre de Troie allait avoir lieu !... Le 3 septembre 1939, l'Angleterre et la France déclaraient la guerre à l'Allemagne d'Adolf Hitler.

Au mois de juillet 1939, le gouvernement Daladier — sur une suggestion d'André Chamson — a rappelé Jean Giraudoux et lui a confié la charge du Commissariat à l'information[1]*. Giraudoux s'installa rue de Rivoli à l'hôtel Continental, mais ses pouvoirs furent très limités. Ce Commissariat à l'information était fantoche : dès son installation Giraudoux apprit que la presse, la censure, le cinéma, les relations avec les Affaires étrangères et les services spéciaux lui étaient interdits. Il avait peu d'informations, peu de crédits, peu de matériel... Il lui restait les amis dont il sut s'entourer — des universitaires germanistes, des écrivains comme Jean Prévost, Paul Claudel, Jules Romains... Il lui restait le goût de la vérité, le goût du verbe. Mais il n'avait guère le droit à la parole ; tout juste un quart d'heure d'antenne* *où il doit se borner « à prononcer de petits discours, et encore quand on m'en donne la permission*[2] *».*

« A propos de la rentrée des classes » fut prononcé le 7 octobre 1939 à la radio française ; le Figaro *du 8 et* le Temps *du 9 octobre en ont reproduit de larges extraits. Giraudoux s'adresse aux écoliers de France : c'est un appel à la mobilisation générale, non pour faire la guerre mais pour apprendre la Paix, une mobilisation « de l'éducation et de la culture ». Il rend hommage à ces maîtres d'école qui apprennent aux enfants « l'amour incoercible de [leur] pays pour la Paix », qui enseignent nos auteurs, « la morale sans haine, des leçons de choses sans poignard et sans poudre ». Giraudoux a toujours été attentif au monde de l'Éducation qui est responsable de l'avenir du pays : « L'Institut devait être le maître intellectuel et moral de la nation, l'instituteur le maître intellectuel et moral de ses enfants... Ce que les instituteurs étaient chargés de donner au pays, ce qu'ils lui donnent encore avec une compétence indiscutable, c'était le pain et le vin de la culture*[3]*. » L'école doit être la gardienne de la liberté, elle doit être vigilante car « aux approches de la guerre, tous les êtres sécrètent une nouvelle sueur, tous les événements revêtent un nouveau vernis, qui est le mensonge*[4] *». L'école doit apprendre le goût de la vérité à ses enfants, « jeunes sentinelles auprès de l'histoire vraie, de la géographie vraie ».*

Des détracteurs de Giraudoux mettent en doute son honnêteté intellectuelle, politique et patriotique[5]*. A ceux qui se demandent si Giraudoux ne fut pas collaborateur, à ceux qui lui reprochent d'avoir été dupe, ambigu, peu lucide, complice du fascisme, l'allocution « A propos de la rentrée des classes » serait déjà une réponse. Giraudoux y dénonce avec force, sans complaisance, la terreur fasciste, le mensonge fasciste. Il dénonce celui qui est une menace pour le monde : Hitler. Il dénonce les autodafés, la culture niée, bafouée, piétinée, les tortures morales ou physiques exercées sur les opposants au régime, la violence nazie. Il dénonce la xénophobie, le racisme, l'antisémitisme...*

Qui osera dire que Giraudoux n'était pas lucide quand il s'épouvante de l'éducation donnée aux jeunes élèves germaniques dans « ces discours quotidiens de distributions de prix au mensonge, à la violence, à l'orgueil que sont les discours de Hitler et de ses lieutenants » ? Dire cela en octobre 1939 était déjà un acte de résistance, car résister *n'est-ce pas d'abord* dénoncer ? *un tel discours serait — aujourd'hui — dans certains pays puni de mort.*

Le 21 mars 1940, huit mois après sa nomination, Jean Giraudoux était évincé du Continental. On se demande pourquoi...

YVELINE PÉNEAU.

NOTES

1. Un décret-loi du 29 juillet 1939 créait un Commissariat général à l'Information ; le 30 juillet, Giraudoux était nommé commissaire général. Ce poste, qui se rapprocherait aujourd'hui d'un secrétariat d'État, devait développer la propagande de guerre.

2. André Beucler, « Giraudoux Top secret » dans *la Revue des deux mondes,* 15 octobre 1962. Repris dans *De Saint-Pétersbourg à Saint-Germain-des-Prés,* Gallimard, 1980.

3. « Institut et instituteurs » dans *Littérature,* Gallimard. Publié auparavant dans *le Figaro* du 17 septembre 1937.

4. Andromaque dans *La guerre de Troie n'aura pas lieu,* acte II, scène 8.

5. Vercors dans *les Occasions perdues* (Plon, 1982) évoque « les silences de la radio de Giraudoux »... Silences, et pour cause : on ne lui laissait pas la parole ! Bernard Hilbert dans *la Nouvelle République du Centre-Ouest* (29 décembre 1982) accuse : « Giraudoux, traître à lui-même, fait son métier de menteur officiel » ; B.-H. Lévy, auteur de *l'Idéologie française,* met dans le même panier Darquier de Pellepoix et Giraudoux en affirmant que ce dernier avait proposé la création d'un ministère de la Race ! ! !

COMPAGNONS D'ŒUVRE : PRÉFACE *

A l'âge où les jeunes gens se précipitent vers la vie et le travail des arts pour donner un lustre au nom qu'ils portent, dix jeunes artistes, dans un baptême tout nouveau, construisent un baptistère pour renoncer aux leurs. Ils ne se doutent pas encore que l'anonymat est le plus grand orgueil, que, par le nom, le créateur s'offre directement à la bouche humaine pour son baiser et son crachat, mais je comprends pourquoi ils ont tenu à accrocher aux murs sacrés encore nus ces dix exvoto invisibles, et je vais le leur dire. Ce n'est pas du tout qu'ils abdiquent leurs noms ; c'est bien plutôt que, dans leur activité de compagnons, leur intimité d'action et de forge, ils ressentent le besoin de les garder pour eux-mêmes, et ils en ont fait des prénoms, des prénoms d'atelier et d'équipe. Audessous de cette coupole unique, il y a, comme il y aura audessous des églises et des monuments dont ils m'ont présenté les remarquables projets, dix jeunes hommes qui s'interpellent par leur nom, se passionnent par leur nom, s'expliquent par leur nom, et comme Pierre sur Pierre composent et bâtissent sur cette entente et cet échafaudage secrets. D'autres ont déjà fait comme eux, ceux justement qu'ils reconnaissent

* Texte publié dans *Comoedia,* nouv. sér. n° 49, 30 mai 1942, en page 1. Illustré par la photo de la « maquette de l'église que les Compagnons d'œuvre destinent à l'Espagne » ; introduit par la présentation suivante : « Dans quelques jours, les Compagnons d'œuvre exposeront un baptistère dans une galerie parisienne. Jean Giraudoux a bien voulu présenter leur œuvre et leur but dans les lignes que voici. »

comme leurs maîtres et dont ils veulent continuer la lignée. Ce qui me touche le plus quand j'entre dans une cathédrale, ce n'est pas qu'elle soit généralement anonyme. Ce sont au contraire les innombrables signatures qui y résonnent. C'est au contraire que j'entends au-dessus des noms de saints et des échos célestes, l'écho de tous les noms de contremaîtres et d'ouvriers, cette armature vocale autour de laquelle s'est élevée la nef. J'entends, des dalles au triforium, des verrières aux stalles, se croiser, dans la bonne humeur ou la semonce, les noms de Dubois, de Ledard, de Bessineton, de Marchois, et même, c'est mon honneur, comme je sais qu'on l'a crié mille fois dans la cathédrale de Bourges avant que celui de saint Étienne y fût même susurré, le nom de Giraudoux. Les dix auteurs du baptistère ont pu être anonymes parce qu'ils se connaissaient et s'interpellaient par leur nom avant d'avoir commencé à le bâtir, parce qu'ils sont une compagnie de travail, parce que chacun compte sur l'autre comme sur soi, parce qu'ils ne sont qu'un. C'est la meilleure garantie pour la réussite de l'œuvre qu'ils entreprennent et dont la première exigence est l'unité. Aucun d'eux n'y perd ou n'y atténue son talent, et c'est avec la plus grande confiance que je leur envoie mes vœux fraternels, en ce matin de Pentecôte où le pigeon du Palais-Royal, s'abattant sur ma fenêtre — il est bien là, je n'invente pas — essaye sans doute de me donner cette langue de l'architecture qu'il me suffit, pour ma joie, de bégayer.

Sauf si le hasard ou une nouvelle vocation de chercheur apporte une totale lumière, nous ne saurons pas qui furent ces « compagnons d'œuvre ». Interrogés, l'Association ouvrière des Compagnons du devenir d'une part et M. Roger Le Cotté, conservateur du musée du Compagnonnage à Tours d'autre part n'ont pu lever le voile sur l'identité et l'activité de ce groupe. Il n'a peut-être existé que quelques mois et pour une œuvre restreinte. Par contre Michel Potet, professeur à l'IUT de Bourges, s'est fructueusement livré à une recherche sur un passage de l'article où Giraudoux met son nom en cause :

« D'après le contexte, Giraudoux prétend citer des noms de " contremaîtres et d'ouvriers " ayant travaillé sur le chantier de la cathédrale de Bourges avant sa consécration à saint Étienne, c'est-à-dire avant son achèvement, vers 1300 (la dédicace du monument date, je crois, de

1324). Pour la période de construction, qui dure environ un siècle, on manque totalement de noms, sauf un, Aguillon de Droves — dont on n'est pas sûr qu'il soit un sculpteur — et peut-être un certain Michel, tailleur de pierres. On ignore même le nom de l'architecte primitif que, faute de mieux, on appelle " le maître de Bourges ". Toutefois, d'une église collégiale aujourd'hui totalement disparue, l'église Saint-Ursin (Ursin évangélisa le Berry vers le deuxième siècle) construite au XIIe siècle, il demeure quelques débris de sculptures, plus un portail transporté dans un bâtiment administratif, avenue du 95e de ligne. Ce portail est connu sous le nom de Porte Saint-Ursin — j'emprunte à P. Gauchery et à A. de Grossouvre, Notre vieux Bourges, *3e édition, 1949, quelques éléments de description : tympan subdivisé en trois zones, en bas un calendrier sculpté (représentant des actions en rapport avec les mois), au milieu une chasse, au-dessus des scènes de fables. Et surtout un cartouche, en bas, où l'on peut lire : GIRAULDUS FECIT ISTAS PORTAS*

D'ailleurs ce Girauldus est cité dans le Dictionnaire des peintres, sculpteurs et graveurs *d'E. Bénézit.*

Mais c'est peut-être reculer pour mieux sauter, car je n'ai pas trouvé trace des quatre autres noms. Giraudoux n'a-t-il pu résister au plaisir de se promouvoir, par homonyme interposé, comme sculpteur médiéval ? Peut-être les autres noms sont-ils parmi ceux des jeunes sculpteurs dont il présente le travail, ces " Compagnons d'œuvre " qui ont construit un baptistère... »

JACQUES WALTER.

COLBERT *

La noblesse de cet homme, qui sortait du petit commerce et en avait déjà les vertus, vient de ce que sa morale était assise sur des principes de raison paysanne. Son entreprise a été de nourrir la grandeur et la munificence de la nation par l'ordre et par la qualité. Il a voulu mettre fin à la contradiction qui semblait depuis des siècles être devenue la nature de la France : un éclat prodigieux entretenu par les compromissions et la misère, un style de règle et de logique alimenté par l'indépendance et l'écart, une imagination sans rivale dont les mèches plongeaient dans la routine et l'obstination. Il a prévu l'époque où ce miracle d'une France arrivant chaque siècle à

* Texte publié dans *De MCMXXIX à MCMXLII c'est-à-dire de Jeanne d'Arc à Philippe Pétain, c'est-à-dire 500 ans de l'Histoire de la France.* Ouvrage conçu, composé et commenté par Sacha Guitry ; achevé d'imprimer le 15 avril 1944, à Paris, Sant' Andrea et Lafuma (Éditions et Publications françaises) ; in-fol. de 410 pages, en feuillets sur papier de pur chiffon filigrané à la francisque, sous emboîtage. Édition de luxe tirée à 675 exemplaires (25 étant réservés à la Belgique et à la Hollande). Textes inédits de P. Benoit, le Duc de Broglie, M. Donnay, G. Duhamel, A. Hermant, J. Tharaud, P. Valéry, R. Benjamin, P. Champion, L. Larguier, J.-H. Rosny jeune, J. de La Varende, Colette, L. Beydts, J. Cocteau, A. Cortot, R. Fauchois, P. Fort, J. Giraudoux, A. Maillol, P. Morand, le R. P. Sertillanges, J. Tharaud.

Le texte de Giraudoux est accompagné en page hors texte d'une reproduction du portrait de Colbert par C. Lefebvre (musée de Versailles).

Texte repris dans *Alternance,* in-fol. de 137 pages ; édition de luxe tirée à 340 exemplaires, Paris, Le Gerbier, 21 mars 1946. Avec des textes inédits de F. Mauriac, L.-P. Fargue, etc. et des eaux-fortes de J.-E. Laboureur, H. Matisse, etc.

remplir plus glorieusement sa mission de luxe et d'unité en ce bas monde au-dessus d'une France chaque siècle plus élimée et morcelée ne serait plus renouvelable. Fidèle légataire de l'axiome de Richelieu et de Mazarin, qui était d'amoindrir au profit de la Royauté la valeur et l'influence des personnes, il l'a complété au profit de la nation par l'axiome inverse, qui était d'y augmenter la valeur des choses. Il a voulu qu'à sa naissance tout ce qui était français fût royal en France. Ces bois qui nous venaient d'Allemagne, ces velours et ces glaces qui venaient de Venise, ces armes qui venaient d'Espagne, ces charbons qui venaient d'Angleterre, ces draps qui venaient de Hollande, ces papiers qui venaient d'Italie, toute cette armée d'objets et de denrées mercenaires qui ne s'engageaient qu'à la plus haute solde et avec un accent et pour le mépris de leurs frères français, il fallait l'arrêter aux frontières, non seulement par des tarifs annuels, mais en usant de toutes les occasions, et l'on sait qu'il fut le seul à ne pas être atterré par la mort de Madame qui lui permettait, à la faveur du deuil, de proscrire les fils de Venise. Non pas pour permettre à des industries ou à des élevages indigents de subsister, mais pour leur donner le loisir d'atteindre, dans leur ordre, ce degré de force et de grandeur où le Roi était parvenu dans le sien. Il n'était aucune raison pour que les espèces végétale et animale, pour que les pierres elles-mêmes, ne fussent pas conviées à leur rôle dans ce règne, pour que les répliques minérales du Roi fussent en Carrare — de là l'ouverture des carrières des Pyrénées — pour que les chevaux du Roi fussent des genets ou des mecklembourgeois — de là les Haras — pour que les vaisseaux du Roi eussent des mâts de Forêt-Noire — de là la forêt de Tronçais : Lui savait que le produit de remplacement de la vaisselle de terre est la porcelaine, de l'herbe folle de lin, de la misère la richesse, de la laideur la beauté, de la guerre la paix. Lui, auquel on reproche sa glace, est non seulement le seul ministre mais le seul poète français qui ait déliré de joie et de lyrisme devant une statistique d'industrie, et l'ait illustrée de ces annotations aveuglantes que Pascal écrivait dans les marges des Livres Saints. Sa politique de protection ne vise à protéger que les forts. Elle est la marque de la plus forte confiance que l'on puisse faire à un pays, puisqu'on l'estime capable d'entretenir à lui seul, par sa vie journalière, un resplendissement allumé à la religion ou au génie. Il aurait scandaleusement protégé sa famille ? Erreur. Il a entendu faire, pour les Colbert, ce qu'il avait obtenu pour les chanvres de Picardie et les moutons de sa Champagne : les hausser à la qualité royale, et ses rapports avec ses fils le prouvent. Il fut avec Colbert Seignelay le pion le plus intransigeant, mais il en fit un homme d'État. Il battit outrageusement Colbert Ormoy, mais il en fit un brigadier général qui mourut à l'ennemi. La joie qu'il retira de l'établissement de ses trois filles, dont il fit trois duchesses, est de l'ordre de celle que lui donnait, à lui drapier, le coutil français en devenant velours. C'est cette réussite qu'il chercha dans tous les domaines de l'activité, de l'invention et de l'audace françaises : que chacun fût l'aliment raisonnable et permanent de la gloire. Ces navires qui grâce à lui portent en tous lieux le plus beau pavillon et les proues les mieux sculptées, ces routes fleurdelysées qu'il crée du Morbihan aux Indes, de Dieppe à la Baltique, de La Rochelle à Madagascar, ne sont que les pièces du métier où il tisse sans cesse, assis à son bureau dès cinq heures du matin, la trame du Soleil. De là ses mécomptes avec le Soleil lui-même et sa mort dans une ombre. De là son rang dans un pays qui lui doit encore une partie de ses assises et de sa conscience. Mais l'estime pour Colbert s'attendrit et s'élève, à constater que ce douanier implacable n'a pas admis de frontières pour l'esprit, et qu'au-dessus de la concurrence et de la guerre des commerces, il a admis la société des imaginations comme le principe même de notre race et de notre pensée.

Ces pages sont tirées d'un somptueux in-folio, non paginé, orné de très belles illustrations en noir et en couleur, et de nombreux fac-similés : 1429-1942. De Jeanne d'Arc à Philippe Pétain, *Paris, Sant'Andrea et Lafuma, 1944. Le texte est de Sacha Guitry. C'est, dans le goût de ses pièces et films historiques, une chronique brillante et superficielle, anecdotes, mots célèbres, traits d'esprit. Une vingtaine de collaborateurs lui apportent, avec des contributions parfois très courtes, la caution, bien nécessaire, de leur célébrité. Ce sont Pierre Benoit, le duc de Broglie, Maurice Donnay, Georges Duhamel, Abel Hermant, Jérôme et Jean Tharaud, Paul Valéry, René Benjamin, Pierre Champion, Léo Larguier, J. H. Rosny jeune, La Varende, Colette,*

Louis Beydts, Jean Cocteau, Alfred Cortot, René Fauchois, Paul Fort, Jean Giraudoux, Aristide Maillol, Paul Morand, le R.P. Sertillanges. Giraudoux a choisi, pour sa part, d'évoquer Colbert, mais il est mort avant la publication du volume et son nom est le seul qui ne se lise pas à la première page où sont reproduites en fac-similé les signatures de tous les collaborateurs recrutés par Guitry. (Après la mort du comédien, paraîtra une édition courante ne comportant que son propre texte, Librairie académique Perrin, 1966).

Giraudoux a déjà fait entrer Colbert dans les Cinq Tentations de La Fontaine, *et ce n'est pas, comme on pourrait croire, pour accabler l'adversaire de Fouquet. Il le retrouve dans* Pleins Pouvoirs. *Au-dessus de la France médiocre qui se laisse envahir par une immigration non contrôlée et qui se prépare avec application à la catastrophe de 1940, la figure de Colbert est comme un recours dans le Panthéon français, avec Sully, Richelieu, l'image sainte d'une patrie souveraine et d'une race préservée.*

Rien d'étonnant que, la catastrophe venue, Giraudoux se tourne encore vers lui. Le texte qu'il donne à Sacha Guitry est sorti du chapitre IV de Pleins Pouvoirs, *qui cite Colbert : « Cent vingt métiers de serge à Autun, Auxerre, Gournay. Bas d'Angleterre en plus de trente villes, six mille métiers de point de France. Damas à Meaux. Camelots de Bruxelles à Amiens. Basins et futaines à Paris. Draps à Abbeville, à Dieppe, à Fécamp, à Rouen, Sedan, Alais. Cuivre jaune à Bellenombre. Crics en Nivernais. Grosses ancres à Vienne et à Rochefort. Étamines de vaisseaux en Auvergne. Mâts en Provence, Vivarais, Dauphiné. Recherche des mines de toutes parts, en Rouergue, Foix, Roussillon. Grands ateliers de marine à Toulon, Rochefort, Brest. Sucreries dans tous les ports. Moulins à scies dans toutes les montagnes. Chanvres dans toutes les provinces. » Avec ce commentaire : « Au bas de ce dénombrement de nos ateliers, de nos magasins, il ajouta, de son écriture nette et rêche, ces deux mots : " Grandeur et Magnificence. " Voilà quelle était la définition du travail pour l'homme le plus pratique, le plus réservé, le plus exempt de vanité, pour le comptable le plus avare et le plus ennemi du luxe que notre Histoire ait compté, pour l'économe rétif de Louis XIV. »*

Grandeur et magnificence, *cette devise passe presque exactement dans le texte de 1944. Comme tous les portraits tracés par Giraudoux, celui-ci renseigne beaucoup sur Giraudoux, moins sur le modèle qu'il a sous les yeux. Car enfin, certaines questions demeurent posées : les trois filles du drapier deviennent duchesses, comme le coutil devient velours. Ces métamorphoses de physique amusante devaient plaire à Sacha Guitry. Elles ne dépareraient pas* le Chat botté, *mais elles ne disculpent pas le ministre du grief de népotisme.*

A vrai dire, on oublie ici Colbert, pour ne plus voir qu'un Français de

1942-1943, souffrant de l'humiliation et du malheur de son pays. Certains mots datent curieusement le texte : « Assise », *participe ou substantif, au début et à la fin, c'est le rêve des fondations inébranlables, quand la maison vacille. Puis, insolite comme un caillou dans l'étalage d'un joaillier :* « Produit de remplacement », *sorti du dénuement quotidien de ces années lugubres. Aux jours heureux le génie de Giraudoux transfigurait en souriant la réalité. Il s'obstine maintenant, sous le patronage de Colbert, à la même entreprise. Mais elle n'a plus la même signification. C'est devenu une sorte de provocation à l'espagnole, le défi des gueux héroïques, don César de Bazan, Cyrano, c'est, au fond de la misère, le paradoxe quand même et le volontaire aveuglement : « Le produit de remplacement de la vaisselle de terre est la porcelaine, de l'herbe folle le lin, de la misère la richesse, de la laideur la beauté, de la guerre la paix. »*

Ces substitutions magiques font écho à un mot connu qui propose la brioche à qui manque de pain. Mais celui-là c'est l'infortunée Marie-Antoinette qui l'a prononcé et il ne lui a jamais été pardonné.

JACQUES ROBICHEZ.

PARIS INTERNATIONAL *

Paris International ? Je ne crois pas que Paris soit une ville internationale. Une ville internationale est celle dont tous les habitants, même étrangers, sont égaux, chacun en vertu des droits de sa propre nationalité. Il ne manque pas de ces cités où ni les marchandises ni les hommes n'ont à payer ce tribut d'entrée ou de vie et où l'existence humaine jouit de cette internationalité réservée généralement au personnage consulaire… A Paris, l'égalité me semble au contraire s'expliquer par le fait que chaque étranger la doit à des qualités de Parisien immédiatement révélées ou acquises, à des habitudes, à des manies de Parisien immédiatement contractées, et qu'au contraire, dès son arrivée et pour tout son séjour, il abdique cette internationalité qu'elle lui soit conférée par ses mérites propres, sa situation ou sa nature. Paris est la ville où l'homme le plus riche peut jouir d'une modeste aisance, l'homme le plus intelligent d'un esprit modeste, et où l'homme le plus endurci se retrouve sensible. Cette métamorphose, qui du roi fait un citoyen attentif, de l'indifférent un vulnérable, de l'étudiant un roi, de l'exilé farouche un autochtone, qui les lie, par des fils que rien ne pourra rompre, à leur marchand de

* Texte publié après la mort de Giraudoux dans *Formes et Couleurs,* 6e année, nº 6, 1944 (numéro consacré à Paris), avec l'indication suivante : « Avant la guerre, Jean Giraudoux était sollicité de donner une vue synthétique de la capitale dont il était l'un des patriciens les plus insignes. Nous avons le plaisir de publier ces pages demeurées inédites. »

journaux, à leur garçon de restaurant, qui les modèle aux* esclaves bénévoles de leur concierge, de leur taxi et du pourboire, qui leur donne la liberté sans le désert, l'altitude sans la montagne, elle n'est guère possible qu'à Paris. Sur aucune autre place de l'Opéra, devant aucun autre Arc de Triomphe, dans aucun autre Ritz, l'homme ne peut goûter à la fois cette double satisfaction d'être inconnu et évident. Cette espèce de grade que le séjour à Paris nous confère aussi automatiquement que la fréquentation de l'université, une licence, il est hors de doute que c'est un grade moral.

L'hospitalité de Paris, en effet, a ceci de particulier qu'elle n'est pas du tout celle des Parisiens, mais celle de la ville elle-même. Le contraste entre cette population qui à première vue peut sembler modèle**, railleuse, profiteuse et cette ville ouverte, généreuse et digne, est même pour l'arrivant une énigme que le séjour d'ailleurs résout vite. Paris est la seule grande capitale — avec Vienne peut-être — qui se soit édifiée et ordonnée à l'échelle de l'homme, où, sans rien céder de leur grandeur, le site et l'architecture s'accordent pour notre inspiration et notre intimité, la ville faite pour la promenade humaine. La portée du pont qui enjambe la Seine n'excède jamais l'élan de franchir que nous inspire le fleuve, le chemin qui nous mène à Notre-Dame est juste le chemin qui nous mène à la messe, celui de Montmartre celui qui nous mène à notre vigne. Pourtant, le pas humain y répond à une allure humaine, à une vie sans hâte, la Joconde est à droite, la Tour Saint-Jacques est devant, vous butez sur le Luxembourg. De sorte qu'en aucune autre ville les promenades antérieures des grands hommes, le sillage des grands événements ne gardent à ce point leur fraîcheur et leur vertu. Notre promenade la plus simple coupe la trace de Racine, épouse une minute un itinéraire de Montaigne, se fond soudain dans une promenade de Napoléon. La porte de la Seine est celle qui menait Molière à Chaillot et au Misanthrope, Jeanne d'Arc au Louvre. Au milieu de toutes ces pistes où le talent et le génie s'entrecroisent, histoire heureuse et fatalité, l'étranger hésite, s'arrête à ce coin de pont où Robespierre s'arrêtait (il suffirait de ne pas

* *Sic.*

** *Sic.*

penser pour être Robespierre quand Robespierre ne pensait pas), repart dans un taxi dont le chauffeur ne lui ouvre pas la porte, vers un théâtre dont l'ouvreuse veut son pourboire, mais cela lui est bien égal : dans aucune autre ville il n'a été ainsi reçu par les grands monuments, les grands souvenirs et les grands hommes...

Depuis longtemps nous attendions que soit « retrouvé » ce texte — nous autres étrangers qui avons connu et appris à aimer par Giraudoux *Paris et la culture française. Que lui le Limousin, le Bellachon, nous ait décrit son pays d'adoption, sa ville d'adoption, en des termes que nous reconnaissons comme si justes, quoi de plus naturel ! Nous avons déjà pu apprécier par ses yeux tant de choses, y compris évidemment cette capitale, « ville annoncée voilà quatre mille ans » par des sphinx giralduciens*[1]. *Comment ne pas tomber un jour sur le passage qui résume le mieux, non seulement ce qu'a dû ressentir plus ou moins nettement tout voyageur au cours d'un séjour à Paris, mais aussi ce que Giraudoux lui-même n'a cessé de nous signaler au sujet de « cette ville qui à tous les êtres est le point d'arrivée, et où les gens de l'univers lâchant enfin leurs valises, comme les sauteurs dans les cirques, se sentent pour la première fois libres et bondissants*[2] *» !*

« Moi, affirma Potie, j'aime Paris. En dire du mal, c'est ne pas savoir ce qu'on dit, parce que c'est tout près et que, quand vous l'avez vu, il n'y a plus rien à voir. Il y a d'abord les femmes. Elles vont, elles viennent... Puis il y a les étrangers. J'y ai vu des Roumains, des Turcs, et même, m'a-t-on dit, la plupart de ceux qui se disent Corses sont bel et bien Italiens[3]. *»*

Peut jouir de l'internationalité parisienne — selon la définition de Giraudoux — n'importe qui. Cette égalité conférée par l'abdication de sa véritable nature au profit « des qualités », « des habitudes », « des manies de Parisien immédiatement révélées ou acquises », est accessible à tout le monde.

Que l'on soit noble, comme Fontranges :

« Il avait découvert dans Paris l'itinéraire du noctambule qui attend, si différent du noctambule qui s'attarde, itinéraire qui l'amenait fatalement, soit par la Seine soit par l'Opéra, à une gare[4]. *»*

Que l'on soit riche, comme Moïse :

« D'un itinéraire que ni la guerre ni la goutte n'avaient changé, aussi fixe et implacable qu'est droite cette promenade d'asphalte qui termine les villes d'Orient, Moïse quittait vers six heures son bureau, et, par la rue de la Paix, les boulevards, le faubourg Saint-Honoré, regagnait sa maison de l'avenue Gabriel[5]. *»*

Que l'on soit parisienne de naissance, de sorte que l'on peut jouer dans la ville deux rôles contraires d'une façon également naturelle et évidente, comme Nelly — au Pré-Saint-Gervais vis-à-vis de Reginald :

« Qu'une enfance de petite fille pouvait bien se placer là, entre ce petit bourg tranquille et ces collines d'où l'on voyait la ville. Tous les monuments lui donnaient la trame d'une nouvelle vie, avec des grands hommes qui étaient Richard Lenoir, Blanqui, des événements qui étaient la Commune, les fusillades, et l'incendie de ces Tuileries gâtées pour elle par tant de visites à deux aux Expositions des Arts Décoratifs[6]*. »*

Et à Montmartre vis-à-vis des petites gens :

« On se protège dans la vie comme on peut. Nelly, jusqu'à ce jour heureuse, se protégeait contre la noblesse par une mère égoïste et batailleuse, par des amies petites et bavardes, par des soirées assidues à Montmartre et une présence sérieuse aux courses. Elle allait même jusqu'à suivre les courses au trot à Vincennes pour s'y trouver en contact et en accord complet avec l'" écume "[7]*. »*

Ainsi Paris est Paris pour tous et pour toutes. Chacun y est accueilli par cette hospitalité qui est « celle de la ville elle-même » dont la présence hante avec tant d'insistance l'œuvre giralducienne. « Le petit Sarignon[8] *m'avait pris le bras et me disait, je ne sais pourquoi, tout ce par quoi l'on console les rois qui abdiquent (excepté les rois de France), que Paris seul est beau*[9]*. » « Paris, canevas de toute ville*[10] *», avec ses « grands monuments », ses « grands souvenirs » et ses « grands hommes » « cette race internationale qui vit toujours, sinon au-dessus, du moins en marge des lois*[11] *». Bien entendu les grands hommes, pour Giraudoux qui a même su en peupler une île du Pacifique, sont avant tout des hommes de lettres — « Mallarmé, Claudel et Rimbaud » par exemple, « les seuls à visser maintenant notre pauvre existence contre le monde et ses mystères*[12]*. » A vrai dire, ce n'est que sous la menace de guerre que l'on voit Paris passer « un uniforme national » et refuser à une étrangère, telle la douce Argentine, Maléna, « la naturalisation qu'elle cherchait dans ses promenades à travers Paris. [...] Paris se dégageait de son affection et de son intimité. Tout ce qui était style, statuaire, architecture déclinait soudain toute parenté avec elle, et Notre-Dame elle-même, et Saint-Eustache, et Saint-Étienne n'étaient plus que des refus ou des dénégations*[13] *».*

Mais le miracle veut que ce soit surtout en temps de crise que « les cinq mille hectares du monde où il a été le plus pensé, le plus parlé, le plus écrit », « le carrefour de la planète qui a été le plus libre, le plus élégant, le moins hypocrite[14] *» puissent, par la plume de Giraudoux, venir à la rescousse de ses propres citoyens. Ceux-ci — ainsi que Giraudoux lui-même, écrivant en 1941 dans un Paris occupé par l'ennemi — se sont peut-être trompés « à vouloir retirer à [leur]* *littérature, par égard pour elle, son humanité et son existence quotidienne[15] ». Il faut que l'on puisse s'apercevoir que « cette littérature française dite heureuse et pratique non seulement s'accommode de tous les temps, même sinistres, même irréels, mais les avait prévus, mais était un recours contre eux, ou leur explication[16] », et que « tout ce que [les Français avaient] jugé en elle être injonction, individualité, raisonnement n'est plus que réponse, communauté et accueil[17] ». Il ne faut pas oublier que les « grands et petits auteurs » français « continuent à habiter tous sur chaque pouce[18] » du sol français pour démontrer que « le destin français, tel que ses poètes, ses écrivains, ses philosophes l'ont formé, est le recours le plus ingénieux que l'humanité ait trouvé contre son destin général[19] ».*

Les Français doivent donc reconnaître que leur « vraie histoire [est] celle de [leur] esprit et de [leur] langue, celle dont tout survit, celle qui au lieu de [les] encercler de frontières élargit la France jusqu'au cœur de continents adverses[20] ». Bref, on voit que l'internationalité si particulière de Paris, centre et quintessence de toute la culture française, c'est-à-dire cet accueil des grands monuments évoquant les grands souvenirs et entraînant tout le monde, Français et étrangers, grands, moyens, et petits, dans des promenades qui suivent le sillage des grands hommes, résiste aux ravages du temps et à ceux des cataclysmes mondiaux.

Nous voici donc rassurés tous — Français et étrangers. La France est là, Paris est là. Heureusement Giraudoux est là aussi, ce Français provincial devenu depuis ses vingt ans parisien par excellence, fin connaisseur de la capitale de la France. On a prétendu que Giraudoux aurait même un moment fait le guide touristique à Paris[21]. Nous n'avons guère de difficulté à le croire — « Voilà l'hectare où la contemplation de Watteau a causé le plus de pattes-d'oie. Voilà l'hectare où les courses pour porter à la poste Corneille, Racine et Hugo ont donné le plus de varices. Voilà la maison où habite l'ouvrier qui se cassa la jambe en réparant la plaque de Danton. Voilà, au coin du quai Voltaire, le centiare où il fut gagné le plus de gravelle à combattre le despotisme. Voilà le décimètre carré où, le jour de sa mort, coula le sang de Molière[22]. » D'ailleurs Giraudoux ne nous promène-t-il pas inlassablement par les quartiers, par les rues, par les ponts de cette ville — même si d'après lui elle n'est pas, du moins dans le sens banal du terme, une ville internationale ? Confions-nous donc à Giraudoux. La fréquentation de son monde nous facilitera assurément l'obtention de « cette espèce de grade moral » que nous confère un séjour à Paris. Nous n'avons qu'à suivre le guide.

ELIZABETH GOULDING.

NOTES

1. *Simon le Pathétique*, p. 35.
2. *Suzanne et le Pacifique*, p. 28.
3. « Sainte Estelle », *Provinciales*, p. 58.
4. *Églantine*, pp. 25-26.
5. *Ibid.*, pp. 40-42.
6. *La Menteuse*, Éditions Grasset, 1969, pp. 33-34.
7. *Ibid.*, pp. 72-73.
8. Un des « amis voyageurs » d'Anne et Simon dans *Suzanne et le Pacifique*, p. 37.
9. *Suzanne et le Pacifique*, p. 42.
10. « Sainte Estelle », *Provinciales*, p. 53.
11. *Bella*, p. 13.
12. *Suzanne et le Pacifique*, p. 134.
13. *Combat avec l'ange*, pp. 258-259.
14. *Juliette au pays des hommes*, pp. 133-134.
15. « Préface » datée : « Paris, 20 mars 1941 », *Littérature*, p. 10.
16. *Ibid.*
17. *Ibid.*, pp. 10-11.
18. *Ibid.*, p. 10.
19. *Ibid.*, p. 26.
20. *Ibid.*
21. Voir l'article de Brett Dawson, « De Harvard au Quai d'Orsay », p. 723 et note 75, dans *la Revue d'histoire littéraire de la France*, septembre-décembre 1983.
22. *Juliette au pays des hommes*, pp. 134-135.

CHRONIQUES DE GIRALDUCIE

Dossier réuni et présenté par Guy Teissier.

I

GIRAUDOUX À LA SCÈNE...

• *A BELLAC*

AMPHITRYON 38.
XXXᵉ Festival « Giraudoux en Limousin »
Au château d'Échérat, le 3 juillet 1983. Mise en scène d'Odile Mallet et Geneviève Brunet. Avec C. Rouvel (Alcmène) J. Davy (Jupiter), C. Bujeau (Amphitryon et Jupiter en Amphitryon), G. Brunet (Léda), J.-L. Kayser (Mercure).

DOSSIER DE PRESSE

« La force tranquille »
Cette seconde pièce de Giraudoux, créée en 29 par Jouvet (avec Valentine Tessier, auquel il est rendu hommage au Centre culturel jusqu'au 31 août), pourrait passer, pour certaines de ses facilités d'écriture et d'intrigue, et surtout pour son idéologie paternaliste, misogyne et, en un mot, « popote », pour du vaudeville amélioré, mais le fameux style giralducien emporte l'adhésion : ainsi l'antithèse d'Alcmène « alourdie d'un bon mari » aboutit-elle à l'idée de légèreté, ainsi la scène 5 de l'acte 2 parodie-t-elle très ironiquement l'Annonciation chrétienne, ainsi la convention théâtrale est-elle toujours soulignée par les mots de Mercure, les effets de Jupiter ou la précipitation du temps. *Amphitryon* présente également à leur naissance certains thèmes que l'œuvre future développera, parfois moins gaiement qu'en ces pages [...]
Mais que dire de la représentation de cette pièce en conclusion du 30ᵉ Festival de Bellac ? Rien, hélas, sinon que la mise en scène

d'Odile Mallet et Geneviève Brunet est on ne peut plus honnête, au ras du texte, sans faiblesse insigne ni soupçon d'invention : il y a de l'humour, dans la tenue de Mercure par exemple ; de la grâce, dans les éclairages et les couleurs du décor ; de la pesanteur, dans l'insistance des redondances sonores ; l'interprétation fut, elle, avec de bons seconds rôles, comme D. Tarrare (Sosie), J. Souchon (Ecclissé), G. Brunet (Léda), J.-P. Hutinet (Le Trompette), et des vedettes passables, comme Jean Davy (Jupiter), ou honorables, comme Christian Bujeau (Amphitryon) et Catherine Rouvel (Alcmène) qui gagne de la présence tout au long du spectacle mais qui, comme son partenaire, parie trop évidemment sur l'aspect bourgeois de son personnage. Heureusement, le cadre superbe du château d'Échérat et surtout la collaboration amusée des dieux réels, dont parfois les éclairs suppléaient les projecteurs et dont les fracas soulignaient les mots de Jupiter et les tonnerres inventés, nous emportaient vers cette poésie si naturelle et si savante que l'on aime tant chez Giraudoux et que peut-être, après tout, la scène ne peut véritablement restituer : Giraudoux est sans doute un romancier, certes un dramaturge, mais d'abord, incontestablement, un écrivain.

PASCAL ANTOINE.
Le Populaire du Centre.

SODOME ET GOMORRHE

XXXIe Festival « Giraudoux en Limousin »

Au château de la Chèze, le 1er juillet 1984. Mise en scène d'Odile Mallet et Geneviève Brunet. Avec H. Arie (Lia), C. Bujeau (Jean), G. Brunet (Ruth), J. Davy (l'Archange), C. Sihol (l'Ange).

Ce spectacle a été repris le 9 septembre 1984 au Théâtre des Jean et des Pierre (Château de Mercastel, 60380 Songeons), où vient d'être créée la pièce de Jean-Pierre Giraudoux *Amphitryon 39.*

• *A BRUXELLES*

LA FOLLE DE CHAILLOT

Au théâtre du Parc, du 8 septembre au 2 octobre 1983. Mise en scène de B. de Coster ; décors et costumes de N. Corte-Real. Avec J. Bir (Aurélie), P. Pizzuti (le Chiffonnier), D. Bisconti (Irma), F. Villiers (Constance), M.-A. Dutheil (Gabrielle), S. Colin (Joséphine).

DOSSIER DE PRESSE

« *Une superproduction écologiste* »

Au Parc, chez Jean Nergal, où l'on ne lésine jamais sur les moyens, le spectacle d'entrée de saison est, traditionnellement, plus fastueux encore, et *la Folle de Chaillot,* ne déroge pas à cette règle, bien agréable au demeurant. Une vingtaine de comédiens sur le plateau, et rien que du très beau monde, un *all stars festival* comme on n'oserait le rêver. Un décor, et des costumes surtout de Nuno Corte-Real où l'enchanteur qu'il est s'est une fois encore surpassé. Ses projets, reproduits dans le programme, illustrent s'il en était encore besoin que c'est en peintre que Corte-Real crée, en peintre qui aurait ce rare privilège de voir ses œuvres s'épanouir sur la scène en quatre dimensions, le temps étant, au théâtre, aussi de la partie. [...]

Elle fourmille d'idées, cette pièce. Giraudoux n'en fait pas toujours le tri, pas plus qu'il ne passe sa logorrhée au crible (il est probable que, s'il avait vécu, il aurait élagué pendant les répétitions et livré un texte moins pléthorique), ce qui oblige les comédiens à laisser déferler des flots de paroles qu'ils ont parfois du mal à canaliser. [...]

Autour d'une Jacqueline Bir, qui rassemble dans cette interprétation toutes les facettes de son art, l'élégance et la poésie, la colère et la tendresse, l'autorité et la fragilité, il y a Suzanne Colin, en adorable Joséphine, Françoise Villiers, en impétueuse folle de Passy, et surtout Marie-Ange Dutheil, dont on peut mesurer l'humour infiniment délicat dans la folle de Saint-Sulpice. Auprès d'elles, Irma, qu'Aurélie a prise sous sa protection, est jouée avec finesse et un immense don de sympathie par Daniela Bisconti. [...]

Un grand spectacle, une super-production même, qui déborde de talents et de trouvailles : nous ne sommes plus accoutumés à ces repas de rois, depuis que la nouvelle cuisine théâtrale a élevé la diète au niveau d'un des beaux-arts...

JACQUES DE DECKER.
Le Soir, 15 septembre 1983.

Il y a quelques accents prophétiques dans la pièce. Non seulement Giraudoux y dénonce le culte éternel du veau d'or (sous sa forme capitaliste), mais certains de ses propos recoupent parfaitement les préoccupations de nos modernes écologistes. La première partie du spectacle m'a fait excellente impression : la mise en scène de Bernard De Coster aère et équilibre remarquablement la pièce, allégeant son rythme dans un climat d'aimable fantaisie. Hélas, la seconde reste l'un des actes les plus faibles du théâtre de Giraudoux (et dieu sait si j'aime ce théâtre !) : le thème patine désespérément, les longueurs s'accumulent et la construction s'effiloche. Cet affaissement se répercute sur le thème lui-même dont les rouages apparaissent dans leur ingénuité. Ce n'est pas sans raison que la critique de l'époque avait accueilli *La Folle* avec beaucoup de réserves. La pièce n'en contient pas moins un certain nombre de perles spécifiquement giralduciennes et un personnage de théâtre d'un baroque et d'une poésie remarquables. Cette folle de Chaillot, cette comtesse Aurélie est superbement interprétée par Mme Jacqueline Bir : intelligence, humour à froid, autorité et sens de la mesure font de cette composition un plaisir pour l'esprit.

JEAN LEIRENS.
La Cité, 11 septembre 1983.

La Folle de Chaillot n'est certainement pas — il s'en faut de beaucoup — la meilleure pièce de Jean Giraudoux. Si son texte abonde en images d'une fulgurante beauté, si l'on y retrouve avec plaisir sa verve tendre et ironique, sa fantaisie et surtout sa langue admirable dont on ne se lasse pas, il est indéniable que sa construction laisse à désirer et qu'elle n'est exempte ni de redites, ni de longueurs, surtout au deuxième acte.

Et pourtant, la mise à l'affiche de cette comédie constitue chaque fois un petit événement. [...]

Même si l'on ne voit guère, à Paris, de terrasses de bistrot ressemblant à celle — monumentale — qu'a imaginée Nuno Corte-Real et qui se transforme pour le deuxième acte en une non moins imposante entrée des égouts, il faut reconnaître que les deux décors du Parc ne laissent pas d'être impressionnants et sont d'ailleurs spontanément applaudis.

De même, si d'aucuns pourront regretter que Bernard De Coster ait renoncé à faire de la « folle » la clocharde caricaturale à laquelle on était accoutumé, il faut tout aussitôt faire observer que, telle qu'il l'a conçue, Aurélie nous touche sans doute davantage avec son idéalisme presque enfantin qui confine à la naïveté. D'autre part, en gommant volontairement tout ce que le rôle a d'outré, il a contribué à mieux mettre en valeur d'autres figures très attachantes de la pièce, comme le sourd-muet (un excellent Pascal Racan), le chiffonnier (un très convaincant Pietro Pizzuti) ou encore le couple d'amoureux (les très bons Daniela Bisconti et Michel Vanderlinden).

Quant à Jacqueline Bir, elle est remarquable de bout en bout dans ce personnage nouvelle manière de la « folle », dont on perçoit mieux l'infinie tendresse pour tout le petit peuple de Paris.

R. P.
L'Avenir du Tournaisis, 11 septembre 1983.

La Folle, c'est à la fois un texte et un rôle. Le texte de Giraudoux — posthume et écologique, monté par Jouvet en décembre 1945 — charrie le meilleur et le pire. A le réentendre (dans d'excellentes conditions, disons-le tout de suite), on est moins lassé par une préciosité qui coule de source que par des ficelles qui nous apparaissent aujourd'hui « boulevardières » comme la trop longue scène d'exposition du « complot » et les bavardages fastidieux des quatre folles au second acte. Comme dans tous les grands classiques qui dénoncent la dictature de l'argent, la corruption du pouvoir et la robotisation du travail — de *César Birotteau* aux *Temps modernes* — on est tout autant frappé par l'actualité persistante du propos et par des connotations dépassées parce que liées à une époque.

Ceci dit, cette pièce anticapitaliste — comme *La guerre de Troie* est antimilitariste — se situe évidemment par son intelligence, par sa subtilité, par cette politesse de l'esprit qu'est la légèreté dans les choses graves, à plusieurs coudées au-dessus des laborieux pamphlets gauchistes imaginés depuis lors sur le même thème. [...]

Le rôle, dominant forcément toute la distribution, c'est celui d'Aurélie, la Folle de Chaillot, c'est le triomphe de Jacqueline Bir. Pas si folle que ça (à la manière du Henri IV de Pirandello), généreuse et lucide, Madame Bir est le personnage et davantage encore : une femme de tête qui a du cœur, qui défend sans mièvrerie les arbres et les animaux, qui a le goût de la vie et cherche à communiquer aux autres ce bonheur. La tendresse, quoi, et elle y est admirable.

L'intelligence de Bernard De Coster éclate, une fois encore, dans sa dernière mise en scène. Tout en plaidant pour le côté littéraire d'un théâtre de texte qu'il serait puéril de vouloir banaliser, il a évité toute sclérose dans la présentation de ce classique du répertoire contemporain où le poids de la tradition est parfois trop lourd. [...]

Voilà un très beau spectacle pour ouvrir la saison du Parc, sur un thème qui reste vrai : « Il suffit d'une femme de sens, nous dit Giraudoux, pour que la folie du monde sur elle casse ses dents. »

JACQUES HISLAIRE.
La Libre Belgique, 11 septembre 1983.

« Giraudoux écologiste ? Sans doute. Et même anarchiste. »

Lorsque Giraudoux écrit *la Folle de Chaillot,* l'on est en pleine guerre. On la crée, en décembre 1945, onze mois après sa mort, dans les soubresauts d'un monde qui tente péniblement de s'inventer très vite un nouvel avenir. Et cette pièce, qu'on y regarde bien, est comme un brûlot — mal construit, d'ailleurs, ainsi que toutes les œuvres de combat. L'auteur, pour donner le change, a rameuté tout son petit personnel qui était aussi, il n'y a guère, celui de Brasillach et de tant d'autres : ce petit peuple de Paris joyeux et bon enfant, plein de gouaille et de joie de vivre. Mais, à sa tête, il met une Folle.

Pas folle du tout, il le précise bien, folle comme ceux qui voient les choses telles qu'elles sont et le disent. Des financiers menacent de faire un emmenthal du sol de Paris pour y pomper du pétrole. Elle les en empêchera, et voilà pour l'écologie. [...]

Bernard De Coster s'est lancé dans l'entreprise difficile de monter cette pièce anarchique aussi dans sa construction. Comme principal atout, il aura Jacqueline Bir, un peu jeune pour le rôle, mais qui le mènera sans doute d'originale façon. Du côté de l'énergie, par exemple. A côté d'elle, des comédiens comme Roger Dutoit, Claude Koener, Christian Maillet, Marie-Ange Dutheil... promettent une fête théâtrale axée sur l'intelligence.

Celle-ci sera bien nécessaire si l'on ne veut pas assister à une « reconstitution d'époque ». Car l'écrivain français le plus clair de ces cinquante dernières années, le plus français en somme, paraît aujourd'hui avoir écrit en une langue étrangère. Effet de perspective, bien sûr, qui fait aussi, que, sans trop réfléchir, on appelle aujourd'hui style la manière de Bernard-Marie Koltès. C'est du texte pur, et de la façon distraite de le dire, dépend l'existence même du théâtre de Giraudoux.

JEAN COLLETTE.
Le Vif, 8 septembre 1983.

• *EN EUROPE... de Londres à Istanbul*

LA GUERRE DE TROIE N'AURA PAS LIEU

— *En Turquie*

TRUVA SAVASI OLMAYACAK

A l'Istanbul Devlet Tiyatrosu. Première le 8 mai 1981 ; reprise pour la saison 1982-1983 dans le cadre de la semaine culturelle turco-hellénique. Mise en scène de Raïk Alniaçik. Traduction turque de Tahsin Saraç. Décors de R. Eren. Avec A. Gürzap (Andromaque), D. Gökçer (Hélène), E. Senkan (Hector), A. Biricik (Ulysse), S. Kiliç (Démokos), E. Mizasoğlu (Cassandre).

Sur le programme *...

L'enlèvement d'Hélène est un faux prétexte pour la guerre. Les

* La documentation nous a été aimablement envoyée par notre correspondant turc, Hassan Anamur, la traduction a été réalisée par M. Ataman.

vraies raisons sont ailleurs. Sur les deux côtes de la mer Égée vivent deux peuples aux langues, aux croyances et aux niveaux de civilisation différents... C'est donc la situation de Troie et ses richesses qui attirent les Grecs. C'est là la vraie raison de la guerre. Le rideau tombera, malgré les efforts d'Hector, sur ses propres paroles qui annoncent que « la guerre de Troie aura lieu ». L'Histoire nous montre bien que cette guerre a eu lieu, et — comme il est également dit dans la pièce — Hector l'humain, le sage, le juste et l'artiste meurt en défendant sa patrie.

Dans le premier quart du xxe siècle, notre pays a été attaqué par ceux qui étaient attirés par ses richesses. Ils ont trouvé un héros qui défendait sa patrie : c'était Mustafa Kemal Ataturk qui, en repoussant l'ennemi, a vengé Hector trois mille ans après la guerre de Troie.

DOSSIER DE PRESSE

Giraudoux a écrit cette pièce quelques mois avant la guerre d'Espagne, et quelques années avant la Seconde Guerre mondiale. Il évoque l'idée de la guerre avec pessimisme et humour noir. Pour lui, tant que l'homme demeurera primitif et stupide, il y aura des guerres. Car l'imbécillité triomphe de la logique, et il est plus facile de démolir que de bâtir.

Pour mettre en scène une pièce où la réflexion tient une place essentielle, où les dialogues sont si significatifs, il faut parfaitement saisir les idées et les conceptions en présence, ainsi que les comportements qui en résultent. Prenons Hélène : forte de sa beauté, de sa froideur, elle n'est que l'image en creux de ce que les autres voient en elle. Sur l'autre plateau de la balance, Andromaque déborde de pitié : elle est très humaine. Dans le jeu des acteurs la différence entre Andromaque et Hélène n'est pas assez soulignée.

ZEHRA IBSIROGLU.
Gösteri (*Spectacle*), avril 1983.

« *Fermer les portes de la guerre.* »

Les « théâtres d'État » nous présentent *La guerre de Troie n'aura pas lieu* comme un message de paix, variation nouvelle écrite sur la mythologie ancienne.

[...] Évidentes sont les raisons du succès de cette pièce : elle est immédiatement compréhensible, dans sa mise en scène tout à fait réussie, dans le cadre d'une semaine de paix. Nous remercions Giraudoux au nom du pacifisme et des amoureux du théâtre.

HALDUN TANER.
Milliyet (*Nationalité*), 6 février 1983.

J'ai le sentiment que Giraudoux a trop barbouillé de peintures et de dorures sur une belle charpente ; il a mis beaucoup trop de sauce sur une bonne viande.

[...] A mon avis, Giraudoux essaie de donner l'idée que la guerre n'est rien d'autre que le destin. Qu'est-ce que le destin ? C'est le temps accéléré... et l'imbécillité de la nature et des hommes. Donc, la guerre de Troie aura fatalement lieu (Cassandre le déclare). Il est important de comprendre la place du destin et son inéluctabilité dans une tragédie grecque. Mais nous sommes devant une pièce qui nous parle, non d'amour, de haine ou de mort, mais tout simplement de la guerre ; et cette pièce a été écrite en 1935 par un de nos contemporains... Depuis des années et des années, les nuages noirs de la guerre planent sur nos têtes : les éclairs et le tonnerre, de temps à autre, tombent sur des victimes choisies par le destin... Donc que vous soyez pour ou contre Giraudoux, même si vous avez une vision totalement différente de la sienne, si vous dites « que la guerre de Troie n'ait pas lieu » — vous vous devez de prendre part aux discussions que soulève cette pièce.

OHRAN BARLAS.
Gösteri (Spectacle).

— *En Grande-Bretagne*

THE TROJAN WAR WILL NOT TAKE PLACE

Au Lyttelton Theatre de Londres (National Theatre of Great Britain). Première le 10 mai 1983 ; 43 représentations. Mise en scène de Harold Pinter. Traduction de Christopher Fry. Avec M. Bland (Andromaque), J. Legrand (Cassandre), M. Jarvis (Hector), N. Pagett (Hélène), E. de Souza (Démokos), D. Rintoul (Pâris), B. Mason (Priam), B. Forster (Ulysse), D. Newark (Oiax), A. Crosbie (Hécube).

Rien de plus prenant, dynamique et lié que ce « Retour d'Hector » qui forme le premier acte de *La guerre de Troie n'aura pas lieu.* Dans la mise en scène de Harold Pinter qui tient l'affiche au *National Theatre* depuis le début de l'été, le drame du jeune général en chef revenant, victorieux mais dégoûté maintenant de son destin de tueur sublime, dans son pays déjà « malade » d'un nouveau conflit, pour s'engager impétueusement puis désespérément contre la bande des ennemis de la paix, actifs et passifs, forts de leurs positions acquises dans la Cité, se développe comme il convient, en un seul mouvement ininterrompu, puissant et souple, devant un grand décor simple et monumental et dans une version anglaise également ferme et claire, le traducteur, Christopher Fry, ayant eu la discrétion d'y renoncer aux fioritures précieuses de son propre théâtre poétique parfois un peu trop « brillant ».

L'Hector du *National Theatre,* Martin Jarvis, est bien un héros de notre temps : courageux, réfléchi, assez prosaïque, un prince qui a fait son devoir sur un champ de bataille choisi par d'autres, mais qu'il approuve, et qui ne fait que commencer, à la lumière de son foyer retrouvé et de son amour pour une jeune femme bientôt mère, à prendre en considération les devoirs, et les difficultés qu'il soupçonne à peine, du domaine politique. Avec Marjorie Bland, dont l'Andromaque entre dans sa destinée de « Troyenne » au même niveau, moins épique que domestique, que son mari, mais avec une tension de l'âme bien plus émouvante, angoissée, terrifiée, près de la crise de nerfs dès le seuil de la catastrophe — il incarne très exactement ce vulnérable bonheur du couple, toujours et partout menacé, qui hante l'œuvre tout entière de Giraudoux.

Les points forts de cette mise en scène britannique d'un théâtre très moderne de la dérision distanciante sont assurés par une distribution et une direction également habiles qui nous donnent tout d'abord un Pâris très beau garçon, tout à fait content de sa séduisante personne et de sa divine bonne fortune, crâneur m'as-tu-vu et assez facilement dégonflé ; puis une blonde Hélène qui, comme son ravisseur futile, est un bel article de Paris, très visiblement une de ces Parisiennes déracinées, comme Judith et Agathe Théocatoclès, que Giraudoux aime mêler aux gigantomachies de la légende antique. Parfaitement incarnée par Nicola Pagett, elle paraît un petite fauve authentique aussi, de son propre chef ; et le reste, jouant et jouissant complaisamment de sa force électro-magnétique froide et par-delà le bien et le mal ; non entièrement dépourvue pourtant de sensibilité et de susceptibilités presque humaines, vite escamotées d'ailleurs, ce qui la rend d'autant plus puissamment et dangereusement fascinante. Comme elle (et comme ce traditionaliste étroit, pompeux, pompier et sentimental, le roi Priam de B. Mason), Ulysse, très bien joué par Barry Foster, cerveau et parole des Grecs (et, comme l'ex-reine de Sparte, une présence toute dorée sur le rivage asiatique), est un accepteur, un réaliste qui se résigne d'une manière aussi passive qu'elle, et plus cyniquement, devant ce qu'il ne fait que faire semblant, sans doute, de prendre pour la Destinée.

L'opinion populaire troyenne, travaillée par les prêtres et les meneurs du parti de la guerre, chargée de préjugés et de poésie, dans son unanimisme aveugle et avec ses vulgaires *virility-symbols* de matelot moyen sensuel, que le fils de Priam, par légèreté ou par inexpérience, a eu l'imprudence de négliger en menant contre les grands seuls, ses égaux, sa campagne en faveur de la paix, est un monstre aussi (ce monstre-à-mille-têtes, la « many-headed beast », qui confondra l'ambition et excitera le mépris du Coriolan de Shakespeare) — phénomène de masse dont Pinter a très bien compris l'importance dans la péripétie décisive de cette « Préface à *l'Iliade* ». Démokos seul, de tous les monstres qu'Hector trouve rangés contre lui, déçoit. Au lieu de l'énergumène qu'il fallait — meneur frénétique et anxieusement macho, à la manière de Charlot-Hitler ou de l'Arturo Ui du *Berliner Ensemble,* nous devons nous contenter d'un *poseur* efféminé, et plutôt parnassien, qui ne délire que par à-coups et presque à contrecœur. C'est dommage, car c'est un rôle-clef, ou plutôt un rôle-piston. Or, loin d'accélérer l'action dramatique, ce meneur de jeu mou et sans conviction tend, chaque fois qu'il entre en scène, à la stopper net.

C'est au cours du second acte que la relative faiblesse de Demokos pèse le plus lourd dans la mise en scène du *National Theatre.* C'est que ni lui, ni l'excellent Oiax, ni aucun des rôles secondaires d'ailleurs, comme, par exemple, ceux de Cassandre et d'Hécube, « Troyennes » officielles, un peu trop décolorées ici, n'est plus porté, au second acte, par une dramaturgie dynamique. Dès la séduction manquée, ou différée plutôt, de Troilus par Hélène, scène gracieuse, spirituelle et significative en elle-même, et brillamment jouée par Nicola Pagett et Julian Firth, la pièce perd son bel élan du premier acte. Restent encore quelques très belles scènes, notamment le fameux duo d'Hector et d'Ulysse, et, bien entendu, l'irruption des matelots et de la foule, ainsi que des morceaux détachés fort réussis, comme la consultation de Busiris et le discours aux morts. Mais Pinter n'a malheureusement pas trouvé moyen de surmonter les difficultés que l'auteur lui pose après l'entracte par cette unité de sujet entrecoupée et cette perte d'allure dramatique. Le dénouement — sans même les trouvailles de Giraudoux, de nouveau homme de théâtre génial, que sont le rideau qui tombe trop tôt et le javelot qui hésite et puis tue trop tard — a plus ou moins raté.

Succès d'estime pour la plupart des journaux, un peu trop « academic » et « static » pour le goût des intellectuels et le public qui se veut d'avant-garde, ce spectacle a eu d'excellentes salles, et il a trouvé, auprès des jeunes en particulier, une audience attentive, charmée et émue. Les jeunes Britanniques (et de nombreux étrangers) ont reconnu, sonnant dans la belle voix claire et concernée, de Jean Giraudoux, quelques-uns de leurs propres sujets de débat les plus brûlants d'actualité et les plus lourds d'angoisse : la Flotte au large, la diplomatie futile, le bellicisme sentimental, du sang dans les rues, une foule en délire, les nations en dérive, un missile mal guidé, les femmes contre la guerre.

PHILIP A. OUSTON.

— *En République fédérale d'Allemagne*

DER KRIEG IN TROJA FINDET NICHT STATT

Aux Freilichtspiele (Festival de plein air) de Schwäbisch Hall. Première le 25 juin 1983 ; 8 représentations ; 9 832 spectateurs.

Mise en scène de Kai Braak ; décors et costumes de G.-E. Habben. Traduction d'Annette Kolb. Avec C. Pauli (Andromaque), D. Hinz (Cassandre), G. Seid (Hector), H. Geiler (Démokos), J. Liebeneiner (Hélène), W. Schwarz (Ulysse).

Reprise de cette mise en scène, avec la même distribution, aux Freilichtspiele de Schwäbisch Hall, en juillet 1984 (six représentations).

— *En Belgique*

LA GUERRE DE TROIE N'AURA PAS LIEU

Au théâtre royal des Galeries, à Bruxelles, du 7 mars au 8 avril 1984. Mise en scène de J.-C. Idée ; décors et costumes de J. van Nérom ; avec P. Ide (Andromaque), M. Basler (Hélène), N. Lepage (Hécube), C. Kœner (Hector), B. Marbaix (Ulysse), C. Labeau (Pâris), J. Hayet (Démokos), F. Villiers (Cassandre).

A paraître dans les prochaines « Chroniques de Giralducie », *Cahiers 14*, 1985, les dossiers de presse très aimablement communiqués par The National Theatre, les Festlichtspiele et le théâtre royal des Galeries — que nous remercions chaleureusement pour leur collaboration.

— *Du côté des scolaires*

A Genève (Suisse), La guerre de Troie n'aura pas lieu *a été représentée par le groupe théâtral des Amis de l'instruction, « La Bourrasque », dans une mise en scène de C. Karcher, pendant tout le mois d'avril 1983.*

L'ensemble est assez agréable à voir et se tient bien, d'autant que quelques bonnes idées dans la mise en scène et dans les décors transforment la salle des Amis de l'instruction en une Troie scénique très plausible. A encourager, du fait aussi que cette pièce est rarement représentée et qu'elle constitue « un gros morceau » pour des amateurs.

G. A.

Le Journal de Genève, 9-10 avril.

A Paris, le Club dramatique du lycée Rodin (27 rue Corvisart, XXIIe) a présenté les 26 et 29 avril 1983 La guerre de Troie n'aura pas lieu *dans une mise en scène de Marc Cabon.*

De l'ardeur avec laquelle tous les interprètes ont investi leur personnage et appréhendé les grandes lignes de l'œuvre et de la mise en scène, nous vient une leçon de confiance dans les pouvoirs de ce magicien du verbe que fut, qu'est Jean Giraudoux — et dans la ferveur toujours renouvelée de la jeunesse.

R. LAUBREAUX (programme).

• *A PARIS*

INTERMEZZO

A la Comédie-Française, reprise de la mise en scène de J. Sereys. Du 14 novembre 1983 au 1er février 1984 (99e représentation). Avec C. Hiégel (Isabelle), S. Eine (le Contrôleur), M. Aumont (l'Inspecteur) et remplaçant J.-M. Flotats, F. Beaulieu (le Spectre).

La Gazette du Français (nº 1 de novembre) présente cette reprise dans un article, « Un théâtre hanté », les acteurs d'aujourd'hui répondent à la question : « De quelle façon a influé sur votre manière de jouer *Intermezzo* le " spectre " de votre glorieux ancêtre ? » Le numéro 2 (décembre 1983) brode sous la plume de A. G. un « intermède (sans aucune portée) ».

ÉLECTRE

Par la Compagnie Arts et Spectacles, au théâtre Maurice-Ravel, Paris XII. Du 17 au 21 janvier 1984 (5 représentations). Spectacle subventionné par la ville de Paris.

Mise en scène de Michel Guyon.

Un hommage au génie poétique de Jean Giraudoux ; à son langage magique qui mêle énigmatiquement le sérieux et l'ironie, l'humour et la tendresse, le frivole et le pathétique ; à son verbe enchanteur, attachant et détaché, délibérément proche dans son insaisissable distanciation ; à cette parole qui se sait intelligente mais impuissante, volontaire mais sceptique et qui, mieux qu'aucune autre, s'adresse au monde d'aujourd'hui paradoxalement effarouché de sa propre culture.

MICHEL GUYON (programme).

• *DANS LES TROUPES UNIVERSITAIRES ET SCOLAIRES*

— En France

ÉLECTRE

Lycée Montesquieu et LEP Hélène-Boucher, Le Mans, 30 avril 1983. Dans le cadre de la Fête des jeunes et du théâtre : « Théâtre pour l'avenir ». Mise en scène de MM. Coulmeau et Daniel.

L'APOLLON DE BELLAC

Groupe d'étudiants à Bezons. Mise en scène de C. Hodina.*

L'APOLLON DE BELLAC

ARTUS de Strasbourg, du 30 janvier au 4 février 1984. Mise en scène de C. Weil.

ONDINE (extraits)

Lycée La Bruyère, Versailles, 30 mars. Au théâtre Montansier de Versailles, dans le cadre de la Semaine nationale du théâtre. Mise en scène de C. Haumont.

ÉLECTRE

Collège Beaulieu de Joué-les-Tours, les 30 et 31 mai 1984. A la MJC de Joué. Mise en scène de M. Arrivé.

— Aux USA

ONDINE

Mount Holyoke College Department of Theatre Arts, South Hadley, Mass. ; 5-7 et 11-14 novembre 1982. Mise en scène de Jim Cavanaugh.

— En RFA

AMPHITRYON 38

Humboldt Gymnasium, Bad Homburg, 30 novembre 1983. Au Theater am Turm, Francfort ; dans le cadre des 3e Journées francfortoises du théâtre scolaire. Mise en scène de H. Kilian.

ONDINE

Humboldt Gymnasium, Bad Homburg, 26 et 27 juin 1984. Mise en scène de H. Kilian.

* C'est en lisant les Chroniques de Giralducie que le metteur en scène a souhaité se joindre aux Amis de Jean Giraudoux :

« J'ai dix-huit ans, je suis étudiante et prépare un DUT d'Animation socio-culturelle. J'aime le théâtre et dans le théâtre j'aime Giraudoux. J'ai lu toutes ses pièces et suis aussi passée à l'acte en montant *l'Apollon de Bellac*.

Giraudoux, je l'ai découvert en seconde, avec *La guerre de Troie n'aura pas lieu*. Puis *Ondine* a suivi et toutes les autres pièces (...).

Je l'ai aussi fait lire a toutes mes camarades de classe, vingt-sept personnes connaissent maintenant Giraudoux... »

II

PRÉSENCE DE LA GIRALDUCIE

A Bellac, en Limousin

Dans le cadre du XXXe festival « Giraudoux en Limousin », juin-juillet 1983,

AUTOUR DE VALENTINE TESSIER

exposition organisée par F.-I. Guinle à la Maison natale.

GIRAUDOUX ET L'ALLEMAGNE

Exposition-conférence, avec projection de diapositives ; proposée par J.-N. Delétang, à l'occasion du jumelage entre Bellac et Wassertrüdingen (RFA).

Inaugurée le 9 septembre 1983, l'exposition a été ouverte pour les scolaires pendant les mois d'octobre et de novembre.

« Il convient de rappeler que ce grand écrivain a toujours été favorable à un rapprochement entre les deux pays, même dans la période moins propice qui suivit la Première Guerre mondiale. »

Le Populaire, 8 septembre 1983.

Au Centre culturel Jean Giraudoux :

JEAN COCTEAU ET JEAN GIRAUDOUX

(du 31 janvier au 28 mars 1984)

Organisée par Jean-Noël Delétang, nouveau conservateur de la Maison natale, cette exposition « a pour double but d'honorer la mémoire de Jean Giraudoux, quarante ans après sa mort, et celle de Jean Cocteau, vingt ans après la sienne : l'œuvre romanesque, théâtrale et cinématographique des deux hommes sera évoquée ainsi que leurs amis, leurs préoccupations et leur conception de la mort ».

Le Populaire du Centre, 31 janvier 1984.

« Des citations mises en exergue, des photos, les œuvres, des dédicaces, toute une somme de documents, fruit d'une patiente recherche, fait l'essentiel de cette exposition qui intéressera au plus haut point les littéraires connaisseurs des œuvres aux multiples facettes de ces deux personnages hors du commun. »

L'Écho du Centre, 3 février 1984.

« Intéressé, captivé, conquis, nous avons été tout cela au long de cette expo... dans cette maison où à chaque instant on croit que le grand maître va apparaître. Car il est là. »

J. LAPELLEGERIE.

Le Populaire du Centre, 3 février 1984.

III

LECTURES GIRALDUCIENNES

I. ÉDITIONS

En Livre de Poche, *Intermezzo* avec une nouvelle couverture, illustrée d'une photo de la représentation de la Comédie-Française ; *La guerre de Troie n'aura pas lieu* et *la Folle de Chaillot* avec une présentation légèrement modifiée.

La guerre de Troie n'aura pas lieu en texte original dans les classiques étrangers chez l'éditeur allemand Reclam ; présentation de Norbert Weitz ; n° 9131.

2. TRADUCTIONS

En italien

Aux éditions Sellerio de Palerme.

Susanna e il Pacifico (Suzanne et le Pacifique), traduction et notes de Gesualdo Bufalino, suivi de « Pro Giraudoux » par Gesualdo Bufalino ; volume n° 17 de la série La Memoria, 254 pages, sous couverture illustrée d'un portrait de Alexej Jawlenskij « Figure avec tresse » (achevé d'imprimer en octobre 1980).

Due Preghiere (Deux Prières) par E. Renan et J. Giraudoux. Ce volume qui réunit la Prière sur l'Acropole et la Prière sur la Tour Eiffel est dû à Gesualdo Bufalino, qui l'a préfacé ; 100 pages sous couverture illustrée par Edo Janich (achevé d'imprimer le 10 mars 1981).

En allemand

Dans Bibliothek Suhrkamp (n° 753).

Siegfried oder Die zwei Leben des Jacques Forestier (Siegfried et le Limousin). Traduction de Otto F. Best ; volume de 244 pages. Francfort, 1981.

« Ce compte rendu d'un voyage critique à travers la République nouvellement née demeure l'une des satires les plus spirituelles et charmantes de l'Allemagne dans la littérature mondiale » conclut le texte de présentation.

3. ÉTUDES

***Jean Giraudoux*, numéro spécial de *la Revue d'histoire littéraire de la France*, septembre-décembre 1983, Armand Colin.**

Le colloque qui s'est tenu au Collège de France le 11 décembre 1982 à l'initiative de la Société d'histoire littéraire de la France nourrit ce numéro double de son introduction et de ses dix communications, à quoi s'ajoutent quatre articles et, sauvée du désastre de 1940, une lettre inédite du commissaire à l'Information pour protester auprès d'É. Daladier contre l'insuffisance de ses moyens. Thème général, présenté par R. Pomeau : Giraudoux en son temps ; formule d'apparence simple, mais qui en implique (en cache) une autre, interrogative : Giraudoux *de* son temps ? ou même : Giraudoux de *notre* temps ? — questions qui affleurent ou éclatent à travers les diverses contributions et tracent au bout du compte un portrait éclaté et controversé de l'écrivain (ce dont je m'autoriserai pour proposer un regroupement des articles proposés).

B. Dawson rétablit la vérité sur une période trop souvent présentée à tort comme celle de la bohème littéraire : entre avril 1908 (retour d'Amérique) et juin 1910 (entrée au Quai d'Orsay) nous suivons les traces d'un Giraudoux à « la recherche d'une carrière stable », et la mise au point est particulièrement nette sur ses rapports avec le journal *le Matin* (dont il n'a jamais été « renvoyé »). M. Barthélemy fait le tour des goûts et des choix du bibliophile Giraudoux, insistant notamment sur sa prédilection pour un domaine peu lu de notre littérature, le roman du XVIIe siècle, et suggérant des influences possibles. Une étude remarquablement documentée de G. Boillat, outre qu'elle pose à l'aide d'un cas précis le problème des récompenses littéraires, nous révèle les dessous du Grand Prix Balzac, qui fut en réalité un prix Grasset (ce qui n'empêcha pas le bon choix que l'on sait).

Combien Giraudoux faisait de la conscience aiguë de son temps une des dimensions majeures de la fonction du poète, c'est ce qui ressort de l'article que M. Lioure consacre à « Littérature et société dans l'œuvre critique de Giraudoux » : mais conscience ne signifie pas soumission et Giraudoux prise tout particulièrement les écrivains qui surent exprimer leur époque tout en échappant à ses pesanteurs. On sait d'ailleurs que l'imitation n'est pas son fort : au théâtre, Mme M. Mercier-Campiche montre toute l'originalité de *Siegfried* si on compare cette pièce au « répertoire français en rapport avec l'Allemagne » depuis 1905, puisque Giraudoux « a placé hardiment le lieu de l'action en Allemagne et a mis en scène une majorité d'Allemands ». — Autres comparaisons : avec Proust, avec Claudel. La relation à l'œuvre du premier, en dépit de quelques hommages et clins d'œil, est distante comme les travaux d'É. Brunet le confirment, qui permettent de quantifier les oppositions syntaxiques, lexicales, thématiques entre les deux auteurs. Giraudoux fut sans doute plus proche de Claudel : sans le secours de l'ordinateur, fort d'une connaissance parfaite de l'œuvre claudélienne, M. Autrand repère un grand nombre de rapprochements, de réciproques rappels allusifs ; mais en dépit d' « appels » explicites lancés par Giraudoux, l'auteur de *Judith* ne sera pas semble-t-il pardonné. Mais dans la mesure où il est un créateur, un inventeur, Giraudoux ne se dérobe-t-il pas aux comparaisons trop précises ? c'est ce qui ressort de l'étude d'A. Job pour qui le poète n'est pas seulement un « entomologiste » des mots, mais aussi un démiurge dont la technique de *réappropriation* du langage vise précisément à ressourcer le nom commun (outil symbolique) à son origine sensible, là où bat encore impulsivement son cœur de nom *propre*. Dans une perspective plus générale P. Gobin examine la « déclaration » dans la dramaturgie giralducienne, pour l'opposer à la « reconnaissance » du théâtre tragique : ces deux notions contraires cohabitent pour faire du théâtre de Giraudoux un « métathéâtre » dans lequel la catastrophe est prise en charge par son auteur même, et qui s'éloignant de Racine, se rapproche de « Brecht, Pirandello, Sartre, Genet, Beckett ».

Si le classement littéraire de Giraudoux en son temps comme au nôtre demeure délicat, qu'en sera-t-il de son classement politique ? On s'accordera au moins pour constater que le personnage dépasse les limites de son époque. A. Duneau, interrogeant les derniers romans de Giraudoux, montre comment s'y inscrit « la crise de la civilisation », et ce que les refus de l'écrivain (consommation, argent, technique, valeurs sociales, couple) ont de prophétique. R. Garguilo place « Giraudoux devant les portes de la guerre » pour conclure qu'il annonce déjà de Gaulle et le Conseil national de la Résistance. Pour O. F. Best, traducteur de Giraudoux en allemand, la véritable réception de l'auteur de *Siegfried* ne viendra qu'en 1950, quand le thème des deux Allemagnes sera redevenu une réalité, alors qu'en 1930, quand la crise d'identité des Allemands est apparemment résolue, le « mythe euphorique de l'homme nouveau » capte peu l'audience outre-Rhin. F. G. Dreyfus voit en Giraudoux un « non-conformiste des années trente », désireux de rompre avec le « désordre établi », conscient de la médiocrité des institutions parlementaires et de la faiblesse de notre politique économique et démographique, un conservateur révolutionnaire en somme. L'analyse de J. Body, « Giraudoux et les rendez-vous de l'Histoire » révèle un inconfort plus grand encore : après avoir diversement cherché à saisir le présent, puis être apparu comme un « marginal » de la diplomatie, du journalisme, de la politique aussi, qui finit par tenir pour lui en deux mots : sport et urbanisme, Giraudoux à la fin veut moins s'engager qu'anticiper et ses hésitations entre le court terme et le moyen terme le mettront souvent en porte à faux. Il n'empêche qu'il a préparé notre temps. Une comparaison de ces deux dernières contributions sera profitable à qui veut voir plus clair dans quelques questions épineuses : la « responsabilité » de Giraudoux en 1940, par exemple, ou les limites et la portée de son antisémitisme, résidu manifeste de son époque. N'est-il pas paradoxal, comme le remarque J. Body, que Céline soit littérairement absous quand on persiste à faire porter à Giraudoux des chapeaux qui ne sont pas faits pour lui ?

M. P.

Le Berry de Jean Giraudoux de Noëlle et Jean-Noël Delétang. Photographies d'Isabelle et Jacques Beaulieu. Dans la collection « le Voyage immobile », Christian Pirot. Volume de 144 pages, achevé d'imprimer le 20 juin 1983 *.

S'ouvrant sur un crayon de C. Cosson et préfacé par Jean Desailly, cet ouvrage crée — ou recrée — un lien. Vous avez lu Giraudoux, vous voulez lire Giraudoux ; vous connaissez la France, vous voulez aller faire un tour en France... Sans désirer connaître tous les mystères (c'est impossible) de cet auteur, de cette région, vous espérez baigner dans leur mystère, c'est Giraudoux conduisant une Panhard-Levassor, qui vous emmène.

C'est à travers ce « Centre de la France » parcouru, photo par photo, que nous nous retrouvons les doubles d'une Ombre, de Siegfried, de Bella — pas de Giraudoux lui-même, non !... Par contre, nous recevons l'autorisation de marcher ainsi, pas à pas, sur « ses » sentiers ou à ses côtés, comme aux côtés d'un frère qui connaît déjà le chemin.

La photo est belle : c'est celle prise d'une fenêtre du lycée de Châteauroux, c'est la si vaste et si tendrement brumeuse campagne de Pellevoisin. Les visages des Berrichons ne sont-ils pas ceux de tel ou tel membre de nos familles « provinciales » ? Commençons par Saint-Amand-Montrond (ou par Bellac, bien sûr, si vous préférez) cet ouvrage dans les bras, et un ami très près du cœur. Lisons, contemplons et allons nous réjouir qu'il y ait « au Centre de la France, non pas comme on croit, un Massif Central, mais ce qu'on pourrait appeler un Calme Central, une Placidité Centrale, un pays » (J. G., *Or dans la nuit*).

G. D.

La critique a très favorablement accueilli l'ouvrage...

Dans *le Monde* du 8 décembre, G. Guitard-Auviste écrit : « L'on

* Les commandes pour cet ouvrage peuvent être adressées à l'Association des Amis de Jean Giraudoux.

prend conscience, à chaque page, que le Berry, ce n'est pas seulement George Sand et son réalisme, mais qu'un poète nommé Giraudoux en a transfiguré *les plaines sans arrogance, les paysages discrets, les rivières peu bavardes* pour en faire des allégories aux ailes d'or. » Et dans *la Revue des deux mondes* (septembre 1983), P. de Boisdeffre constate : « On feuillettera l'album de Noëlle et Jean-Noël Delétang avec le même plaisir que l'on éprouve à cueillir des fougères dans la forêt de Châteauroux ou à respirer l'odeur des foins, au début de juin, entre Verneuil et Nohant... »

4. MANUSCRITS

Collection d'un amateur : littérature du XXe siècle (Je sublime).

Vente à Paris, Nouveau Drouot, les 13, 14 et 15 juin 1983. Au catalogue des manuscrits dressé par M. Thierry Bodin :

— un manuscrit autographe signé sur Marguerite Audoux (4 pages petit in-4) **

— un manuscrit autographe signé de « Jacques l'Égoïste » (58 pages petit in-4) sous reliure de Paul Bonet (1942) **

— un manuscrit autographe signé du « Prologue » d'*Amica America* (7 1/2 pages in-4) **

— épreuves corrigées de *Simon le Pathétique* (256 pages in-8) *

— un manuscrit autographe de *Suzanne et le Pacifique* (243 pages in-4) *

— épreuves corrigées pour *Suzanne et le Pacifique* (11 placards repliés, plus 9 feuillets d'épreuves, grand in-8) *

— un manuscrit autographe signé de *l'Orgueil* (21 pages petit in-4, plus page de titre) **

— un manuscrit autographe de « Mirage de Bessines » (25 1/4 pages gr. in-4) *

Ont été acquis par le département des manuscrits de la Bibliothèque nationale les titres suivis d'un astérisque, par des particuliers les titres suivis de deux astérisques.

F. Rheims a rendu compte de cette vente dans *le Figaro* du 17 juin 1983 : « La Bibliothèque nationale, elle, eut la chance de pouvoir préempter quelques *gros morceaux* aux prix d'adjudication. Par exemple, parmi les manuscrits autographes, *la Peste* de Camus à 200 000 francs, *Suzanne et le Pacifique* de Giraudoux à 60 000 francs. »

M. Max Terrier, conservateur honoraire des musées nationaux, a fait don à la ville de Bellac d'un dessin représentant Jean Giraudoux et la tour Eiffel, signé de Jean Oberlé et destiné à l'*Europe nouvelle.* Jean Oberlé est surtout connu comme le speaker de Radio-Londres pendant la guerre : « Les Français parlent aux Français... »

5. CRITIQUES

Pour le *Théâtre complet* de Giraudoux, publié sous la direction de J. Body dans la Bibliothèque de la Pléiade, NRF (1982), de nombreux comptes rendus :

— Arnaldo Pizzorusso dans la *Rivista di letterature moderne e comparate,* fasc. 4, octobre-décembre 1982, v. XXXV, Pise : « Les matériaux réunis et présentés dans l'apparat critique sont de grande utilité pour mieux connaître le théâtre de Giraudoux, surtout en ce qui concerne les procédés de composition et les mécanismes d'élaboration du texte. ».

— John Pedersen dans la *Revue romane* XVIII, 1 (1983) : « Avec le travail d'érudition accompli par l'équipe de Jacques Body, qui mérite tout notre respect, le plus grand mérite de ce volume aura peut-être été de rappeler aux gens de théâtre et au grand public que l'œuvre dramatique de Giraudoux, éminemment scénique, supporte bien l'épreuve de la *lecture...* Ce volume nous restitue définitivement une grande œuvre qui aura marqué de sa grâce la première moitié du siècle. »

— René Fromilhague dans *Littératures* (Université de Toulouse, n° 8, automne 1983) : « Voici l'édition du *Théâtre complet* dont Giraudoux rêvait... dès 1940. Ce monument à sa gloire l'eût comblé, comme il comblera les amis de ce grand et beau théâtre [...] Cette édition critique, bien que lourde de toute la science que peut requérir le genre, est sans rien qui pèse ou qui pose. Après la lecture des 700 pages qui suivent le texte des pièces, nous gardons en nous la poche d'air, et l'horloger n'a pas cessé de remonter dans notre cerveau les saisons et les heures : l'édition est digne de Jean Giraudoux ! »

— Georges May dans *The French Review,* v. 57/3, février 1984 : « Rendons grâce à la longue patience des dix savants giralducistes et de leur maître d'œuvre Jacques Body, à qui nous sommes redevables de cet admirable volume... Grâce à l'ampleur monumentale de la tâche qu'ils ont menée à bien, leur édition n'est pas seulement un aboutissement, mais sûrement aussi un nouveau point de départ. Désormais indispensable, de par sa nouveauté, sa richesse, sa sûreté et sa commodité, elle met tant de nouveaux matériaux à la disposition des exégètes et des simples lecteurs, qu'elle ne pourra pas manquer de susciter de nouveaux travaux, de nouvelles interprétations, et peut-être aussi — ce qui est la plus belle consécration pour un auteur dramatique — de nouvelles mises en scène. »

BIBLIOGRAPHIE JEAN GIRAUDOUX 1983

GIRAUDOUX (Jean) : *Aventures de Jérôme Bardini,* Association des déficients visuels, 1983 ; 282 p, 24 cm, in-8°.

Jean Giraudoux commissaire général à l'Information : une lettre de protestation 12 février 1940, *Revue d'histoire littéraire de la France,* septembre-décembre 1983, p. 879.

ALBEAUX-FERNET (Michel) : « Jean Giraudoux et ses héroïnes », *Revue des deux mondes,* janvier 1983, pp. 104-114.

AUTRAND (Michel) : « Claudel et Giraudoux », *Revue d'histoire littéraire de la France,* septembre-décembre 1983, pp. 842-865.

BAILLOU (Jean) : « De l'École normale au Quai d'Orsay », *Culture et Patrimoine,* COLINAC, 1983/4.

BARTHÉLEMY (Maurice) : « Giraudoux bibliophile », *Revue d'histoire littéraire de la France,* septembre-décembre 1983, pp. 764-772.

BEST (Otto F.) : « Giraudoux et les crises d'identité des Allemands », *Revue d'histoire littéraire de la France,* septembre-décembre 1983, pp. 744-753.

BODY (Jacques) : « J. G. entre deux guerres », in *la Guerre et la Paix dans les lettres françaises de la guerre du Rif à la guerre d'Espagne (1925-1939),* pp. 57-61, Presses universitaires de Reims, 1983.

BODY (Jacques) : « Le Mythe de l'éternel premier », *la Jeunesse de J. G. en Berry,* Association amicale des anciens élèves du lycée Jean-Giraudoux, Châteauroux, 1983.

BODY (Jacques) : « Giraudoux et les rendez-vous de l'histoire », *RHLF,* septembre-décembre 1983, pp. 866-878.

BODY (Jacques) : « Réception du Moyen Âge et pastiche moyenâgeux dans l'œuvre de Giraudoux », *la Licorne,* n° 6, t. II, 1982, p. 265-283.

BODY (Jacques) : « La plus belle lettre de J. Giraudoux » à Suzanne

Boland-Pineau, 21 juin 1915, in *Mélanges à la mémoire de Franco Simone,* IV. Tradition et originalité dans la création littéraire, pp. 537-541, Genève, Slatkine, 1983.

BOILLAT (Gaston) : « Le Grand Prix Balzac 1922 », *RHLF,* septembre-décembre 1983, pp. 880-908.

BOISDEFFRE (Pierre de) : « Jean Giraudoux », *Revue des deux mondes,* février 1983, pp. 377-396.

BRUNEL (Pierre) : « Giraudoux et le tragique grec », *Bulletin de l'association G. Budé,* juin 1983, pp. 198-205.

BRUNET (Etienne) : « Proust et Giraudoux », *RHLF,* septembre-décembre 1983, pp. 823-841.

BOYER (André) : « Les Amitiés saint-amandoises de J. G. », in *la Jeunesse de J. G. en Berry,* Châteauroux, 1983.

CHIRAC (Marcelle) : « Aix-en-Provence ou la fatalité d'aimer d'après les romans aixois et la *Lucrèce* de Giraudoux », *Bulletin de la Société aixoise d'études historiques,* mai-juin 1983, pp. 1-4.

DAWSON (Brett) : « De Harvard au Quai d'Orsay (avril 1908-juin 1910) », *RHLF,* septembre-décembre 1983, pp. 711-724.

CZARNECKI (Marguerite) : « Le jardin du Contrôleur », *Comédie-Française,* n° 116, février-mars 1983.

CZARNECKI (Marguerite) : « Giraudoux et le romantisme allemand », *Comédie-Française,* n° 117, mars-avril 1983.

DECAUNES (Luc) : « Un art poétique de Giraudoux », *Comédie-Française,* juillet 1983.

DECAUX (Emmanuel) : « Littérature et cinéma. Supplément au voyage de Giraudoux », *Revue de la Bibliothèque nationale,* n° 7, mars 1983, pp. 3-9.

DELÉTANG (Jean-Noël) : « Jean Giraudoux et le Berry », *Revue de l'Académie du Centre,* Châteauroux 1983.

DELÉTANG (Noëlle et Jean-Noël) : *le Berry de Jean Giraudoux,* photographies d'Isabelle et Jacques Beaulieu, Christian Pirot, 1983.

DELMAS (Christian) : « Les fonctions des Euménides dans *Électre* de Giraudoux », *Littératures* n° 7, printemps 1983, pp. 157-165.

DREYFUS (F.-G.) : « Un non-conformiste des années trente : Giraudoux et la polique », *RHLF,* septembre-décembre 1983, pp. 725-734.

DUMUR (Guy) : « Un fantôme en Limousin ou l'impromptu de Bellac », *Comédie-Française,* novembre-décembre 1982, pp. 3-6.

DUNEAU (Alain) : « Un nouveau roman sociologique : la crise de la civilisation dans les derniers romans de Giraudoux », *RHLF,* septembre-décembre 1983, pp. 784-792.

FROMILHAGUE (René) : compte rendu de Giraudoux, *Théâtre complet* (Gallimard 1982), *Littératures,* n° 8, automne 1983.

GARGUILO (René) : « Giraudoux devant les portes de la guerre », *RHLF*, septembre-décembre 1983, pp. 754-763.

GOBIN (Pierre) : « La " déclaration " dans la dramaturgie de Giraudoux », *RHLF*, septembre-décembre 1983, pp. 807-822.

GOHIER (Jean) : « Un rappel : Jean Giraudoux et la dictature de l'urbanisme », *URBA* 194, février 1983.

GUÉRIN (Jean-Yves) : « Le centenaire de Giraudoux », *la Nouvelle Revue française*, avril 1983, pp. 103-107.

HAFFTER (Pierre) : « Impromptu », *French Studies in South Africa*, n° 12, 1983.

HUBERT (Étienne-Alain) : « Giraudoux (Hippolyte-*Jean*)... » in *Dictionnaire de biographie française*, fasc. XCI, col. 255-256 ; fasc. XCII, col. 257-259 ; Letouzey et Ané, 1982-1983.

JOB (André) : « Giraudoux et la poétique du nom propre », *RHLF*, septembre-décembre 1983, pp. 777-783.

LEADBEATER (Lewis W.) : « Homeric themes in J. Giraudoux's *Siegfried* », *Classical and Modern Literature*, spring 1982, pp. 147-160.

LIOURE (Michel) : « La poésie dans le théâtre de Giraudoux », *French Studies in South Africa*, n° 12, 1983, pp. 15-25.

LIOURE (Michel) : « Littérature et société dans l'œuvre critique de Giraudoux », *RHLF*, septembre-décembre 1983, pp. 793-806.

LUBIN (Georges) : « L'île heureuse », *la Jeunesse de J. G. en Berry*, Châteauroux 1983.

MARIE (Charles P.) : « Quand Suzanne se mire aux reflets du Pacifique », *Lemouzi*, janvier 1983, pp. 64-68.

MERCIER-CAMPICHE (Marianne) : « Originalité de *Siegfried* dans le répertoire français en rapport avec l'Allemagne », *RHLF*, septembre-décembre 1983, pp. 735-743.

NOLTING-HAUFF (Lise) : « Mythenrenaissance und Episierung in Giraudoux' *La guerre de Troie n'aura pas lieu* », *Zeitschrift für französische Sprache und Literatur*, 1983, n° 2, pp. 131-150.

MOURLET (Michel) : « L'Alexandrin de Bellac », portrait, *Valeurs actuelles*, 28 février 1983.

OUSTON (Philip) : « Giraudoux's Extraterrestrials », *Langue et littérature ; language and literature*, n° 10, Birbeck College, University of London.

PEDERSEN (John) : compte rendu de : G. Graumann, *La guerre de Troie aura lieu...* (Lund 1979), *Revue romane*, n°1, 1982, pp. 172-173.

PEDERSEN (John) : compte rendu de : Giraudoux, *Théâtre complet* (Gallimard 1982), *Revue romane*, n° 1, 1983.

PICART (Hervé) : « Giraudoux ou la littérature du jeu », *Comédie-Française*, janvier-février 1983, pp. 7-10.

PIZZORUSSO (Arnaldo) : compte rendu de : Giraudoux, *Théâtre complet* (Gallimard 1982), *Rivista di letterature moderne e comparate,* octobre-décembre 1982, pp. 377-379.

POCKNELL (Brian) : « Giraudoux's *La guerre de Troie n'aura pas lieu* and Homer's *Iliad :* the scales of Zeus as dramatic device », *Modern Drama,* juin 1981, pp. 135-145.

REILLY (John H.) : « Jean Giraudoux' Theatre : style or stage ? », *Claudel Studies,* 1982 n° 2, pp. 40-46.

ROBIDA (Michel) : « Silhouette de J. G. », *Revue des deux mondes,* janvier 1983, pp. 115-118.

ROMILLY (Jacqueline de) : « L'amitié de Giraudoux avec l'hellénisme : *Elpénor* », *Bulletin de l'association G. Budé,* juin 1983, pp. 191-197.

RONY (Olivier) : « Deux centenaires : Jean Giraudoux, Charles Vildrac », *Bulletin des amis de J. Romains,* n° 31, mars 1983, pp. 17-23.

SCHILTZ (Raymond) : « Rencontres avec Jean Giraudoux », *la Jeunesse de J. G. en Berry,* Châteauroux, 1983.

SENART (Philippe) : « La Revue théâtrale... J. G., *Sodome et Gomorrhe* », *Revue des deux mondes,* décembre 1982, pp. 691-696.

SENART (Philippe) : « La Revue théâtrale... Le centenaire de Giraudoux à la Comédie-Française, *Intermezzo* », *Revue des deux mondes,* février 1983, p. 448-453.

SINGERMAN (Alan J.) : compte rendu de R. Zénon : « Le Traitement des mythes » (Washington 1981), *French Review,* n° 56, 5, avril 1983.

SUFFEL (Jacques) : compte rendu de : *J. Giraudoux. Du réel à l'imaginaire,* catalogue de l'exposition, Bibliothèque nationale 1982, *Bulletin du bibliophile,* 1983, I, pp. 90-93.

TEISSIER (Guy) : « L'incipit de *Simon le Pathétique* ou le début d'un romancier », *la Jeunesse de J. G. en Berry,* Châteauroux 1983.

TEISSIER (Guy) : « Le texte en ses interprétations : *Ondine* », *Culture et Patrimoine,* COLINAC, 1983/4.

TORY (Ethel E.) : compte rendu de : G. Graumann, *La guerre de Troie aura lieu...* (Lund 1979), *French Studies,* juillet 1983, pp. 360-362.

UBERSFELD (Anne) : « L'*Électre* de Giraudoux : espace et discours », *French Studies in South Africa,* n° 12, 1983, pp. 1-14.

VERSTRAËTE (Daniel) : « Éros et fatalité dans le théâtre de Giraudoux inspiré de la tragédie grecque », *French Studies in South Africa,* n° 12, 1983, pp. 26-33.

WALKER (Antoinette) : « Le Corps, lieu-dit du discours théâtral ; Phèdre et Électre », *Lendemains,* n° 28, 1982, pp. 75-87.

ZÉNON (Renée) : *le Traitement des mythes dans le théâtre de Jean Giraudoux,* Washington D. C., University Press of America, 1981.

Sans oublier les participants aux *Cahiers Jean Giraudoux 12* (1983) consacrés à « Modernité de Giraudoux (Colloque de Limoges 1982) » et à « Giraudoux retrouvé : le chroniqueur sportif ».

RENÉ RANCŒUR.

Achevé d'imprimer en octobre 1984
sur les presses de l'Imprimerie Bussière
à Saint-Amand-Montrond (Cher)
pour le compte des éditions Grasset
61, rue des Saints-Pères, 75006 Paris

— N° d'édit. 6536. — N° d'Imp. 2035. —
Dépôt légal : Octobre 1984.

Imprimé en France

ISBN 2-246-25981-9
ISSN 0150-6943

